老蠹鱼读书随笔

沈津 著

广西师范大学出版社
GUANGXI NORMAL UNIVERSITY PRESS
·桂林·

图书在版编目（CIP）数据

老蠹鱼读书随笔 / 沈津著. —桂林：广西师范大学出版社，2009.10
ISBN 978-7-5633-8955-1

Ⅰ. 老… Ⅱ. 沈… Ⅲ. 随笔—作品集—中国—当代
Ⅳ. I267.1

中国版本图书馆 CIP 数据核字（2009）第 134666 号

广西师范大学出版社出版发行
（广西桂林市中华路 22 号　邮政编码：541001
网址：http://www.bbtpress.com）
出版人：何林夏
全国新华书店经销
广西民族印刷厂印刷
（广西南宁市明秀西路 53 号　邮政编码：530001）
开本：720 mm × 960 mm　1/16
印张：16　　字数：145 千字
2009 年 10 月第 1 版　　2009 年 10 月第 1 次印刷
印数：0 001~3 000 册　　定价：48.00 元

浮生愿向书丛老，不惜将身化蠹鱼
——沈津印象(代序)

5月中旬，沈津先生将自己在“书丛老蠹鱼”博客上发表的部分博文整理结集成书稿——《老蠹鱼读书随笔》，交广西师范大学出版社出版，并嘱咐我撰写一篇序言。这既令我受宠若惊，又令我愧不敢当，因为无论是才学见识，还是道德文章，我都始终难以望其项背。在惊喜惶恐与进退两难中，我还是欣然地应承了沈津先生的嘱托，因为作为“书丛老蠹鱼”的博友和《老蠹鱼读书随笔》的读者，我的确有不少感言想借此机会予以抒发。

沈津先生是我敬慕的学长。1960年沈津先生就职于上海图书馆善本组开始追随顾廷龙先生学习目录学和版本学时，我还没有来到这个世界。1966年沈津先生从武汉大学图书馆学系毕业时，我不过是大别山深山老林里的一个蒙童。1986年沈津先生赴美国纽约州立大学石溪分校做访问学者时，我正好从武汉大学图书馆学系毕业分配到中山大学资讯管理系任教。1988年沈津先生晋升研究馆员(等同正教授职称)成为当时中国图书馆学界最年轻的研究馆员时，我则刚刚晋升讲师。就年龄而言，沈津先生是我的前辈；就校友而言，沈津先生是我的学长。因为彼此生活的年代不同，活动层面与圈子各异，且所处城市相距千里，因此在沈津先生任职于上海图书馆的30年(1960—1990)间，我并不认识沈津先生。尽管如此，因为从事图书和图书馆史教学和研究的缘故，我时常涉猎目录学、版本学、文献学领域的著述，关注这些领域的人物和事情，自然而然通过耳闻目睹对远在上海图书馆追随顾廷龙先生研习目录版本之学的沈津先生颇有几分了解。后来，不断听说沈津先生以卓越的学识穿梭于美国、中国内地和香港之间研究和指导中文古籍版本鉴定与编目，景仰不已，羡慕不已。

沈津先生亦是我敬重的益友。1992年4月沈津先生赴美国哈佛大学哈佛燕京学社做访问学者，我亦有幸获得美国岭南基金会的资助赴美国加州大学洛杉矶分校(UCLA)图书馆学信息学研究生院做访问学者。后来，因为加州大学洛杉矶分校东亚图书馆馆长郑炯文先生的缘故，我才有幸结识沈津先生，并成为沈津学长的忘年之友。1998年，继裘开明先生和吴文津先生之后，郑炯文先生出任哈佛燕京图书馆第三任馆长。1999年郑炯文先生借庆祝香港中文大学新亚书院50周年金禧院庆之机在香港中文大学组织召开“21世纪中文图书馆学术会议”，我在会上第一次见到仰慕已久的沈津先生。屈指算来，我真正与沈津先生相识大约只有10年之久。2001年应郑炯文馆长的邀请，我到哈佛大学收集有关裘开明先生的史料，有幸在沈津先生“门下”研习3个月之久。所谓有幸在沈津先生“门下”研习3个月之久，并非我自诩为沈津先生的门生或者攀附自显，而是指我当时在哈佛燕京图书馆的“Office”就是在善本室主任沈津先生的“门下”——沈津先生办公室内靠近门口的一张非常普通的办公桌。因为哈佛燕京图书馆的馆舍非常紧张，许多国内的访问学者都使用过这张普通的办公桌，并因此有幸成为沈津先生“门下”的“座上客”和“室友”，从而演绎了不少的学人趣事与佳话。在哈佛的3个月中，我几乎每个工作日都会与沈津先生见面，时常要向沈津先生请教有关裘开明先生和哈佛燕京图书馆的各种问题，沈津先生的及时指教点拨和闲时学林书话令我受益匪浅。不仅如此，在哈佛期间，沈津先生和他的夫人一直十分关心我和我的家人，主动借给我们炊事必需的锅碗瓢盆和砧板菜刀，周末带我们去波士顿市内的超市购买新鲜蔬菜和水果,还不时地在家中宴请我一家三口,其真挚的友情令我全家感激不尽,终身难忘。后来,我数次去哈佛,必定会拜见沈津先生,平常也会接到沈津先生的越洋电话或者电子邮件和书信,彼此交往一直没有间断。

虽然我一直在从事图书馆人物研究，拜读过沈津先生的许多著述，且与沈津先生保持着经常的交往,但是,我对这位令人敬仰的学长和益友始终充满了无尽的好奇。

沈津先生 1945 年出生于天津,16 岁就职于上海图书馆,开始追随顾廷龙馆长研习目录版本之学,颇受顾廷龙先生青睐,并深得顾廷龙先生真传。我一直好奇的是,20 世纪 60 年代初期沈津先生参加工作后,中国就开展了长达数年的“四清”运动,古籍被视为封建主义的“残渣余孽”,在这样的时势下,沈津先生为什么乐意继续留在只有顾廷龙、潘景郑、瞿凤起和吴织 4 个人的善本组工作?1966 年“文革”开始,十年浩劫,全国的图书馆几乎全部瘫痪,专家学者几乎全部成为批斗的对象,在这样恶劣的时势下,沈津先生为什么还坚定地追随顾廷龙先生左右在书库内摩挲古籍,校勘异同,辨章学术,考镜源流?我同样好奇的是,为什么馆长顾廷龙先生当年独具慧眼，专门挑选当时并不起眼的年轻人沈津先生做学生，并将沈津先生培养成为新一代中文古籍目录与版本学的带头人?是命中注定,还是因缘巧合,或者时势造就?我一直心存好奇,但是从未当面向沈津先生求证。

沈津先生在历史文献藏量仅次于中国国家图书馆的上海图书馆特藏部工作了 30 年,穷年检阅上海图书馆的古籍文献。1975 年《中国古籍善本书目》编辑工作开始启动,1978 年《中国古籍善本书目》编辑工作全面展开,1983 年《中国古籍善本书目》定稿,在这 8 年间,沈津先生跟随主编顾廷龙先生编撰《中国古籍善本书目》,检阅各省市自治区图书馆、博物馆、文物保管委员会、高等院校图书馆、科学院图书馆,乃至寺庙等单位的古籍善本不计其数。20 世纪 90 年代以后,沈津先生遍历中国港澳台和美国等地的中文古籍重点收藏单位,检阅古籍善本亦不胜枚举。我一直十分好奇的是,如今能够像沈津先生一样遍阅海内外中文古籍善本的是否还会有第二人?更好奇的是,沈津先生想看而没有看过的中文古籍善本究竟还有多少?

据我所见,沈津先生撰写和编辑出版的著作有11种:(1)《书城挹翠录》(上海社会科学院出版社,1996年),(2)《美国哈佛大学哈佛燕京图书馆中文善本书志》(上海辞书出版社,1999年),(3)《翁方纲年谱》("中央研究院"中国文哲研究所中国文哲专刊24,台北:"中央研究院"中国文哲研究所,2002年),(4)《翁方纲题跋手札集录》(广西师范大学出版社,2002年),(5)《中国大陆古籍存藏概况》(潘美月,沈津编著,台北:"国立"编译馆,2002年),(6)《美国哈佛大学哈佛燕京图书馆藏中文善本汇刊》(商务印书馆、广西师范大学出版社,2003年, 全37册),(7)《顾廷龙年谱》(上海古籍出版社,2004年),(8)《顾廷龙书题留影》(顾诵芬,沈津,高桥智 辑, 上海古籍出版社,2004年),(9)《书城风弦录:沈津学术笔记》(广西师范大学出版社,2006年),(10)《书韵悠悠一脉香:沈津书目文献论集》(广西师范大学出版社,2006年),(11)《中国珍稀古籍善本书录》(哈佛燕京图书馆学术丛刊第6种,广西师范大学出版社,2006年)。今年下半年中华书局将出版沈津著《老蠹鱼书话》,这部《老蠹鱼读书随笔》亦将问世。

自1996年以来,沈津先生平均每年都有一种著作出版,粗略估算,除了编辑的古籍以外,仅沈津先生撰著的文字当在500万字以上。这是一件十分令人羡慕和非常了不起的学术成就。毫无疑问,沈津先生能取得如此杰出的成就,这首先得益于哈佛大学得天独厚的学术环境,得益于哈佛燕京图书馆馆长郑炯文先生对于人才的特别呵护,使沈津先生避免了一切非学术事务的烦扰, 得以专心致志地从事中文古籍整理和编目。倘若沈津先生一直在国内的话,以他现在的学术地位,即使没有被一官半职搞得疲于奔命,也会被各种无穷无尽的应酬和秀场折腾得找不着北。当然,沈津先生取得的这些成就更有赖于他的勤奋和拼搏。沈津先生在哈佛基本上过着"家——馆"两点一线的生活,从他家到哈佛燕京图书馆大约有10分钟的路程,沈津先生每天往返"两点"之间均健步如飞以节省时间,虽然我年轻许多且经常运动,但是我在哈佛时每次与沈津先生同路返回住处总是跟不上他的步伐。白天,沈津先生在哈佛燕京图书馆善本室内编撰中文古籍善本书志,晚上,则在家中撰写个人著述,时常熬至深夜。2005 年春夏之交,沈津先生突患重症,郑炯文先生给我打来越洋电话,特别嘱咐严守秘密,以免国内学人打扰沈津先生。5 月初我到哈佛访问,郑炯文先生再三嘱咐不可打扰沈津先生,以免影响沈津先生疗养,我只好打消了看望沈津先生的念头。在我即将离开哈佛回国时,沈津先生不知从何处得知我来到了哈佛,竟然在夫人的陪同下在傍晚带病到我下榻的旅馆来看望我,令我感动不已。在那次会面中,我强装着若无其事地谈笑,沈津先生也只字不提自己的病情,只谈自己正在进行的著述计划。目睹沈津先生苍白消瘦的面容,我实在不忍心让沈津先生耽搁太久,大约半个多小时,我便提议在旅馆客厅与沈津先生伉俪合影留念,随后即与沈津先生依依惜别。这个故事到现在为止还一直瞒着郑炯文先生。我在这里重提此事,一则从中可见郑炯文先生对沈津先生的细心呵护,二则从中可见沈津先生对朋友的真情厚谊和对学术的孜孜追求。后来,沈津先生的病情得到控制,他又重新回到了他不舍的书丛之中,伏案摩挲,日夜著述。不仅如此,在武汉大学校友、哈佛同事高青的鼓动下,沈津先生还于 2007 年 8 月 30 日在新浪网上开通了"书丛老蠹鱼"个人博客。那时,我的"竹帛斋博客"在国内图书馆界人气正旺,于是我立即在"专业博客推荐"栏目的显要位置链接了"书丛老蠹鱼"的博客,并作了"史上最强劲的古籍学术博客"的推荐说明。从那时起,我便成了"书丛老蠹鱼"的"粉丝"和博友。如今,我因为疲惫不堪而歇博了,然而沈津先生仍然在继续坚持写博。迄今为止,沈津先生已发表近 170 篇有关中文古籍及其版本目录的博文,平均不到 5 天发表一篇博文,而且大部分博文均配有书影或图片,博客访问量已超过 65000 次,平均每篇博文被浏览 300 多次。这在非常专业的学术博客中是非常了不起的数据。毫无疑问,沈津先生的每一种著述和每一篇博文都是其心血与汗水的凝聚和智慧与学识的结晶。

从沈津先生走过的学术之路来看,50 岁之前, 沈津先生一直在读万卷书、行万里路，不断地积累知识和见识；50岁之后，沈津先生才开始陆续出版个人著作，博观而约取，厚积而薄发，颇似地下深处的高温岩浆不断积累最后从地壳中喷出而形成的火山一样。我一直好奇的是，再过20年当沈津先生步入“大师级年龄”(90岁以上)时，这座“火山”还会喷发出多少“岩浆”，沈津先生还会杀青付梓多少著作？因为50年的学术积累，早已使沈津先生无所迷惑，所闻皆通，随心所欲而不逾法度，而我个人总感觉到沈津先生的学术积累是一个无底洞。

从纸面跳跃到网上，年过周甲的沈津先生完成了学术传播方式的升级。我自己开过专业博客，现在还挂着新浪网“图林博客圈”圈主的名号，圈内有近千个入圈的博友，因此我对“网络江湖”和“图林博客”相当熟悉。在“图林博客”中，年过周甲的博主屈指可数，而年过周甲还能专门撰写专业学术博文的博主更是凤毛麟角。因为如今年过周甲的长者十有八九都患有“IT恐惧症”，都会本能地远离网络，能够上网和写电子邮件就很不错了，至于个人去开博客则更是想都不敢想的事。沈津先生不仅开了博，而且把一个古籍学术博客开得人气颇旺。这种与时俱进将传统的囿于学界的古籍学术人际传播升级到了现代的完全开放的古籍学术大众传播，使“藏在深闺无人知”的传统古籍学术在网络世界焕发了光彩，既有利于学术同好实时交流切磋，分享学术心得，更有助于向年轻的网民普及古籍版本与编目知识，激发其兴趣，进而推进古籍版本鉴定与编目的发展。

博客，作为个人网络日志，是个人思想的自由表达场所，我将其定义为“思想的裸奔者”。写博首先需要勇气，在博客这片自由天地中，一旦亮出自己的观点、思想和看法，就会有真名的、匿名的和“潜水”(不留名)的各色人等来“踩”(访问浏览)或者路过，于是总免不了各种各样的“顶”(支持)、“赞”(表扬)和“拍砖”(批评、谩骂)，因此，写博需要很好的心理素质，特别是抗打击的能力。写专业博文还需要学识和智慧，没有学识和智慧，博文就会没有“料”；而博文没“料”，博客就会没有人气，就会失去学术交流与思想分享的意义。写专业博文更需要丰富的学识和智慧积累，没有丰富的学识和智慧积累，写博就会把个人的思想与积累掏空，写着写着就会无话可说。沈津先生一直在坚持比较频繁地写博，大凡古籍善本、版式行款、字体笔迹、书画趣闻、书林掌故、人物轶事等，均能信手拈来，侃侃而谈，察人之所未察，发人之所未发，深入浅出，出神入化。从中可见沈津先生深厚的学术积累、不尽的智慧和坦荡的心境。

从博客返回到纸面，年过周甲的沈津先生实现了学术成果的立体化。沈津先生在完成了从纸平面学术思想传播向网络学术思想传播的升级后，又适时地将网上的博文整理结集为书稿予以出版，把可变的网上学术成果转化为凝固的纸质学术成果，实现了学术成果的立体化。这不仅可以满足网上的博友和“粉丝”们收藏精品博文的需要，而且还可以满足网下的同行和学人们学习参考的需要。从读网到读书，从浅阅读到深阅读，在纸本与网络之间往返阅读，这既是网络时代大众阅读的潮流，也是学术成果立体传播的潮流。

沈津先生埋头书丛50年，从“浮生愿向书丛老，不惜将身化蠹鱼”，到“衰年仿佛烛光余，犹向残编作蠹鱼”，对书林、书人、书事、书趣了如指掌，如数家珍，从这部《老蠹鱼读书随笔》中可以窥见一斑。

《老蠹鱼读书随笔》共收录“书丛老蠹鱼”的博文37篇，或记录藏书流变、或讲述人物故事、或考证古籍史实、或叙说书贾佚事，旁征博引，侃侃而谈，有感就发，有理就说，率性而为，毫不拘泥，启人心智，引人深思。例如：书中有关“非卖品”和“准许翻印”旧籍，特别是线装书印数、活字本印数和印谱印数的考证，大多鲜有学人注意和研究，可补中国书籍印刷史和中国书史之阙如，而有关“论斤称书”的述说则可延伸沈津先生多年前有关古籍售价的考证研究。事实上，有关古代书籍印数、售价、“非卖品”和“准许翻印”的可考证据十分罕见，要在茫茫书海之中捞出只鳞片爪，非遍检古籍且悉心留意绝无可能。此种大海捞针、集腋成裘的治学功夫，在当今古籍版本学界恐怕难以有人能够出“书丛老蠹鱼”之右。

再如：沈津先生在述说清代民间流行的通书中，揭示了“最有意思的”古书“版权”史料——广州苏氏丹桂堂(攀桂堂)所刻通书首页的行书朱印苏丹桂堂启事：“本堂历传六代，行世多年，不佞留心研究，颇得西洋之法，正为造福有准，是以远近驰名，叨蒙四方诸公垂鉴。近来各镇城市有射利之徒,假冒本堂招牌发售甚多,有暗本堂名色,是以预为剖明,凡海宇诸君光顾者,务祈留心,细察真假,庶不致误耳。如假包换。省城九曜坊苏丹桂堂谨白。如有假冒招牌者,男灾女祸"。苏氏丹桂堂在所刻通书的首页以"行书朱印"苏丹桂堂启事,犹如现代报纸采取的"头版头条套红标题"做法,颇有几分郑重声明和特别强调的意味。当然"最有意思的"还是,在无"法"(著作权法)可依的清代,面对"近来各镇城市有射利之徒,假冒本堂招牌发售甚多"的"假冒伪劣"盗版之风,苏氏丹桂堂一方面承诺"如假包换",以维护"本堂名色"和诚信,另一方面又不得不以"如有假冒招牌者,男灾女祸"的咒语去阻吓假冒盗版者,以维护知识产权。这则150多年前的清代"版权"故事既令人忍俊不禁,又颇发人深省。

又如:从被誉为"书林绝响"的乾嘉年间书贾钱听默、陶五柳,到清末民初北京琉璃厂的书贾谭笃生,上海书林的"老法师"柳蓉村,直至当今的贩书人范笑我,沈津先生或书海寻踪,拾遗补缺,或如数家珍,娓娓道来,总能还原一个个书贾的本色。关于新发现的《协和医学堂征信录》,可使今人进一步了解清末西医入华,以及"协和"设立的情况。关于《金瓶梅》的绘图,则可使人了解《金瓶梅秘戏图》的作者胡也佛"妙手精绘,曲尽其态","独出机抒,自成一家风骨"的艺术特色和坎坷人生。

阅读《老蠹鱼读书随笔》,犹如在生命大爆发的寒武纪地层中采集动物化石标本,不经意的一锤,也许就会在岩石中发现新的物种化石标本,从而填补和构成完整的寒武纪早期生物演化系列。

夏日炎炎,诸事烦扰,惶惶然谨述感言数端。是为序。

程焕文

2009年7月23日

于广州中山大学康乐园竹帛斋

自 序

我总觉得给自己的书写序，实在是一件难事，因为不像写善本书志，也不似写小文章，所以就一拖再拖，实在是过意不去了，才赶快执笔。

4年前的春夏之际，我突患重症，幸天意垂怜，得有更生之庆。在我饮食不思、寝寐难安之时，仍在思索、回忆过去。也真是缘分，这几十年中，无论是在上海图书馆、香港中文大学图书馆，还是美国哈佛大学哈佛燕京图书馆，我一直都在书丛里探索学习。对于过去接触到的善本书、稀见的文献以及相关的学者，或是自身经历，或是耳闻目见，其中一些重要之事总觉得值得回味、值得深念，可以说是"往事并不如烟"。缠绵病榻之日，曾萌发心愿，倘若恢复健康，当抽暇将自己从事图书馆工作中油然而生的心得体会写将出来，诉之于世。因为经验告诉我，如不及时执笔，时间久了，往昔珍贵的记忆与思绪，真的会如烟消云散一般，渐渐淡薄得说不出个所以然了。

然而借助于"博客"这个时尚平台，正儿八经地去写自己想写的东西，却是始料所未及，完全得益于同事高青助缘。两年前的一天午休时间，高青让我浏览她的博客，并指导我进入“新浪”网站。她见我有点进入角色的样子，于是怂恿我也来登陆个网站，有空就随手涂抹些文字。老实说，“博客”这个名词对我而言，实在是个新鲜事物，愚笨如我，于此实在是一无所知，最初是我的朋友建议我上网去看“孔夫子旧书网”，说是里面有不少旧书信息。于是打开一看，果不其然，读了几篇，有的还有些内容，写得也不错。最终，当年病榻上许下的笔头债令我禁不住高青的鼓动和诱惑，也就答应了。她又要我起个网名，我也是随口说那就叫“书丛老蠹鱼”吧。只不过三四分钟的工夫，她就让我拥有了自己的一片空间，这简直太奇妙了。

蠹鱼是吃书的虫子，也叫蠹字鱼，唐常衮《晚秋集贤院即事》诗云：“墨润冰文茧，香销蠹字鱼。”但也被喻埋头苦读的学者，唐韩愈《昌黎集》卷五杂诗：“古史散左右，诗书置后前。岂殊蠹书虫，生死文字间。”虽有食古不化、不合时宜之意，但还是可以将之引喻为在书海里游弋。

我用“书丛老蠹鱼”作网名，缘于张元济先生《赠静嘉堂藤田昆一君》的诗，“我是书丛老蠹鱼，骆驼桥畔自欷歔。羡君食尽神仙字，守静舍嘉愧不如。”当年我读张先生的诗文，对这首诗的印象很深。以“蠹鱼”入诗的还有如秦岘为知不足斋主人鲍廷博作《寿鲍渌饮七十》，有云“名山事业老蟫鱼，万卷琳琅重石渠”句。而宜兴任东阆室徐畹芝的《借书》诗亦云：“玉蓢堂前万卷储，一编许读乐何如。浮生愿向书丛老，不惜将身化蠹鱼。”因此，我以为自己这50年的书丛生涯，也权作是“蠹鱼”的岁月。用清唐孙华的话来说，现在就是“衰年仿佛烛光余，犹向残编作蠹鱼”（《再迭随庵韵》）。

接下来，我也就成了一颗过了河并拼命向前的卒子，这也算是“赶鸭子上架”。赵万里先生是我钦仰的版本目录学家，他尝戏称自己从事的“研究是书皮之学，没有什么用处”（谢国桢《瓜蒂庵文集》）。那是赵先生的谦词。书皮中的学问很大,那真是一辈子也学不完。我总以为治学之根本,在于原材料的占有,治学也切忌浮夸之言及无根之论。写文章要言之有物,就必须详尽地占有第一手资料,来作为研究的出发点和立足点。我在图书馆里工作,也是近水楼台先得月,所见"书皮"中涉及目录学、版本学、文献学的原始材料甚多,又由于各个书库都是开放的,使用参考书工具书也极为方便,所以积累各种证据,也就寄希望能有所为。

有道是"天道酬勤",一分耕耘,必有点滴收获。两年来,我在博客上杂七杂八写了大约有八九十篇的文章(姑且称之为文章吧),选出部分凑成这本《老蠹鱼读书随笔》。说是"随笔",无非都是在哈佛燕京图书馆工作之余读书所得,基本上都和古籍图书有关。这些得之于"书皮"中的撮毛,有些是可遇而不可求的,某些内容或可补中国出版史、中国印刷史、中国文献学史之不足。有些或是研究版本学的专家们很少论及,而涉及善本之事皆是亲身所历,写出来或可供研究者佐证。写人物的几篇,尤其是缅怀潘师景郑先生一文,是我早就想写的,因为不写出来,心中难安。

岁月催人老。所谓的"人老珠黄",看来也包括男性,并非女性的"专利"。大概是上了年纪的关系,人一过60,好像就一点点在走下坡路。现在不比前几年了,不光是精力不济,而且思考问题也不易集中,我的几位前辈、忘年交也都说过这类的话。不过这也是自然规律,就像是额头上的皱纹一天天在加深,头发也是由黑逐渐变白,即使你去做美容染发、拉皮整容,那都是表面文章,它改变不了人慢慢衰老的现象。苍狗白云,大地沧桑,所不变者,惟是自己的人格和心态。

美国哈佛大学的校训是:"让柏拉图与你为友,让亚里士多德与你为友,更重要的,让真理与你为友。"(Amicus Plato ,Amicus Aristotle ,sed Magis Amica, Veritas)这十多年来,我略有所悟。由此而想到的是,顾师廷龙先生,以目录版本之学相勖,孜孜矻矻60余年,未尝稍懈。而从事图书馆专业工作正好50年的我,正向"古来稀"迈进,只是希望追随前辈的脚印再往前一步。拉扯这些不相干的话,是想说趁脑子还没有十分糊涂,抽暇再去思考并去完成一些自己想做的题目,或许对自己、对他人还有什么用处。是为序。

2009/2/18 初稿

2009/2/20 修改

目　录

浮生愿向书丛老，不惜将身化蠹鱼
——沈津印象（代序）　/ 1

自序　/ 9

也说朱氏结一庐藏书　/ 1

“翁氏藏书”回归的背后故事　/ 8

葛思德东方图书馆藏的中医书　/ 15

“燕京”藏韩国善本　/ 20

张元济与嘉兴地区文献　/ 24

说说张廷济　/ 30

叶德辉之死的另一证据　/ 37

天下文章是自己的好　/ 42

柳亚子的字　/ 46

顾廷龙先生书法二三事 / 51

冰雪聪明 雷霆精锐——说潘博山 / 58

一片冰心在玉壶——怀念潘景郑先生 / 65

由黄永年先生而想起的 / 80

《金瓶梅》的绘图——兼说胡也佛 / 86

此调书林今绝响——书估钱听默与陶正祥 / 94

《浙江解进书目》——兼说书估谭笃生 / 100

博古斋主人——柳蓉村 / 105

“非卖品”和“准许翻印”的书 / 111

线装书的印数 / 117

清代木活字本的印数(一)——从《玉枢经篇》谈起 / 125

清代木活字本的印数(二)——从《辟疆园遗集》谈起 / 131

印谱的印数 / 137

说论斤称书 / 142

旧书店的旧书目 / 147

李光明庄刻的书 / 154

新年说通书 / 163

老“协和”的佐证——关于新发现的《协和医学堂征信录》 / 168

关于八千麻袋明清档案的一封信 / 176

速递公文 / 179

孔子《圣迹图》序 / 184

《藏书与读书》序 / 188

《加拿大多伦多大学东亚图书馆藏中文古籍善本提要》序 / 192

历史上最盛大的武装巡回宣传——读《红军长征记》 / 198

为武汉图书馆的《善本书志》喝彩 / 203

范笑我的《笑我贩书》 / 209

为《收藏》200期说几句话 / 213

书缘·书事·书趣——沈津先生访谈录 / 216

也说朱氏结一庐藏书

朱氏结一庐藏书是中国近代以来最重要的藏书之一。关于结一庐，有不少资料可以检索，而专门著为文章者，则有李雄飞《缥缃盈栋，精本充牣——仁和朱氏结一庐藏书研究》(《文献》,2001年第4期)，以及王世伟《朱氏结一庐藏书入藏上海图书馆记》(《历史文献》第5辑，上海科学技术文献出版社,2001年)。李文有云："结一庐藏书之精华为张佩纶所得，少部分为缪氏所得，澄子及澄弟溍手中均有剩余，还有一些不知流归何处。盛极一时的'结一之藏'，就此烟消云散了。"又说："转入涧于草堂(佩纶堂号)的结一庐藏书，未足二十年即遭灭顶之灾。叶德辉云：'至辛亥国变，尽其所有付之于狼烽马粪。'佩纶之子志潜云：'辛亥之乱，未及取出，遂殷于兵。'缪荃孙慨叹曰：'辛亥金陵失守，革党踞洪氏园，书籍狼藉，流出东洋犹其幸者，余不免衬马蹄当樵苏耳。长恩不佑，感慨系之。'"

叶德辉、张志潜、缪荃孙三人所说都证明结一庐所藏，在辛亥变革中几乎全部被毁。而李君得出的结论是："诚如缪氏所言，流至海外者尚属幸运，留在国内的，适园主人张钧衡所得不少，更多的则不知所终了。"

说朱氏书遭遇厄运之事，还可见李详的《李审言文集·药裹慵谈》，有云："幼樵卒于癸卯正月，时余馆江宁，为诗挽之云：'霸台白简震朝端，废籍书空党禁宽。元祐旧臣甘屏逐，陈涛往事剧辛酸。秦楼列宅栖萧史，华屋西州感谢安。叹逝尚书频自念，并添忧国泪泛澜。'幼樵治宅未毕而死，南皮尚书时署江督，往哭极哀，且为之题主焉。幼樵得仁和朱氏藏书，冀以晚年蹉跌，暮志不遂。辛亥之变，黠贾暴徒，剽掠其第，精钞佳椠，悉索无遗，酬以贱值，利市赢数十百倍，诚书林一厄也。"故李详叹云："而所谓丰润者，先尽矣，哀哉！"

李君对朱氏及结一庐藏书作了较详尽的叙述，可惜，李君未能见过朱氏藏书，对于后来的朱氏结一庐藏书也没有进一步深核。实际上，赵万里先生曾在《古刻名钞待访记》一文中提到结一庐藏书可能被发现的重要线索。赵先生是大家，他一直关心的就是散失在外的重要善本能为公家图书馆所藏。有云："杭州朱氏结一庐藏书，为同治、光绪年间巨擘。主人朱修伯死后，重要藏书归他的女婿张幼樵所有，后来张氏的后人移居上海。1952 年春天，上海来青阁书店从张氏获得结一庐旧藏宋刻本《周易本义》、《周礼疏》、《六甲天元气运钤》、《花间集》等 4 种。其中《六甲天元气运钤》系术数类书，自来很少有人称引，其余三书对古典文学和历史科学的研究，都有参考价值(以上 4 书，现藏北京图书馆)。1958 年 10 月，上海古籍书店又从张氏获得结一庐旧藏古代刻本抄本 102 种，现藏上海图书馆。其中宋刻小字本《艺文类聚》就非常重要，书中收着大量汉魏六朝古典文学资料。根据以上情况来看，结一庐旧藏绝不止此，可能还会有第三批第四批书出现。试把《结一庐书目》重温一下，目前尚未发现的书，除前面提到的蜀本《杜荀鹤文集》外，还有下列各种：《才调集》10 卷(韦谷)，宋刻本；《皇朝编年备要》30 卷(陈均)，宋刻本；《西汉会要》70 卷(徐天麟)，宋刻本；《东汉会要》40 卷(徐天麟)，宋刻本；《文心雕龙》10 卷(刘勰)元至正十五年(1355)刻本；《乐章集》9 卷(柳永)，元刻本。以上各书，以元刻本《文心雕龙》和《乐章集》最引人注意，这些书如果尚未亡失的话，是有希望早日发现的。"

由此可见，在解放后的9年中，上海的张氏后人曾将结一庐藏书的小部分悄悄地分售与来青阁及上海古籍书店，其中就有一些为赵先生所看重的重要版本。我们可以推断若没有张氏后人在经济上出现拮据而将书转让的话，那这批藏书的下落仍然是个谜，因为没有任何证据和传闻显示结一庐的藏书大部仍存张氏后人之处，而且保存得非常好。我相信，当年张佩纶之子志潜所说“辛亥之乱，未及取出，遂毁于兵”的话只是一个幌子。在兵荒马乱的时候，富人都不显山露水，谁还会再加张扬呢？而结一庐所藏的重要善本，价值不菲，所以张家大可编造所谓毁于兵燹的故事，这于己于书都有利而无弊。至于过去叶、缪等大佬所说，应是没有人怀疑，而且听者还为之叹惜有加。

从1911年到1951年，共40年，这中间没有人知道结一庐藏书的大部仍存于世，而且确由上海张氏后人慎加保管，对外的保密，竟让嗅觉极

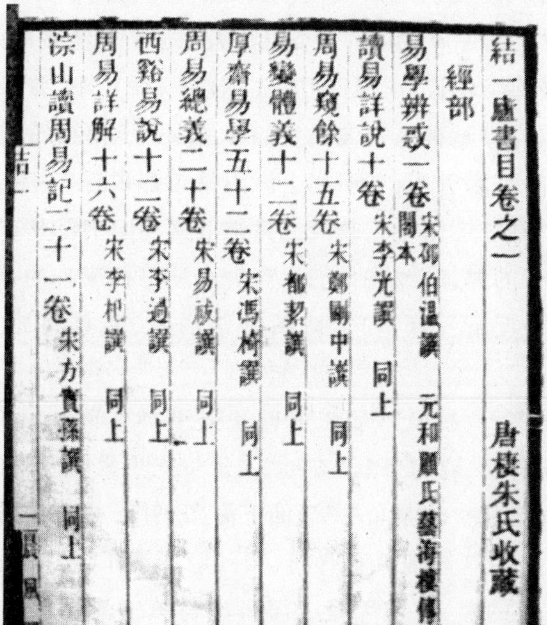
結一廬書目卷之一　唐棲朱氏收藏
經部
易學辨惑一卷　宋邵伯温撰　元和顧氏藝海樓傳鈔閣本
讀易詳說十卷　宋李光撰　同上
周易窺餘十五卷　宋鄭剛中撰　同上
易變體義十二卷　宋都絜撰　同上
厚齋易學五十二卷　宋馮椅撰　同上
周易總義二十卷　宋易祓撰　同上
西谿易說十二卷　宋李過撰　同上
周易詳解十六卷　宋李杞撰　同上
淙山讀周易記二十一卷　宋方實孫撰　同上

朱氏《结一庐书目》

为灵敏的上海、北京、苏州、杭州的数十位书商，包括大名鼎鼎的修文堂、富晋书店、来青阁、中国书店、来熏阁、蟫隐庐、抱经堂、古书流通处、文学山房等等，都没有嗅到任何信息，更遑论那些重要私人藏书家和公家图书馆。然而，我想到的是，也真是难为了张氏的两代后人，从杭州移至天津，再转徙南京，直至定居沪滨，夹着尾巴做人，绝对地低调，不露声色地渡过了各种惊涛骇浪，包括抗日战争。不管是出于对先人历尽艰辛所得藏书的精心呵护，还是对这笔重要财富的别种企求，但有一条，那就是他们为了保护这批图书文献，尽了最大的心力。

“生姜是老的辣”。赵先生的判断终于应验了，遗憾的是，赵先生却在史无前例的时期遭到不公正的对待，后于 1980 年 6 月去世，他再也看不到他念兹在兹的朱氏结一庐藏书了。尽管是在社会主义的和平时期，结一庐藏书还是逃脱不了 1966 年发生在中国大地上的一场中国人民的大劫难，在那所谓破“四旧”(旧文化、旧思想、旧风俗、旧习惯)和“造反有理”的口号声中，结一庐藏书的主要继承人张子美先生平静的家也遭“造反派”光临。在那个年代，中国的“宪法”形同一张废纸。张氏保存的结一庐藏书“理所当然”地被张子美先生的单位——上海市黄浦区新昌路房管所(一说牯岭路房管所，二所离上海图书馆都很近)——先行“代管”。好在房管所的领导还懂一点政策，只知道这些旧书都是封建主义的东西，并不是变天的罪证，或许他们也认为必须将抄家来的某些东西加以处理，在这种情况下，他们和上海图书馆联系，希望将张氏藏书全部移交。

1967 年的某日，我得到通知，和叶福庆、韩永续两位同事(韩已去世)去了新昌路房管所，将房管所“查抄”张子美先生家时所得的线装书(两个特大的樟木箱)用“老虎揚车”运回上海图书馆，并直接送至特藏书库保存。当时移交的具体细节和时间，我已记不清了。但结一庐藏书的整理，应是在该年的夏天。起因是上海市文物图书清理小组(简称“文清组”)的主要负责人杨天南来找我，希望上图将“文革”以来所得到的善本图书中的一、二类藏品做一份清单，以便集中汇总后报上海市革命委员会。

当时的上海,抄家来的图书大约有500万册,什么线装书、平装书、珍本、普通本、中文、外文,至于邮票、画片、照片等等五花八门,应有尽有。但这些书中以上图所“接收”的二家所藏善本书为最好,最先得到的是陈澄中留在上海的藏书,后来又得到朱氏结一庐藏书。将一、二类藏品做出清单,是极易之事,但我也以为可借此机会将陈、朱所藏之书全部编目,所以在征得某领导的同意后,我就从“牛棚”中将仍在审查中的顾廷龙、潘景郑、瞿凤起三先生“请”出,请他们就陈、朱藏书进行编目并制作清单。顾、潘、瞿三位先生工作的地点在上图的东大楼307室,而306室是小间,是我和任光亮兄的宿舍。所以,陈、朱藏书全部从特藏书库移至307室,所有的工具书和参考书也是从普通书库调来,我也几乎每天都会抽时间和顾先生等看书讨论听讲。虽然这项工作只做了两个多月就结束了,但我以为,这对我来说,比什么大批判、大学习等“革命”形式要实在得多,我又能和顾先生等聚在一起,又能看到这许多难得一见的善本书,当然,对顾先生他们来说,也是“文革”中最为舒心的日子。当年顾、潘、瞿三位先生亲笔所写陈、朱重要藏品的简述为一式三份,其第二份呈报“文清组”,第三份馆方存档,而第一份则为津所珍藏,这是值得纪念的。

这批存在上图处的朱氏结一庐藏书总共450种3272册(一作3475册),其中宋刻本25种、元刻本40部、明刻本195部、精抄批校本190部。这对上海地区乃至全国来说,也是自60年代至2000年这40年来最重要的、绝为难得的收藏。1955年及1965年,周恩来总理在国家经济困难的情况下,先后两次特批拨款80万港币、25万人民币,由赵万里先生专程南下香港,收购陈澄中所藏善本共102种,归于北京图书馆。北图两次收购陈澄中先生藏善本图书和上图当年“接收”张氏藏结一庐藏书,是中国图书馆事业史上最重要的三次收藏。

大凡国内重要的图书馆,其收藏皆先有二三故家大宗之书以立其基,而后陆续增益用底于成。比如1952年7月,上海图书馆成立,潘氏滂喜斋藏书中的精华成了该馆首批重要藏品,这批藏品共76种1765册,内有宋刻本 20 种、元刻本 27 种、明刻本 18 种、明清名家抄本 9 种，列入 60 年代国家等级藏品的达 43 种之多。其中如宋刻本《诸儒鸣道》、《东观余论》、《侍郎葛公归愚集》、《嘉祐集》、《梁溪先生文集》、《周髀算经》、《孙子算经》，及元刻本《颜氏家训》等皆为传世之孤本。直到 1957 年，中华书局上海编辑所排印的《上海图书馆善本书目》著录的 2470 余种善本中，潘氏滂喜斋的藏书仍占榜首。经过 1958 年的四馆合并，又经过多年的补充，善本书数量已达 1.4 万部 16 万册。而后又得陈、朱藏书，更是锦上添花，且宋元佳本则有 800 部之多。

对于朱氏的珍藏，80 年代津曾选取若干部写成善本书志，如宋刻本《杜荀鹤集》3 卷、宋绍兴五年(1135)建阳刻本《古灵先生文集》25 卷附录 1 卷、元至顺刻本《方是闲居士小稿》2 卷、元至正十五年(1355)嘉禾刻本《文心雕龙》10 卷、明洪武初苏州吴迁据北宋刻本传钞的《金匮要略方论》3 卷等 10 余种，今多已收入《中国珍稀古籍善本书录》(广西师范大学出版社，2006 年)。

结一庐的藏书，也是有些来历的，主人朱学勤之所以藏书，始于咸丰十年(1860)庚申之变，时旧刻名钞，散落厂肆，其中多有徐松(星伯)、韩泰华(小亭)、彭元瑞(芸楣)及怡邸之图书。学勤及官京秩，为大理寺卿、军机章京，不惜重值购藏，遂为京师收藏一大家。《藏书纪事诗》卷六有云："咸丰十年，英人焚淀园，京师戒严，持朱提一笏，至厂肆即可载书兼两，仁和朱修伯先生得之最多。"朱澄，学勤之长子，字子清，嗜古尤笃，亦好聚书，尤工搜访，冷摊小市，无往不到，家藏既富，又裒益之，故精椠佳刻称富。光绪六年(1880)，缪荃孙到沪访子清，得见宋本《晋书》、《西汉会要》、《东汉会要》、《宋诸臣奏议》、元本《农桑辑要》，即叹为"世所罕见者"。光绪十六年(1890)，澄卒，遗书 80 柜，其家贱售于张佩纶，然价未清，据说书亦未全交。

张佩纶为朱学勤之女婿，字幼樵，号蒉斋，直隶丰润人。生于道光二十八年(1848)，卒于光绪二十九年(1903)。同治十年(1871)进士，十三年(1874)授编修，光绪元年(1875)以编修大考擢侍讲，充日讲起居注官。

《清史稿》列传二三一有传。佩纶为光绪年间清流派中坚人物,一生中有三次婚姻,原配朱芷芗,即学勤之女。继室边粹玉,为陕西按察使、闽浙总督边宝泉之女。边于光绪十二年(1886)去世后,李鸿章即将女儿李经畴许配给张。李氏夫人小名鞠藕,时年23岁,小佩纶17岁。小说《孽海花》中的“庄仑樵”即是暗指张佩纶。而现代著名作家张爱玲则是张佩纶的孙女。张子美系张佩纶之孙,即张氏藏结一庐书的第三代传人。《结一庐书目》,叶德辉曾以家藏钞本刊行,薄薄的一本,但用缪荃孙的话来说,却是分量很重的,那就是“即此一编,高出寻常收藏家万万”。

朱氏结一庐的藏书,经过张佩纶、张志潜,再到张子美,并没有“烟消云散”,最后的归宿是由国家来保存,张氏后人有功于国家、有功于传统文化的保存,他们是有贡献的。张氏的这批朱氏结一庐藏书,在“文化大革命”结束后落实政策,张子美先生将藏书悉数捐赠给上海图书馆。1980年1月19日,上海市人民政府向张子美先生颁发奖状并奖金。处理此事并详知全过程的是我当年上海图书馆的同事陈秉仁先生,陈先生对结一庐藏书有很深入的研究,并会发为专文,欲知后事者不久当可览读。

2008/9/14

"翁氏藏书"回归的背后故事

如果要评论2000年中国国内的重大文化新闻,那"翁氏藏书"从美国回归祖国的消息应是其中的一条。报纸上不是说这是中国当代文化界、文物界和学术界的一件盛举,也是体现我们党和国家历来重视、保护和发展文化事业一贯政策的善举等等吗?那年的4月,翁氏藏书正式入藏上海图书馆。

写翁氏藏书的文章有好几篇,最详细的是王世伟的两篇,分别刊在当年的《文汇读书周报》(2000年4月29日)、《收藏》(2000年11期)。他是当事人之一,写得比其他人真实。前文中有"1月中旬,上海图书馆通过在美国的朋友了解翁氏藏书拍卖或转让的有关信息"的话,那或许是说我吧。现在时间已经过去8年了,人们的印象随着时间的推移,也有些淡忘了,可是对我来说,却有一些和翁氏藏书有关的忘不掉的事。

说"翁氏藏书",必然要讲到翁万戈先生。1986年4月,由杨振宁教授之介,我才和翁先生认识。大约是4月某日的一个下午,我如约去纽约华美协进社拜见翁先生,并去他寓所观看翁方纲手稿本《复初斋诗集》,那是40年代天津发大水，翁带回美国的。翁先生送了一本《中国古籍善本》（*Chinese rare Books*）给我。当晚，我在回石溪的火车上翻阅《中国古籍善本》，那是翁先生在“华美”办的一次中国古代图书的展览（一些写翁藏的文章，都误为美国纽约大都会博物馆），书中的图版使我第一次知道在美国（除国会馆等大馆外）居然还有不少重要的善本书，其中《大佛顶如来密因修证了义诸菩萨万行首楞严经》、《集韵》、《长短经》、《会昌一品制集》、《重雕足本鉴诫录》、《汉书》、《分门集注杜工部诗》、《邵子观物内篇》、《丁卯集》、《施顾注苏东坡诗》就是翁先生所藏。

再和翁先生见面，那已是1992年的5月了。那时我被邀到美国哈佛大学哈佛燕京学社做访问学者，为哈佛燕京图书馆撰写《美国哈佛大学哈佛燕京图书馆中文善本书志》。翁先生知道我在哈佛，而且他女儿也在波士顿，所以每次来波城，定会到“哈佛燕京”找我聊天，几次下来，我们就很熟了，进而成为忘年之交。

翁氏藏书中有不少难得之本，有鉴于此，北京文物出版社在1996年出版了《常熟翁氏世藏古籍善本丛书》，选择了藏书中最珍贵的8种宋本，即《集韵》、《邵子观物内篇》、《渔樵问对》、《长短经》、《重雕足本鉴诫录》、《会昌一品制集》、《丁卯集》、《新刊嵩山居士文全集》。而1994年初，冀淑英先生即为这8种宋本写了影印说明，全面阐发了这批书的文物价值和学术价值。

1999年夏天，翁先生又一次来到我的三楼小办公室。记得翁先生大谈陈老莲，还谈了翁文恭公日记的整理。不知怎的我想到了翁先生所藏的古籍善本来了。我问翁先生，您收藏的那些书将来怎么处理？翁说想卖掉。我说怎么卖？翁说“哈佛”不知能买下否？他希望哈佛毕业的那些个什么银行家、企业家等人，把这批书买下来然后捐给“哈佛燕京”。或是大陆的某个图书馆买下，或在大陆拍卖，但是绝不卖给日本人。询之以价，翁说要500万美金才可让出。送走翁先生，我马上去郑炯文馆长的办公室，将刚才和翁谈话的情况作了报告，并说是否有买下翁藏的可能。郑说：很难办到，现在筹钱不容易，况且又是那么一大笔钱。（那时，我并不知道北京嘉德已在着手和翁先生沟通，当然，那是商业机密。)

11月初，我赴港参加香港中文大学新亚书院50周年的学术研讨会，会后，即飞沪休假。在上海期间，我去上海图书馆和王鹤鸣先生见面。王先生是上图党委书记，一把手，对于文献的收集整理做过许多有益的工作。那次，我向他通报了几件事，其中一件即是有关美国翁万戈先生藏书想出手的信息，我希望上图能够设法买得。当时，王先生没有表态，只客气地说要商量研究。之后，也就没有声音了。

不意，2000年2月中旬的一个晚上，我突然接到王先生自上海打来的越洋电话，他说：上次你讲的翁氏藏书，现在有些眉目了，上海市政府已同意购买。王并嘱我将翁氏所藏情况再写一下。听到这个消息，我也很兴奋。巧的是2月18日，北京国家图书馆和美国纽约市立公共图书馆合作，在公共馆属下的法拉盛分馆举行中国古籍善本精品展览，并于次日有一个学术讨论会。19日这天是星期六，翁先生也来与会。中午是自助午餐，翁和我坐在一起，边吃边聊。我问起了藏书的事。翁先生告诉我说，他后天即和老伴从纽约飞北京，藏书全都托运带去，到京后之事宜全由嘉德安排。此时，我便将上海图书馆想获得此批藏书的愿望和盘托出，并将上图历来重视善本文献的情况也作了说明。翁说到了北京再看。

我的发言安排在当天下午二时，讲的内容是"孔子《圣迹图》的版本及流传"。发言后没多久，我即开溜去法拉盛的唐人街，搭四时返回波士顿的大巴。九时到家后，也顾不得休息，马上写信并于次日传真发给上海图书馆王先生。当时，我的感觉就像是在做"地下"工作，即将在会场上获知翁氏夫妇何时离美飞京的"情报"以及我所了解的信息，赶快告诉上海方面，以便他们早作准备。下面就是当时我发给上海的"情报"(传真底稿)：

上海图书馆王鹤鸣先生：　急件

所嘱之事，现报告如下：翁万戈先生已定于2/21携书飞往北京，日前已和嘉德拍卖行签订合同，委托他们拍卖。翁的原则是整批出售，或为买家购得捐赠藏书机构(或由藏书单位购买)。

其藏书全部为八十种，其中宋本十一种（有八种已影印入《常熟翁氏所藏善本丛书》，北京书目文献出版社出版），另一部即为久负盛名的《施顾注苏东坡诗》，还有一部是《汉书》，存57册（有几本配清抄本）。元刻本4部、明刻本11部。余为清刻本、稿本、抄本。

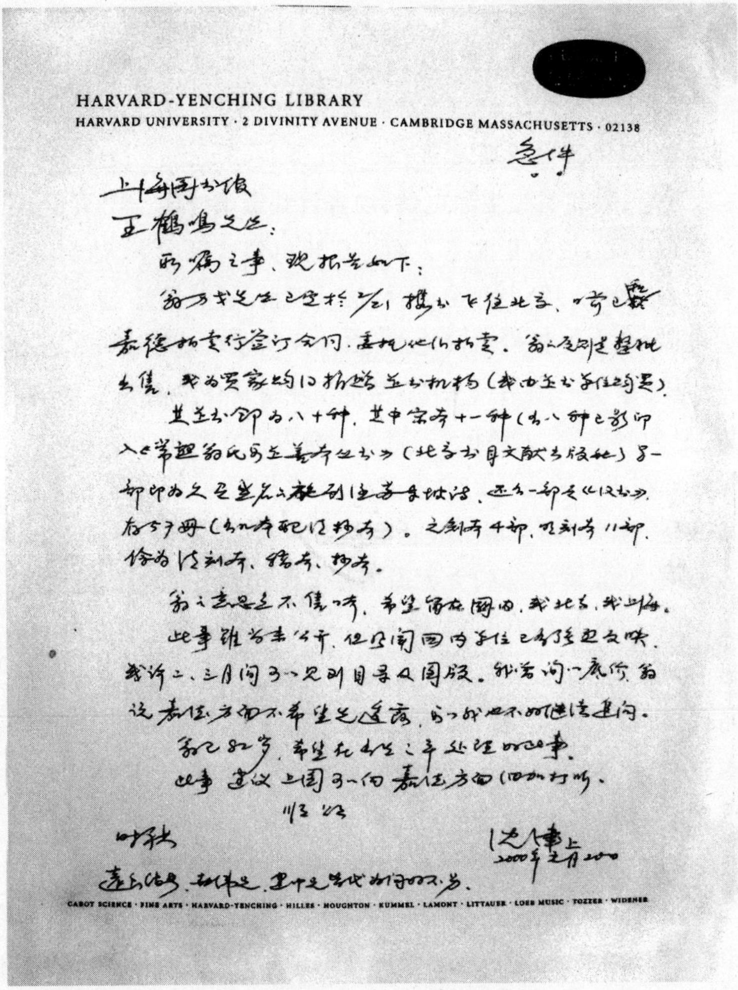
[redacted]

HARVARD-YENCHING LIBRARY
HARVARD UNIVERSITY · 2 DIVINITY AVENUE · CAMBRIDGE MASSACHUSETTS · 02138

急件

上海图书馆
王鹤鸣先生：

所嘱之事，现报告如下：

翁万戈先生已定於2/21搭机飞往北京，明天已与嘉德拍卖行签订合同，委托他们拍卖。翁之意则是整批出售，我为买家均问[illegible]机构（[illegible]）。

其藏书全部为八十种，其中宋本十一种（有八种已影印入《常熟翁氏所藏善本丛书》（北京书目文献出版社）另一部即为久负盛名之施顾注苏东坡诗，还有一部是《汉书》，存57册（有几本配清抄本）。元刻本4部，明刻本11部，余为清刻本、稿本、抄本。

翁之意思是不售外，希望留在国内，或北京，或上海。

此事虽尚未公开，但[illegible]国内单位已有[illegible]反映。我许二、三月间可以见到目录及图版。[illegible]翁说嘉德方面不希望先透露，[illegible]。

翁已82岁，希望在有生之年处理好此事。

此事建议上图可以向嘉德方面加以打听。

[illegible]

[illegible]　　　　沈津上
2000年2月20

[illegible]

CABOT SCIENCE · FINE ARTS · HARVARD-YENCHING · HILLES · HOUGHTON · KUMMEL · LAMONT · LITTAUER · LOEB MUSIC · TOZZER · WIDENER

致上海图书馆王鹤鸣的传真底稿

翁的意思是不售日本，希望留在国内，或北京、或上海。

此事虽尚未公开，但风闻国内单位已有强烈反映。或许二、三月间可以见到目录及图版。我曾询以底价，翁说嘉德方面不希望先透露，所以我也不好继续追问。

翁已82岁，希望在有生之年处理好此事。此事建议上图可以向嘉德方面细加打听。

顺颂　时祺。

沈津上2000年2月20日

(远良馆长、世伟兄、建中兄皆代为问好，不另)

传真发出后，我也就算完成了一项任务。

3月下旬，我和翁先生通电话，翁告诉我藏书已由上图买下，还说了他在北京的事情，说的是北京方面也很想得到这批藏书，他们组织了不少专家学者去鉴定，发表意见，还要层层报批。最妙的是，嘉德方面的人送他去机场，就在要搭机飞沪之前，嘉德人的手机响了。一会儿，嘉德人说，刚才是北京国家图书馆来电，说是今晚馆长任继愈先生要请翁氏夫妇吃饭。但为时已晚，大势已去。因为上海方面在翁抵京后不久，上图的几位馆领导在王鹤鸣先生的率领下(只留二人看家)也抵达北京，在嘉德的沟通下，已与翁有所接触并表达诚意。

我知道，北京有关部门方方面面都考虑得细致周全，主要耽搁在时间上。而上海方面就"精明"得多，时时与市府高层领导的汇报沟通是必须要做的功夫，没有那么多条条框框，一旦认准，就分工合作，全力以赴，不达目的，决不罢休。当然，翁氏夫妇到沪后，上图施展的一系列公关包括展现诚意、参观、实展、资金到位等，都一一奏效，使翁氏认为藏书回归非上图莫属。

3月底的某日夜晚，我居然又接到了王先生的越洋电话。王先生开头的几句话就是谢谢我，说翁氏藏书经过大家的努力，终于由上图收藏。通话结束前，王先生又说了再次感谢的话。我知道王先生专门打电话谢我，并不是应酬我，他是真心的，他没有忘记一个海外游子在翁氏藏书回归

祖国之前所做的点滴工作。所以,我在激动之余,马上又写了一封信,用传真发到了上海。传真的底稿是这样写的:

鹤鸣先生:

您好。谢谢您在电话中告诉我的好消息。所以,我还要向您道声恭喜。

这件事的成功,实在是近五十年来中国图书馆事业发展史上一件重要事情。六十年代初,香港陈澄中先生的宋元珍藏就是在周恩来总理的关怀下,由国务院特拨购书经费,并由北图善本部主任赵万里先生秘密赴港洽谈,而最后回归北图收藏。而三十年后,远在大洋彼岸的翁万戈先生秘藏数十年的珍本又通过上海市政府的鼎力支持以及您和马王缪吴诸位馆长(还有燮君兄)的努力,终于达成由上图典庋,这无疑是在原有汗牛充栋的基础上锦上添花、如虎添翼。尤其是那十余种宋元瑰宝更是享誉书林。

俗话说:机不可失,时不再来。贵馆也正是应了邓小平所说的"抓住机遇"而做成了一件大事,你们的"大手笔"也充分显示了魄力。上图有诸位当家,必定欣欣向荣,蒸蒸日上。我衷心地祝福你们。

早在1987年,我曾在香港《明报月刊》上撰文,说翁氏所藏在美洲、欧洲地区,无论是大型博物馆,或是任何一个国家馆(美国国会图书馆等)以及东亚图书馆所藏宋元本都无法望翁藏之项背。1993年,我又在《中国文化》(刘梦溪主编,北京三联)上发表论文,论述美国所藏中国古籍的文章中也提到了这一观点。

翁先生现已返回新州寓所,他为上海方面如此诚恳之心意而感动,也对贵馆诸位之接待表示谢意。同时,他也对这批古籍善本能有如此顺利的转移,并有如此完美的归宿大感欣慰。我告诉他,上图此次是"志在必得"。他深表同意。

……我希望将来有机会,能再为上图略尽绵薄。

专此

顺颂　　馆祺。

沈津　2000/3/30

我以为翁氏藏书入归上图,这主要是上图领导锲而不舍的结果(王鹤鸣先生功不可没),关键之时又得到市府领导的支持,不然那450万美金从何筹得?当然还要加上“嘉德”的配合。

翁氏藏书入藏上海图书馆的同时,隶属于上图的上海科学技术文献出版社为配合藏书回归,特意出版了《常熟翁氏藏书图录》。知道《图录》出版的事,是5月上海联合时报的记者潘真到哈佛来看我时告知的。我是急性子,当天晚上就打电话给上图的王世伟,请他将《图录》航空寄我一册。接下来,又打了个电话给翁先生,问他见过《图录》否?谁知翁先生竟说,他有10册,而且知道我没有此书,就说你要几本?我也不客气地说,能否给我两本?翁先生说,明天就寄给你。

翁先生住在新罕布什尔州,就在麻州波士顿的隔壁,所以他寄的书没几天就收到了。《图录》是中国嘉德国际拍卖有限公司编的,确实印刷精美,一册定价为360元,有点贵。可惜的是初初一翻,就发现内里错误多多,很多书的说明都有毛病,而且有错字,有的多至五六处,所谓帝虎鲁鱼,触眼便见。第一种书的作者“夏允彝”,成了“夏云彝”。“巴西邓先生文集”成了“马西邓先生文集”。即使是短短的后记,也是讹字连连,如《〈翁氏藏书图录〉后记》,前面漏去“常熟”二字。“丛书”,为“从书”、“即翁万戈先生”,为“既翁万戈先生”。连“上海科学技术文献出版社”这专用名词,也漏掉了“科学”二字。而不正规的甚或错误著录,也多得去了,有的缺卷数,有的卷数错。有的版本作“十五世纪明刻本”,实在是不能细看。

由此可知,编辑者或许是位外行,不然不会错误百出的。这大约是自杨守敬《留真谱》以来,中国最差的一本图录。后来,翁先生来我办公室,我将红笔注出的众多讹字给翁看。翁说:没有办法。不久,翁又来我处,带来一本蓝色封面的《图录》,说这是新寄来的本子给你。我一看,里面的错字一字未改。翁苦笑着说:太差劲了,没有办法了。一本本应做得很好的《图录》,却做得如此糟糕,看来不全是手民的原因。

2008/6/14

葛思德东方图书馆藏的中医书

《藏书报》2006年9月11日有某君《裘开明眼中的葛思德藏书》一文，文中称美国普林斯顿大学葛思德东方图书馆藏的中国医学旧籍，"计有近700册南宋刻本，1630册元代刻本，24500册明代刻本，2000多册清初武英殿刻本，这是一座中国国内也罕有、最集中最完整的中国医学古籍宝库"。

乍看这些数据，不禁为之震惊，因为如果属实，那真是连北京国家图书馆所藏也是莫能望葛馆之项背了，更遑论上海、南京、浙江诸馆，即使是把全中国的宋元本医书全部相加，也不及葛馆。实际上，这些中国医籍的宋、元、明、清版本的数字，都是子虚乌有，也不知道作者是自己目睹葛馆所藏，抑或为错误信息所误导。有道是"外行看热闹，内行看门道"，那就让我们来真正了解一下葛馆所藏中医书的真实数字吧。

就像每个城市有它的市花，或是一个重要企事业单位有一张代表它的名片一样，葛馆的藏书特点就在于它拥有一批中国的古医书而著称于欧美地区的东亚图书馆。它的医书收藏，较之美国国会图书馆、哈佛大学哈佛燕京图书馆所藏要多，这是无可置疑的。葛馆所藏的医书分成两类，一类为善本书，一类为普通线装书。据《普林斯顿大学葛思德东方图书馆善本书志》的著录，医家类善本为 37 种，《普林斯顿大学葛思德东方图书馆中文旧籍书目》所载医家类图书为 330 种。也就是说，葛馆医家类的全部为 367 种，这个数字在后来也并没有再增加。最近，笔者曾为葛馆所藏的中医书数字专门在电话中询问葛馆现任馆长马泰来先生，马馆长说，据葛馆 1931 年时的档案记载，中医书的数字是 505 种 1989 册。我们估计 367 种以外的中医书，可能是 1911 年以后的出版物。

367 种旧籍医书，不是个小数目，这即使在中国的不少省市图书馆来说，也是没有的，至于台湾地区或是香港特区的图书馆，那就更是望尘莫

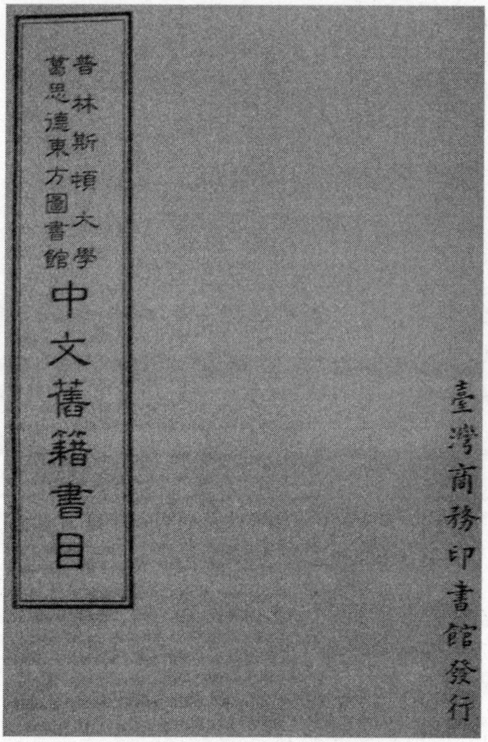

《普林斯顿大学葛思德东方图书馆中文旧籍书目》，中医图书尽载其中

及了。葛馆的善本医籍没有宋元本,都是明刻本及清刻本,其中有几种很不错。18年前,我在普林斯顿大学时,曾选了两三种写成善本书志,为《苍生司命》8卷、《袖珍小儿方》10卷、《针灸问对》3卷,已收入《中国珍稀古籍善本书录》中。此外如《新刊明医秘传济世奇方万必愈》11卷(明潭阳詹氏刻本,国内无收藏)、《申斗垣校正外科启玄》12卷(明万历刻本,国内仅有一残本,作明万历金陵富春堂刻本),都是罕见的珍本。

至于所谓的普通"旧籍"中的中医书,也有不少难得之本并可以作为善本书而移往善本书库的。我曾将《中文旧籍书目》医家类中的版本作了个统计,大约是明刻本8种、清初刻本7种、清康熙刻本16种、清雍正刻本6种、清乾隆刻本42种、稿本1种、抄本9种、韩国刻本1种、日本刻本4种。

如明童养学撰《新刻伤寒六书纂要辩疑》四卷、《伤寒活人指掌补注辩疑》3卷(明末大梁周亮节醉耕堂刻本)、明张世贤撰《图注脉诀辨真》4卷《图注八十一难经辨真》4卷(明末怀德堂刻后印本)、《婴童百问》10卷(明聚锦堂刻黑口本)等。即使是清代本子中的稀见本也不下十多种,且都是不见于《中国古籍善本书目》著录者,如清康熙五年(1666)渔阳林起龙刻本《医学启蒙汇编》6卷、清康雍间文盛堂刻本《救偏琐言》10卷附《备用良方》1卷、稿本《寿世仁术》2卷、清乾隆十八年(1753)三原张氏浙江刻本《林氏活人录汇编》14卷、清乾隆五十四年(1789)湖南罗氏刻本《罗氏会约医镜》20卷、清乾隆十六年(1751)南海何氏乐只草堂刻本《医碥》7卷、清乾隆十七年(1752)山左董思恭刻本《胎产辑萃》4卷、清乾隆八年(1743)恒山李大伦刻本《抱乙子幼科指掌遗稿》5卷,等等。于此也可知普大葛馆的中医书质量如何了。可惜的是,目前的葛馆没有力量去将在普通古籍中的这些善本书进行甄别,如果用《中国古籍善本书目》的收录范围,在《中文旧籍书目》中去挑选的话,觅个上百种应不成问题。

那么,葛馆怎么会收集到这批中国医书的呢?这又要从该馆的创办人葛思德说起了。葛思德是美国人,是一位工程师出身的清教徒。1914年,他在纽约以安置地底导线在工程界成名,以后又在南美、加拿大及亚洲等地包揽地下水道工程而积累了财富。不幸的是，他的眼睛患有绿内障，虽遍访欧美著名的眼科医生，但都束手无策，他为此深为沮丧。他拟想在眼睛失明之前周游世界，也是他的运气，他在北京游览时，结识了美国驻华公使馆海军中校武官吉里斯（中文名字叫义理寿），吉里斯建议他的眼疾可以试试河北定州的马应龙或白敬宇眼药。葛氏在使用了这两家的眼药后，居然有所好转而最后痊愈，由此他觉得中国神奇的中医药品较欧美国家的西洋药物高明。于是葛氏在离开北京前，留下了一笔钱，委托吉里斯搜集中国医书，特别是治疗眼疾的典籍，这也就是葛氏收藏中国医籍的开始，不久吉里斯又说服葛氏扩大购书范围。1929 年美国发生经济危机，葛氏的财务状况也受波及，所以购书行动在 1931 年时告一段落。（葛馆的古籍藏书，请参阅笔者著《书城风弦录》，广西师范大学出版社，2006 年）

过去最为关心葛氏藏中医书的是一位上海的名中医，那就是陈存仁。陈早年曾收集了不少医书以作研究，陈著作等身，前几年上海、广西方面的出版社还出版了陈的旧作《银元时代生活史》（广西师范大学出版社，2007 年）、《津津有味谭》（广西师范大学出版社，2006 年）等。早在抗日战争初期，陈氏就已经注意到了这批医书，起因是当年北京的不少旧书铺，由于战争的原因，生意冷落，致使许多旧书去了造纸厂，而成了所谓的"还魂纸"，或用作包扎杂物，这实在是传统文化的浩劫。为此他专程去北京 1 个月，其中有 20 天都泡在琉璃厂的旧书铺中，与掌柜们论价购书并谈论古今医书之存佚。

在与掌柜们的接触中，他得到了一个信息，即 1920 年前，有一位美国人曾在琉璃厂的许多书铺中大肆搜购中国医书和其他古籍，历时达十多年之久。这位美国人将搜集到的医书编成了一份目录，凡是书目中未载的他都要购买。此人还能辨别明版清椠，且自订一种比市价略高的价格，以本数论值，如明版 4 册，订价银圆 2 元，清刻本每 4 册 1 元。又由于付钱爽快，所以各个旧书铺都喜欢将书卖与他。陈存仁虽然直至 1952 年才了解到那位美国人即为吉里斯，也知道了他受葛思德的委托在北平大购医书,但还是不得葛馆藏医书之详情。后来陈存仁写了一封信并附了易君左的介绍信,通过在美经商的友人,寄给普大葛馆的馆长童世纲,他希望了解葛馆的中医书到底有多少,并盼望能购买一份书目。但是童先生的回信还是没有使陈存仁得到满足,经过陈氏运用各种材料进行分析研判,方知该馆有中医书500种左右。

葛馆藏的中医书,确实是一处未开发的宝藏,如若和前些时候上海辞书出版社出版的《中国中医古籍总目》去作一核对,那定可又找到一些国内未有收藏的珍籍。当然,我也设想,如若葛馆的主持人能编一套《葛馆藏中医珍籍汇刊》,那就可以使藏之西方图书馆的重要医书化身千百,从而为国内的医学研究者提供借鉴。

2006/10/1

“燕京”藏韩国善本

“哈佛燕京”的藏书不是很多，100 多万册而已，但却有些特色，那也不是几句话就可说得清楚的。如以韩文善本的收藏来说，较之美国国会图书馆、加州柏克莱大学、哥伦比亚大学、芝加哥大学、洛杉矶大学、夏威夷大学的东亚图书馆都要多。

“燕京”韩国善本的来源，和燕京图书馆第一任馆长裘开明以及当年韩国部主任金圣河有很大的关系。1951 年，金圣河曾在美国波士顿大学学习，他对中国、日本的文化、历史都有一定的认识。裘开明很赏识金的为人。同年，金在“燕京”兼职，并听从裘的建议，在美国南加州大学图书馆学系深造，在取得硕士学位后，于 1958 年重回“燕京”。他是“燕京”的第一任韩国部主任。

金的岳父徐斗寿，是哈佛大学的韩国语教授。他的第一位学生是韦格纳，韦也是研究韩国历史的，后来获得博士学位，并在数年后也成了教授。金和韦是非常好的朋友，在 50 年代末 60 年代初，他们经常在一起，一个在图书馆工作，一个教韩国历史。

1951年,裘开明发现在中文部的藏书中,约有300多册书是在韩国出版的中文著作,其中有不少涉及中国哲学、诗集、文集等范围,多是韩国翻刻的。裘认为这些翻刻书有一定的价值,他也认为应该成立一个韩文部,来专门从事采购、编目方面的工作。裘也喜欢交韩国朋友,而韦格纳教授对于韩国古代历史,尤其是韩国上层社会(支配层)的研究有一定造诣,所以他建议裘将韩国的族谱、地方志、榜目、诗文集这四类书作为图书馆采购的重点。

从1957年开始,哈佛燕京学社董事会拨发了一批数目可观的经费用于汉和图书馆发展韩文图书。这年,亚洲基督教高等教育联合董事会也拨款"燕京",用于发展燕京韩国馆藏。裘开明受社长赖肖尔(Edwin O. Reischaner)教授的委托,制定了在韩国内外搜购韩文文献的最佳方案,其时,韩国延世大学图书馆馆长闵泳珪教授在哈佛访问,裘于是邀請闵泳珪教授负责在韩国为"哈佛燕京"采购韩国古籍图书。

1958年8月,闵泳珪教授就陆续寄出在韩国购买的韩国古籍。一年中"燕京"馆藏增为141种537册。据"哈佛燕京"的档案显示:1961至1962年购入古籍321种1813册;1962至1963年购入古籍360种968册;1963至1964年购入古籍784种1990册。4年共1625种5341册,16批。这以后就没有大的补充了。1962年12月28日,裘开明致闵泳珪信中说:"我们非常感激你过去在我们购买大量经典韩文图书方面所给予的巨大帮助。如果没有你的友好协助,我们不可能这么迅速地建立起韩文馆藏。"(见《裘开明年谱》,程焕文编,广西师范大学出版社,2008年)

《中国所藏高丽古籍综录》(汉语大辞典出版社,1998年)是一部中国所藏1911年以前出版的高丽古籍的集录,它综合了包括国家图书馆、省市自治区一级的公共图书馆、大专院校图书馆、中国科学院系统图书馆、其他馆(出版社、文化馆、博物馆等),以及台湾地区("国家图书馆"、"故宫博物院"、"中央研究院"历史语言研究所傅斯年图书馆)共51个图书馆所藏,共2028种,应该说编辑者是尽了很大力量的。

对于韩国刻本来说,何为善本,何为普通本,中国和韩国的专家有着不同的标准。一般来说,中国方面认为韩国刻本在中国流传甚少,市面上也不多见,故不管是何种部类的书,只要相当于清代道光前(1821前)所刻的本子就算得上善本了。而韩国人则认为由于历史和战乱等诸种原因,流传下来的韩国图书已经不多了,所以他们把范围定的比较宽,即1945年以前出版的线装书都列入善本之列。

目前"燕京"共有4000部韩国古籍,包括善本书,这是根据"燕京"前韩文部主任尹忠男先生的界定,即选取1945年朝鲜独立以前的出版物作为善本,其中有些稀见本,是在韩国本土或他处都不易寻得的,尤其是一些韩国的手抄本古小说,如《九云梦》、《淑香传》、《牧忠孝传》、《昌兰好缘》等。

据初步估计,族谱为311种,较之《中国所藏高丽古籍综录》中著录的77部(北京大学图书馆最多,但仅31部。而《上海图书馆藏家谱提要》也仅10部),多出234部。

榜目(科举)类的书共74部,而《综录》共收29部(北京的中国国家图书馆3部、北大图书馆3部、浙江图书馆2部、台湾21部)。

集部图书是历来书目中著录的大宗,此类书包括韩国学者(含中国学者)的总集、别集。《综录》的收录共520部,而"燕京"所藏约1700部,比中国所收多出近1200部,这可不是一个小数字。

此外,宗教类约450种,也较中国国内所藏为多。

韩国翻印的中国经史子集图书也有百种以上,如《国语》、《唐鉴》、《武侯全书》、《陶靖节集》、《唐诗品汇》、《唐诗鼓吹》、《孟浩然集》、《韦苏州集》、《韩昌黎集》、《山谷集》、《世说新语补》、《文苑英华》、《事文类聚》等。

根据台湾方面的资讯,我们可以知道,台北公藏的韩国古籍共有506部,分藏"国家图书馆"、"国家图书馆"台湾分馆、"故宫博物院"、"中央研究院"历史语言研究所傅斯年图书馆、"国立"师范大学图书馆、台湾大学图书馆等6所图书馆。其中"国家图书馆"最多,计353部,占台湾总藏量之69.76%,这些书中善本为327部,普通本为22部,无求备斋文库本4

部。如以四部分类来看,则经部 45 部、史部 161 部、子部 70 部、集部 77 部。如以版本来分,则刻本 173 部、活字本 119 部、抄本 59 部、石印本 2 部。

如溯其渊源,“国家图书馆”所藏,大部分是 1948 年从大陆移往台北者,共 296 部。在 1949 年以前,韩国善本在大陆流传甚少。这一点我们可以从 1940 年至 1941 年间,张寿镛、郑振铎等人在上海组织的“文献保存同志会”,冒着生命危险,为中央图书馆购置善本、抢救传统文献的过程中可以看出。在 3800 部善本书中属于韩国善本者有 15 部,其中 6 部为王荫嘉“二十八砚斋”的旧藏,3 部为刘承幹嘉业堂藏书,1 部为张乃熊芹圃所藏,另 5 部是从北平书估处购得。而在私人收藏方面,最多者为陈群。陈为福建闽侯人,早年追随孙中山,抗战期间,他投降日寇,沦为汉奸,任维新政府的内政部长,后任汪伪江苏省省长兼保安司令。1945 年抗战胜利后,陈服毒自杀。他的“泽存书库”中所藏善本图书 4400 部,其中有 301 部为韩国善本,后全被有关方面接收,这些韩国善本今存台北“国家图书馆”。

所以,即使是大陆和台湾地区所藏相加,也很难在数量和质量上与“燕京”抗衡。许多来“燕京”的访问学者都认为该馆的韩国善本不仅珍贵,而且使用方便,较之他馆有不少得利之处。从 2001 年开始,燕京馆即将撰写韩国善本书志列入计划,且馆方从韩国聘请了三位学者来美执行此项写作计划。而至 2005 年岁末,《美国哈佛大学哈佛燕京图书馆藏韩国善本书志》已经出版,可惜的是,那厚厚的 5 册精装本,都是韩文,对于我这个目不识丁的韩文盲来说,实在是无法利用。

2007/9/27

张元济与嘉兴地区文献

对于图书馆来说，尤其是初创阶段，藏书多为各方捐赠及四处采购而来，二者中又以前者最为重要。就以初期的北平图书馆来说吧，当年梁启超将所藏悉赠平馆，期借国家之力以呵护之，其苦心卓画，自足取式。而50年代初期的北京图书馆，就有翁之熹、瞿济苍兄弟、傅忠谟、周叔弢、赵世暹、潘宗周等重要藏书家将他们保存数十年以上或一生精力所聚的宋元精椠、明清罕本、手稿名抄等捐赠北图，使馆藏更为充实。再以上海图书馆为例，1952年建立时，就有金山姚石子后人捐出古籍4.8万余册(内抄校本300余种)、柳亚子捐出4.4万余册、南社诗人高天梅捐出2万册，数十人之无私捐赠，终于为初创的上图打下基础。说这些，无非是捐赠乃为关紧之事，对于大馆是如此，那小馆就更需要了。

1939年8月，一家毫不起眼且不亮出招牌的私立合众图书馆悄悄地在灯红酒绿的大上海租界区成立了。那个时候，正值日寇疯狂侵略中国，东南地区铁蹄所至，文物图书多成劫灰，上海也处于“孤岛”时期。张元济、叶景葵、陈陶遗、陈叔通等重要文化人出于对祖国传统文化的热爱，为抢救濒临毁灭的文献典籍，毅然奋起，以创办图书馆来负起保存固有文化之责任。

初创时的“合众”，即以顾廷龙先生为总干事，藏书以叶景葵先生所捐全部藏书为基础，除了陆续从北平、上海、苏州、杭州等地采购外，蒋抑卮、李拔可、陈叔通、叶恭绰、胡朴安、顾颉刚、潘景郑等也都捐出了不少藏书。而“合众”的发起人之一张元济先生，是最能明白在图书馆里多一册书即学术上多受一分利益的道理，他更懂得图书这种“文化载体”，一遇刀兵水火之灾，若无力保全，最易毁灭。1932 年 1 月 29 日，上海商务印书馆总厂在日寇轰炸中，全厂焚毁，30 年中搜罗所得大量中外图书，悉数化为灰烬，损失之重，旷古所无。至于清初钱谦益绛云之祸，亦前车不远。不少藏家，心血一生，空箱饱蠹，而子孙也不能世守。所以，张先生早就有将自己的藏书悉数捐给图书馆保存之念。

1941 年 4 月 23 日，张先生致顾先生的信中就有拟将所集嘉兴地区先哲遗著分批捐赠“合众”的意愿。信云：“曩弟搜辑嘉郡先哲遗著，多历年所，亦积有数百种。去岁曾为兄言，拟归之合众图书馆，俾免散佚。不意冬间一病，侵寻数月，遂致久延。各书本寄存东方图书馆所赁市楼，今当陆续取回，呈诸左右。今日先送去第一批，以后当排日检奉。惟中有蠹蚀者，如不便收拾，则竟弃去可耳。七邑之中以海盐人著述为多，鄙意拟暂时留出，冀异日敝邑或有图书馆之设，则仍以归诸故土，稍助乡邦文献之徵。合先陈明，务祈鉴察。”

张元济先生

嘉郡为吴越一隅，江浙富庶之乡。清代领嘉兴、秀水、嘉善、海盐、平湖、石门、桐乡七县，衣冠鼎盛，人才辈出，著述载籍，留芳后代。翻开嘉郡方志之"艺文"、"书籍"，即可知明清著作之多。

前几年，我在写《顾廷龙年谱》时，曾读过顾先生当年日记，其中详细记载张先生分批赠嘉郡暨海宁先哲著述的次数、种数及册数。其中嘉郡著述共 22 批，第 1 批为 4 月 23 日，《朴溪剩草》、《漱六轩诗钞》等 22 种 68 册；第 22 批为 8 月 8 日，《嘉兴谭氏遗书》等 3 种 15 册。

7 月 19 日，张又有信致顾先生，云："拟将海盐县一部陆续呈上，前经陈明，将留存备作本邑图书馆之藏弆，不知在于何时。今拟陆续送去，作为寄存，仍可听人检阅。异日重见太平，果能不虚此望，仍欲履行前约，不知可邀允许否？"

从 7 月 21 日起，张先生分三次寄存"合众"海盐先哲遗著并《搜神记》、《唐音戊签》、《淳村诗集》等 60 种 244 册。张于书目前有注云："以下海盐先哲遗著，拟先寄托贵馆，尽可公开展阅，惟异日敝邑如有图书馆之设，仍乞许其收回，归诸桑梓，以助乡邦文献之徵。"至 10 月 6 日，第 12 次寄存《宫闺百咏》等 10 种 20 册。

而 8 月 1 日起，张先生又寄存"合众"张氏先人著述及刊印之书《横浦文集》、《贞居集》等 21 种 57 册。张于书目前注云："以下为先人著述及刊印评校藏弆之书，现亦援海盐先哲遗著之例寄存贵馆，请公开阅览。惟异日宗祠书楼可望恢复或本县有图书馆之设，仍请准其领回移贮。"至 10 月 6 日，寄存 5 种 10 册。

以上自 4 月至 10 月，张先生总共捐赠"合众"其历年收藏旧嘉兴府先贤遗著 476 部 1822 册。寄存海盐先哲遗著 255 部 1115 册。张氏先人著述及刊印关于校藏弆之书 104 部 856 册、石墨图卷各一事。所谓的"寄存"，后经倭乱，鉴于祠屋半毁，修复无力，本地图书馆之建设更属无望，遂改为永远捐助"合众"。

张先生所赠图书，直至 1944 年方由潘景郑先生编就卡片，并由顾先生校核。1946 年 10 月，潘先生编纂的《海盐张氏涉园藏书目录》(合众图书馆藏书分目之一)出版。那是因为这一年的1月,“合众”始在上海市教育局立案。5月,“合众”开第五次董事会临时会议,张先生当选为董事长,而《书目》告成之时,适逢张先生八秩诞辰。为贺张寿,“合众”及有关人员(商务印书馆、商业银行、王云五、王志莘、李宣龚、徐寄庼、徐森玉、陈叔通、冯耿光、叶景葵、刘培余、潘景郑、蒋复璁、郑振铎、顾廷龙)醵金印行《藏书目录》,目录前有叶景葵序,云:“先生所藏,以表彰乡贤先世之精神,勤求博访,锲而不舍者数十载,始克臻此,其难能可贵为何?”

海盐张氏涉园藏书目录

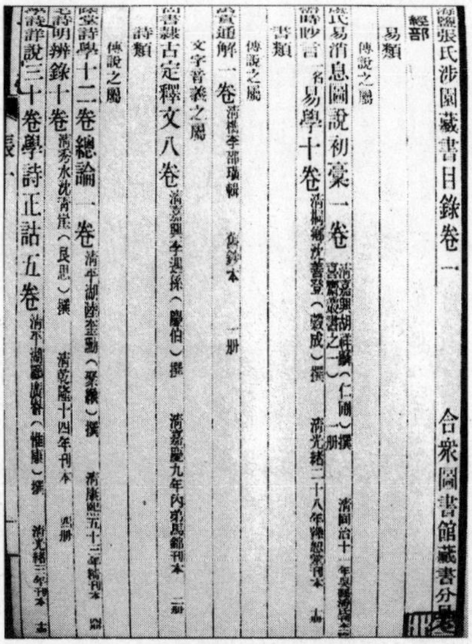

海鹽張氏涉園藏書目錄卷一　合衆圖書館藏書分目

經部

易類

傳說之屬

氏易消息圖說初稾一卷

一名易學十卷

書類

傳說之屬

貢通解一卷　舊鈔本　一册

文字音義之屬

書隸古定釋文八卷　清嘉興李遇孫(慶伯)撰

詩類

傳說之屬

詩學十二卷總論一卷

毛詩明辨錄十卷　清秀水沈青崖(艮思)撰　清乾隆十四年刊本

詩詳說三十卷學詩正詁五卷

海盐张氏涉园藏书目录卷一

张氏先祖藏书颇有渊源,其十世祖大白公于海盐建有涉园,广贮图籍,绵历数代,时有宋元刻本50余种、抄本290余种,可云美富。太平天国时,涉园毁,书亦为估人捆载而去,虽化为云烟,但也有部分流落各地。张先生在数十年收书过程中,偶见祖庭遗泽,辄为搜罗,这在《涉园藏书序跋》中多可读到。

张先生收藏的嘉郡、海盐先哲以及其先人的著作，大多是在清末民初时在北平、上海等地搜集到的，还有部分是张先生的友朋为他访旧搜遗而得，如朱希祖（亦海盐人）、傅增湘（助张购得涉园旧藏十余种）等人。在张先生的友朋书札内，有多通涉及购求先哲著作的，如朱希祖曾在20年代初在北平为张先生买到不少书，有一札说到朱在市场里见到一部明代海盐人钱琦的《钱临江先生集》14卷附录1卷（明万历三十二年〔1604〕子苍刊本），甚为稀见，就告诉了张先生。张复信要朱代购，但这时，书已被另一藏家捷足先登。就在张失望之际，朱又费了不少精力，设法从那位藏家手里又“挖”了回来，终于成为涉园藏弆之物。

张先生累藏多达千部以上，宋元刻本虽有数部，明代佳椠也有数十部（有些极难得），但其重要处却在于乡邦文献，所占比重约为十之九。《海盐张氏涉园藏书目录》计4卷，卷一为嘉兴先哲遗著，卷二为海盐先哲遗著，卷三为张氏先世著述及刊印评校之书，卷四为张氏旧藏书籍。别的不说，单就嘉兴先哲遗著集部别集类中的清人别集就达275种、海盐先哲遗著中的清人别集达142种（二类均含复本数种、近人数种）。

这些图书中有不少稀见之帙，嘉兴者中如《鹿干草堂集》11卷（檇李屠廷楫撰，清康熙刻本）、《袭紫楼诗集》8卷（嘉兴李镜撰，清康熙四十九年〔1710〕刻本）、《经纬堂文集》16卷《诗集》10卷（秀水杜臻撰，清康熙刻本）、《越州诗存》11卷（嘉兴戴彦镕撰，清康熙刻本）、《南疑集》7卷（当湖沈季友撰，清康熙刻本）、《乐志堂诗集》4卷（嘉兴李明嶅撰，清康熙三十七年〔1698〕刻本）等。

海盐者如《云邨先生文集》14卷（明许相卿撰，明万历明德堂刻本）、《击辕草》6卷（明钱薷撰，明万历刻本）、《承启堂全集诗文》27卷附录1卷（明钱薇撰，明万历四十二年〔1614〕刻清初印本）、《研宝斋遗稿》12卷（明刘世教撰，明天启六年〔1626〕刻本）、《钟贲溪先生四体诗稿》1卷（明钟夏撰，明复初堂刻本）、《吴忠节公遗集》6卷（明吴麟徵撰，清康熙五十五年〔1716〕曾孙正心刻本）、《云涛散人集》6卷《诗余》1卷（清贺炳撰，清康熙八年〔1669〕刻本）、《皆春堂诗集》7卷（清俞兆曾撰，清康熙刻本）等也是。

细读全目，即使是清嘉道间刻本，也有不少名头极冷僻之书，如有好事者慢慢核查，定有较多他馆鲜见之本。

走笔至此，突然想到了柳亚子先生收集的吴江文献也是如此，吴江也是文学渊薮。而柳氏在31岁时发狂地收买旧书，凡是吴江人的著作，从古代到近代，不论精粗好歹，一律收藏。“狂胪乡邦文献尽耗其金”之豪举结束，柳所得到的吴江文献竟达650余种。当然，这也离不开朋友之帮忙，所以沈云眉说：“三数年来，老友柳亚子搜罗邑中文献，残编断简，不惜斥巨金以求之，昔之覆酱瓿供炊薪者乃娟娟发见，书贾得抄本诗文稿，苟为邑人著者，往往走视眉，使达之亚子。”

上星期和范笑我聊天，当说到嘉兴文人著作时，他说：嘉兴有某企业家，愿以余赀助编《嘉兴文献丛书》。这是大好事，是为地方先哲遗著化身千百，延作续命汤之善事。郡邑之丛书刊刻，意在表彰乡邦文献，自明人《梓吴》一书开其端，至清而此风弥盛。所谓缥碧纷陈，琳瑯罗列，也是所谓“存先正之精神，便后人之紬绎，网罗粲备，扬先芬以诏后起”。

张之洞有劝刻书说，云：“凡有力好事之人，若自揣德业学问，不足过人，而欲求不朽者，莫如刊布古书一法。但刻书必须不惜重费，延聘通人，甄择秘籍，详校精雠。（刻书而不择佳恶，书佳而不雠校，犹糜费也）其书终古不废，则刻书之人，终古不泯，如歙之鲍（廷博）、吴之黄（丕烈）、南海之伍（崇曜）、金山之钱（熙祚），可决其五百年中，必不泯灭，岂不胜于自著书自刻集者乎？且刻书者，传先哲之精蕴，启后学之困蒙，亦利利之先务，积善之雅谈也。”当然，印书也非容易之举，其间困难重重，即使是披检群籍，披沙捡金，也需当地专家学者精英从事之。

2008/7/3

说说张廷济

2008年4月20日，我和家人自杭州返沪，途中我提议可否去嘉兴看看。一是可以看看南湖，品尝一下真正的嘉兴粽子，同时更想去看秀州书局。车子不久就进入了嘉兴地界，没问两个人，就找到了嘉兴市图书馆。我知道秀州书局是开设在图书馆的旁边，虽然没有见到招牌，但我径直走了进去，书局竟然没有顾客，书架上的书都是我看不懂或不想要的。我请教值班的大妈，这是秀州书局吗？她说过去是，现在由新华书店在管理。再问：那原来的主持人呢？答：是范笑我吗？我一听，就是他，在不在？答：今天他在办公室。于是热心的大妈为我打了个电话，说是上海来的沈某希望见面。

范笑我，一个中年人，曾把一个小小的秀州书局办得有声有色，使之声名远播，不少学者和爱书者和他都有联系。办公室里书桌和地上堆的都是书，比我的还乱。我们也没有什么拘束就谈了起来，从顾师廷龙先生谈到潘师景郑先生，从黄裳谈到了他"文革"中被抄藏书，从张廷济谈到善本书志。我对张廷济有很大兴趣，就问嘉兴有没有人专门研究，他的旧居还在新篁吗?当我表示可否去看看的愿望时,范一口答应,并用电话和他的有车朋友联络。在安排了家人的吃饭事后,范将我带到了五芳斋吃粽子。不久我们就去了新篁,道光年间的新篁是“沿河成市,人烟稠密,水竹清苍苍”,但现在看不到当年的景象了。新篁离市中心大约40分钟车程。

张廷济是道光间的金石大家,故居在新篁镇朝南街太平寺后,抗战前尚存,直至上世纪的1938年4月27日,日寇焚掠新篁,张之故居被毁。太平寺很小,寺前有一小河,还有小桥。我问范笑我,当年不少学者来看张廷济,是怎么来的?范说:应该是乘小船来的。信然。

清仪阁,是张廷济读书、藏书、储器之处。据翁方纲对清仪阁的描述,我知道清仪阁有两间,在八砖精舍之上,东向,高四丈八尺,各广一丈六尺,深二丈二尺。翁方纲八分书额并有跋。陈仲鱼写过一篇《清仪阁记》,说张所居“隙地多嘉树,有阁巍然”。张、陈同举于乡,是要好的朋友,但张“不屑为风尘吏,拂衣而归,扫除门径,旨以养亲储书以课子,鼎彝罍戈剑钱范之属,杂陈其间。一二友朋,时相往来,赏奇析疑。或坐花醉月,或点笔题诗,暇则扁舟出游,访求古迹”。

清仪阁于咸丰十年(1860)兵燹中毁于火,图书彝器荡焉无存。我们坐在殿前的小亭里,心情沮丧也是自然的,因为张氏的遗物什么都看不到了。

张廷济的文章做得很好,嘉庆三年(1798)举孝廉第一。瑞元《顺安诗草》序云:“孝廉张叔未先生博学嗜古,草隶独出冠时。其为诗朴劲典核,出入韩苏,而性情天趣,有萧然绝俗之致。先生尝数试礼闱不得志,遂归隐禾中之新篁里,结屋烟水间,以图书金石自娱。当世士大夫高其行,覃溪学士、仪征相国咸为扁其庐焉。”“先生年届八旬,神采矍铄,而眉长径寸,仪征相国有眉寿老人之目,且作传以贻先生。”

张廷济卒于道光二十八年(1848)。他的死一是因为道光二十六年(1846)春,其子邦梁殁去,年仅43岁,老人心力顿衰。二是次年六月偶染微疴,积而成剧,药医罔效。张氏平生诗作不下3000首,后亲自删订,其《顺安诗草》8卷,所收始乾隆四十九年(1784),迄道光二十七年(1847)八十自寿诗止，仅700余首。自序云："余之诗浅矣，细矣，顾念夙承父师之教，学之有年，若尽情弃去，未免忍不能舍。今年八十，汰去强半，聊复编此。此岂少牵率酬应之作，而敢云能为不能为之诗哉？志之所期，学则不逮耳。异时续有编录，当随时删改以存家塾。"张氏又有《清仪阁杂咏》，计50首，其诗缜密以栗，其品出奇无穷。

清仪阁中所藏之物，自商秦汉魏晋唐，以至近代；自金石象齿，以至瓦甓砖墼版榦瓷漆；自碑碣赋咏简牍铭识，以至工勒之名；自篆隶图画刻削髹饰，以至草木之品皆有。张的部分所藏可见《清仪阁所藏古器物文》，计10册，商务印书馆有石印本，底本即为桐乡徐钧爱日馆珍藏。商务的简章说："嘉兴张叔未先生廷济，酷好金石，学问渊博，收藏宏富。因集三代至近世器物款识都为十册，凡文字同异，收藏源流，莫不考据精详，自为跋尾，足与乾嘉以来毕阮吴陈诸公著述媲美，诚金石之菁花，艺事之鸿宝也。"徐钧爱日馆藏拓本，今藏日本京都大学（《京都大学人文科学研究所汉籍分类目录》作手稿本）。

只要看一下各册目录，就可知藏品之丰。自金石彝器、泉币玺印、砖甓瓦当，下至文房玩物，有文字者，无不手拓，汇集成编。张氏又各疏其源流，释其文字，手书其上。第一册商爵4、商尊3、商卣1、商觯1、商觚4、商句兵2、古兵2、周钟4、周鼎3、周卣1、周爵1、周觯3、周觚1、周彝1、周敦7、周簠1、周鬲2、周盘1。第二册秦度1、汉鼎1、汉镫4、汉句兵1、汉弩机4、汉壶3、汉洗3、汉兵符4、汉带钩1、汉斗检封1、汉田器1、蜀椠韩文范1、唐铜佛座1、吴越舍利铁塔1、唐涂金铜龟1。第三册刀泉3、货泉1、布泉10、圜泉7、泉范11、宋铜牌2。第四册汉唐宋元明镜18、夏禹篆圭1、周谷璧1、周玉璏2、古玉带版1、晋盌1、古瓷佛像1、古瓷笔架1、绾结壶1。第五册汉魏六朝砖52。第六册汉瓦24。第七册唐残碑8、唐经幢2、晋帖摹本1、唐墓志砖1、周石刻摹本1。第八册元铜权14、明铜权8、元牙牌1、明铜牌4、元明铜杂器10。第九册宋元明印记9、名人旧刻印100、藏金纸印文8。第十册砚13、墨20、竹木器刻字16。

虽然清仪阁中的这些文物都付诸祝融，但欲考清仪阁收藏者，得上海商务石印本,也可不烦他索矣。

张廷济对于古印也情有独钟, 其所集印,《清仪阁所藏古器物文》所收仅为部分。日本太田孝太郎编《古铜印谱举隅》卷四有张廷济集《古印缀存》,内古钵12、官印83、私印121、杂印6,计20叶。廷济题署云:“旧所积存者,徐籀庄、张辛有为拈册。道光十四年(1834)甲午夏日,叔未。”此《缀存》原为罗振玉贞松堂旧藏。印下多有叔未题识,且有年份。

又一种为《清仪阁古印偶存》六卷,道光八年(1828)钤印本。《偶存》涉及印谱的印数和价钱,这种材料极少。按,此谱有两种,一为道光八年本,一为道光十五年(1835)本。八年本,册首有道光八年夏日张廷济题署,右边钤嘉兴张氏清仪阁所藏印,又各册卷首有“清仪阁古印偶存。嘉兴张廷济贮藏”,皆廷济自写。第一册初叶又钤“购古印四十余年,去其复者,得三百三十有奇,印三十五部,部六卷,朱纸工银六两。道光戊子夏

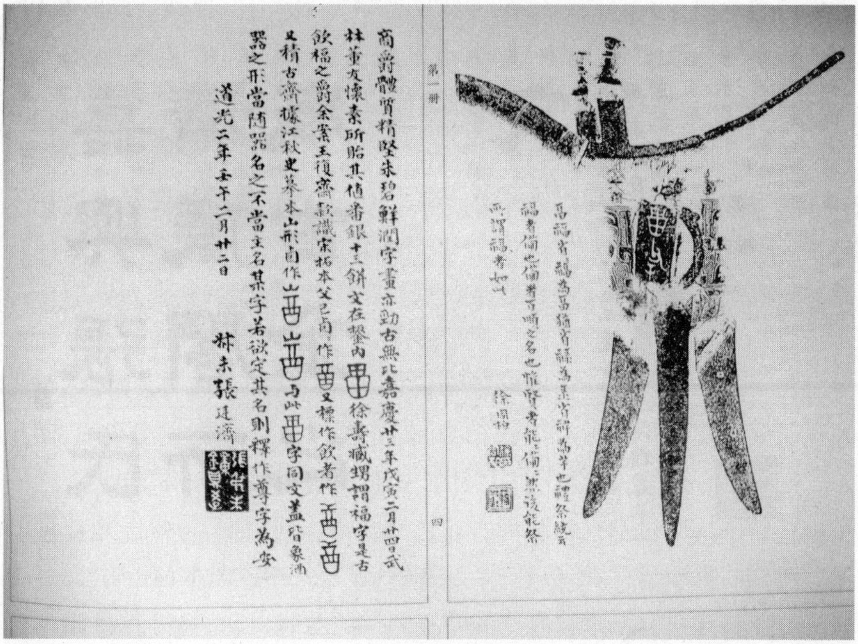

张廷济跋商爵

日,叔未张廷济记”,正书四行长方印。此本有官印51、私印285,每叶3印,计182叶,无序跋,共6册,为家藏本。十五年本,有官印110、私印357,古文印27,每叶2印。有廷济序、男邦梁跋,共6册。此本有杨守敬题记,云:“叔未印谱有两种,初印者纸式稍大,此其后印者,较增多数十印。庚辰,以重值得于上海,惜印色拓工皆不佳,叔未赏鉴巨擘,当日何草率如此。”

张廷济跋云:“余少嗜集古人铜印,村居僻,足迹亦不广,父兄之所贻,亲串之所赠,不及三十名也。方壮,侍今相国仪征阮夫子,受经之余,讲求古钟鼎彝器文字。己未、辛酉、己巳,三至京师,留滞数载,得师事大兴翁阁学覃溪先生,又与宋芝山学博葆淳,赵谦士司农秉冲,赵润甫大令秉淳、翁宜泉秋部树培、孙古云袭伯均为道古至契,闻见渐廓,所获亦渐增。今并箧中所积,得四百六十六印,印二十部,视戊子之夏所印三十五部者,又增多百余印。为官为私、为古文、为铜为银、为涂金、为一面两面三面四面六面、为子母、为龟钮、兽钮、蟾蜍钮、为坛钮、鼻钮、瓦钮、桥钮、覆斗钮、亭钮、重屋钮,种种备具。以审其文字,不可以秦汉限也。戢集尚隘,不得以谱称也;选择必慎,不敢以假混也,故仍以古印偶存名之。”此为道光十五年68岁时所跋。

张子邦梁跋云:“印古真印成书者,明上海顾汝修所集印二十本为最善。其书官印一册,私印上下平声上去入声五册。卷首朱记四行,定其直曰:每本白金十两。吾家旧有藏本,世颇珍之。昔岁戊子,家大人以积存古印三百三十有奇,命邦梁印三十五部,部分六卷,卷首朱记四行,悉如顾书之例。惟顾有铜有玉,而此则仅有铜也。印甫就,同嗜者购去殆尽。今通并戊子后所续增者,复命梁印二十部,纸扣略小,取便携带。部分仍旧,而卷首朱记不复用。道光十五年乙未二月既望邦梁敬识。”戊子即道光八年。

张廷济集印,还有《清仪阁古印考释》,清徐同柏撰,神州国光社排印本。《清仪阁古印偶存》不分卷,张廷济辑,道光八年钤印本(4册),又有道光十五年钤印本(6册)。《清仪阁印存》一卷,沈镜臣辑,昌羊室钤印本(1册)。《清仪阁铜印谱》5卷,张廷济辑,道光钤印本(5册)。《中国古籍善本书目》著录有《清仪阁藏名人遗印》1 卷，清钤印本，有褚德彝跋。《张叔未解元所藏金石文字》1 卷，光绪十年(1884)四会严氏鹤缘斋石印本，2 册。内张氏跋甚多。

张廷济的稿本有三种藏北京国家图书馆，一为《张叔未编年诗》不分卷、《清仪阁文稿》不分卷、《竹里耆旧诗》1 卷(清张开福题款)。上海图书馆有稿本《清仪阁诗稿》不分卷。张氏的《桂馨堂集》3 卷，为清道光十九年(1839)自刻本，含《清仪阁杂咏》1 卷、《竹里画者诗》1 卷、《竹田乐府》1

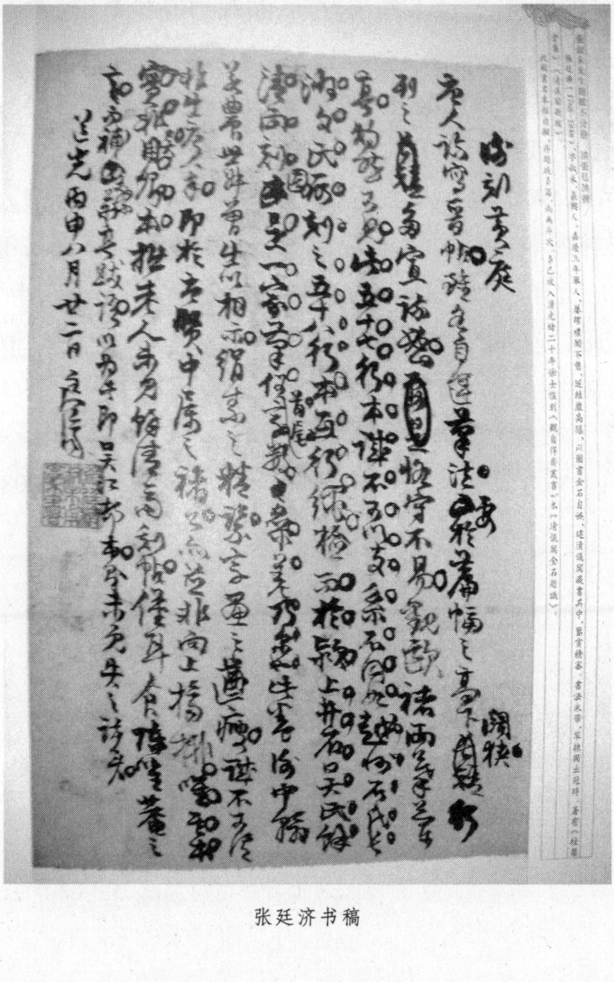

张廷济书稿

卷，北京国家图书馆、上海复旦大学图书馆有藏。哈佛燕京图书馆也有。张所遗存的东西很多，尤其是题跋、楹联等，散见各书，只要用心找，必定能聚少成多。

张廷济的像不多，除了《清代学者像传》第二集的一幅外，我还见有二幅，其一为阮元与张廷济眉寿图合像，阮题眉寿图云："余与嘉兴张叔未解元廷济不见者四十余年矣，癸卯四月来选楼，相见不相识。其年七十有六，其眉特长，出寸许，世间罕见此象，真眉寿老友矣……岂眉寿古多今少，今亦不如古哉？适有画者，即嘱之画二人象。余寿而眉未长，叔未眉真长，足注《诗》、《礼》。两人同坐石几，共观周齐侯罍，叔未子邦梁手拓之。叔未又持一汉砖为余寿。罍二千三百余年物，砖二千年物，寿哉！"

之所以将过去的记录（不全）录出，无非是想提供些资料，供研究张氏的学者利用。我曾对范笑我说，张廷济对于金石等物，多有题跋，而且都有年月可稽。真希望有人作一个题目，写一本《张廷济年谱》，而且并不难，因为张有稿本日记传世，现存北图、上图，时间为嘉庆三年(1798)至七年(1802)、九年(1804)至十年(1805)、十五年(1810)至二十年(1815)、二十二年(1817)、道光元年(1821)至三年(1823)。另外，台北有嘉庆十四年(1809)，总共有 18 年之久。

2008/5/22

叶德辉之死的另一证据

几个月前,和国内某出版社的某兄聊天时,我曾告诉他,我见过叶德辉的家人所写叶的死因,是和过去流传说叶是在1927年湖南农民运动时为农会所杀不同。某兄听后很感兴趣。后来的又一次通话时,某兄说,有人著文写叶德辉死因的文章,发在《南方周末》上。我一听就问作者是谁?有何证据?因为那时的想法是证据是否和我所知相同。

没多久,我就知道了写叶德辉死因的是谭伯牛先生,文章写得很好,有理、有据,分析得头头是道。资料的获得和引证,都是前几年《叶德辉评传》的作者以及《叶德辉观古堂藏书研究》(台北博士论文)中所没有的。经过谭先生的考证,叶德辉是由国民党湖南省党部授权成立的特别法庭判处死刑的。

谭先生的证据已经很充分了,但我见到的材料或可略作谭文之旁证。

叶德辉的死历来有几种说法, 一说农会的纠察队冲入叶的大宅,将叶拖到教育会坪(长沙城内的广场),不由分说,用梭镖将叶戳死。另说是

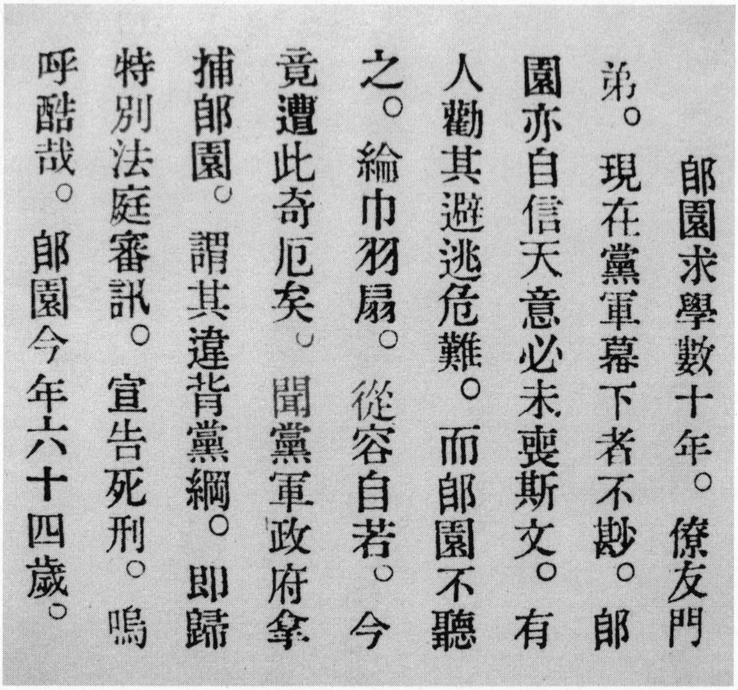
郎園求學數十年。僚友門弟。現在黨軍幕下者不尠。郎園亦自信天意必未喪斯文。有人勸其避逃危難。而郎園不聽之。綸巾羽扇。從容自若。今竟遭此奇厄矣。聞黨軍政府拿捕郎園。謂其違背黨綱。即歸特別法庭審訊。宣告死刑。嗚呼酷哉。郎園今年六十四歲。

《文字同盟》报道叶被杀消息

农会在教育会坪开斗争土豪劣绅的大会，会结束后将叶枪毙的。第三种说法是为国民党军枪毙于长沙。第四种说法是由长沙县转送特别法庭提讯后，送往浏阳门外识字岭枪决，同时被处死的还有余太华金号老板余治华(他的罪名不知是什么)。

1927年由日本学者桥川时雄在北京编辑并出版了《文字同盟》，这是一份报道中国学术界动态及刊发短文的小杂志。其第二号刊有涉及叶德辉之死的几篇文章，其一为《湘儒叶郎园德辉追悼记》(有叶遗照)，作者为晓夫，追悼记云："湘儒叶郎园翁，于四月十三日，为国民党军枪毙于长沙。年六十四岁。"

第五号刊有叶德辉被杀之真相，为叶氏长子尚农致日人松崎鹤雄(柔甫)信。云："今将先父遇难被害各情节，涕泣陈之。先父于夏历三月初

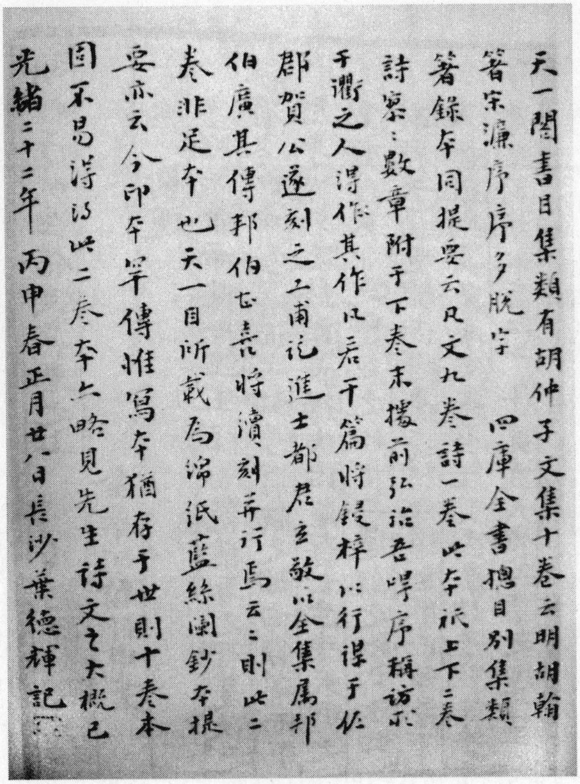
天一閣書目集類有胡仲子文集十卷云明胡翰
箸宋濂序序多脫字　四庫全書總目別集類
著錄本同提要云凡文九卷詩一卷此本祇上下二卷
詩寥寥數章附于下卷末據前弘治吾冔序稱訪求
于衢之人得作其作以若干篇將鋟梓以行謀于佟
郡賀公遂刻之云甫記進士都君玄敬以全集屬郡
伯廣其傳郡伯亦喜將續刻并行焉云云則此二
卷非足本也天一目所載爲綿紙藍絲闌鈔本提
要亦云今印本罕傳惟寫本猶存于世則十卷本
固不易得以此二卷本亦略見先生詩文之大概已
光緒二十二年丙申春正月廿八日長沙葉德輝記

叶德辉手迹

七日晚六时，被农工界在家捕去，送押长沙县署内。当即遍恳有力各要人，出为救援，均归无效。初十日，由长沙县转送特别法庭，于下午三时提讯一次，所犯刑律，帝制嫌疑。四时，送往浏阳门外识字岭枪决。身受两枪，一中头部，一中心部，遂遭惨死。呜呼，痛哉！是日，全家大小，恐被逮捕，均皆逃避，妻离子散，惶惧万分。家中所有藏书，以及金石字画、古铜遗稿、应用金银珠玉、衣服器具等要件，均被彼等抢劫一空。家中仅存少数书籍、碑帖、书版，充为中山图书馆所有。现恳友人疏通，故未搬移他处。住宅充为馆址，并设办事处，管理有人，闻有散失。家藏宋元及善本书籍，计存无几。现事仍未解严，棘人合家大小，男女人丁，至今隐逸，逃往四方，仍未团聚。霎时家败人亡，不知所犯何律。先严近撰《观古堂藏书记》、年谱、诗稿、经学各书，均被没充。刻在托友说项，不知能否发还。棘人遭此大故，现在流离失所，寝馈难安，神情恍怫，如若癫狂，一切苦衷，罄竹莫宣。知我如兄，其将何以教之，而将何以救之耶！棘人叶尚农泣血顿首夏历七月十四日。”

叶子的信国内当未见他人引用，除了叙述叶事外，也写了叶氏观古堂藏书遭劫之事。按，叶尚农即叶启倬。松崎鹤雄，号柔甫，日本汉学家，于1901年到中国，拜王闿运、叶德辉等人为师。刘岳兵有《叶德辉的两个弟子》一文，载《读书》2007年第5期。叶有诗多首赠松崎，如《日本盐谷节山温由湘回国道经上海寄怀松崎鹤雄七律二首》、《读说文一首寄松崎鹤雄》、《寄怀松崎柔甫长沙》、《送日本松崎鹤雄还国》。文则有《与日本松崎鹤雄论文字源流书》、《答松崎鹤雄问钟鼎彝器文字书》等。

1927年，湖南农民运动起来之时，叶持敌对态度，他的一副对联极尽污蔑农民运动之能事，联曰：“农运宏开，稻粱粟麦黍稷，无非杂种；会场繁盛，马牛羊鸡犬豕，尽是畜生。”横批是：“万兽率舞。”老叶也确实是顽固分子，也是土豪劣绅一类的人物，不要是说一般农民了，即使在乡镇里大户人家，他的名声也很坏。

叶的学问很大，文廷式与叶交仅数面，然时时语人云：“湘中为常州派，学者惟叶德辉一人。”又章太炎与叶素无一面，革命军起，章亟探叶踪迹，语湘诸党人曰：“湖南不可杀叶某，杀之则读书种子绝矣。”叶死后，曲学大师吴梅有哀其五律两首，颇能状叶氏之生平。有云：“目空天下士，为我偶垂青。岂意一朝别，南天见落星。诙谐得奇祸，刑辟失常经。安得中郎笔，重书有道铭。大名重四海，小隐寄三吴。曾造通儒第，如披博古图。奇文搜紫简，余技事丹炉。竟杀读书种，天高何处呼！”那个时候，也只有这些学界大佬们才会去想老叶对于中国传统文化的贡献。

许崇熙有《郎园先生墓志铭》：“自少岸异劬学，不假师资。及冠，补府学生员，光绪乙酉举于乡，壬辰成进士，以主事用，观政吏部。年才三十，谒归里居，奉亲读书，遗置荣利。”“藏书既富，著述滋多，虽在流离，卷不去手，其为学博大，汪洋靡测涯际，而考订精审，从不轻下己意，一时言古学者翕然宗之,海内外无异辞焉。所著及校刻书凡数十百种,多以行世。以丁卯三月初十日遇难,卒距其生同治三年正月十四日,春秋六十有四。”

2008/7/4

补记:然而叶的死因又有新说。读2009年第11卷第2期《万象》,有张增泰《从叶德辉之死说起》一文,引述叶的外甥女张琼回忆,张自始至终参与了抓捕叶德辉,并游街、处决的全过程。文章说:“叶德辉从戴高帽,颈插斩标,由造反派(说是农民,实多青年知识分子)押着,来到湖南省惩治土豪劣绅特别法庭会场。主审者郭亮,中共湖南首委负责人……公审结束,郭亮让张琼用红笔在叶的鼻子上点红(犹如后来法院判处死刑犯的布告上打上红勾)。这时张琼犹豫了,毕竟是宠爱自己的亲舅舅。郭亮见张琼动摇,迅即夺过笔来,自己点红,并在判决书上批‘立斩’二字。接着,造反派押着叶德辉游街示众,前面有人引他伸脖子,行刑者趁势大力一刀,鲜血四溅,人头落地。时在一九二七年四月十一日(旧历三月初十)上午。”

张琼的回忆和叶尚农所说叶德辉是被送往浏阳门外识字岭枪决,身中两枪,一中头部,一中心部之说又不相同。尚农是叶子,张琼为叶极宠爱的外甥女,他们两人所说都不可能有意造假,然孰是孰非,只好留待研究者去考证了。

2009年4月28日补记

天下文章是自己的好

“天下文章是自己的好，自己的文章是早年的好。”这句话是柳无忌先生说的，是柳先生1986年7月发表在上海《新民晚报》上一篇文章中的话。

柳先生怎么会有这番感慨的呢？看来还得话说从头。

1980年秋，我在北京参加《中国古籍善本书目》的编纂工作。一天晚上，我在主编顾师廷龙先生的房间里闲聊，偶尔谈到了柳亚子先生。我忽然想起柳老先生在吴江黎里的藏书全部赠给了上海图书馆，藏书中多是乡邦文献，书上有不少老先生的题跋或题记，如若将柳跋全部抄将出来，应该是有用的。我把这想法说了出来，顾师觉得可以做。

次年我回到上海，就利用每周六下午业务学习的时间，开始抄录柳跋。在柳跋抄竣后，我又写了一篇文章，题目是《柳亚子与吴江文献》，发在《苏州大学学报》(哲社版)1984年第4期上。过了两个月，上海人民出版社的朋友告诉我，柳无忌先生通过苏州和吴江的朋友在打听你的情况。我于是知道，拙文发表后，被吴江的柳亚子纪念馆的负责人寄给了柳先生。大约是过去没有人以这个题目去写作,而且用的都是第一手资料,所以无忌先生觉得有点意思。

柳无忌先生

1986年2月,我要去美国纽约州立大学石溪分校做访问学者。之前,就想除了在美相熟的朋友外,很想和柳先生取得联系。那时出国做研究的学者不多,我也想带点礼物送朋友,但送什么礼物给柳先生呢?想了很久才想到一件要让柳先生惊讶欣喜的物件,那就是柳先生少年时代所作的作文手稿。手稿是我过去写作柳文时,在上海图书馆的普通线装书库里发现的,手稿上还有老师的批语。我相信,这是独一无二的一份,是他人从不知晓的,或许柳先生也不记得了呢。于是打听到柳先生的地址,并将文稿复印了一份,将之带到美国。

我安定下来后,就写了一封信寄给柳先生。大意是我很想和柳先生联系,我带来了柳先生早年的习作,如得到回音,我当寄呈。当年的5月16日,我就收到了柳的复信,信中云:"你写的那篇《柳亚子与吴江文献》前已拜读,甚佩。对我特别有兴趣,因为这时候(先父搜胪吴江书籍之时),我已经上中学,暑期回家时还帮忙他抄书,记忆甚深。至于你找出我的十篇文章,都是我年轻时(大概十三四岁左右)在黎里四高(高小)时中文课的作业,所以有老师的批语。那位陈其堉就是我的四高同学(此文可能写在毕业那年,1920),可是朱乃骅却记不起来了。当时的同班生还有蒯世勋(在上海曾与胡道静同在上海通志馆任编辑),与倪徵璵(现在海牙当大法官)。谢谢你为我这些文章做了复制品,请便中寄下,十分感激。”

果不其然，柳先生看到他早年的文章后，大有感慨。除了他给我的信表示感谢外，他还写了两篇有关的文章，其中一篇题目是《文章还是六十年前的好》（《新民晚报》1986 年 7 月 10 日、11 日），讲的是，他收到了沈津同志寄给他的早年作文，不觉感到“文章是自己的好，自己的文章是早年的好”。之所以这么说，是由三篇文章引起的，一是当年在周赐福堂五亩园中踏雪赏梅，最后觅得红白梅花的《踏雪寻梅花记》；一是论历史上的五胡十六国；一是陪侍祖母纳凉的《闲庭纳凉图记》。柳先生说，这些文章写得实在好，在今天是无论如何也写不出来了。而且今天来问他哪五胡，哪十六国，却是都忘记了。

1986 年，柳先生正好 80 岁。而他写这些习作的时间，应该是在 1921 年他 15 岁之前，后一年，柳仍在上海圣约翰青年会学校就读，暑假返黎里，并由万继长先生继续辅导他的中文。柳先生当然是有才华的，他曾是南社的最小社员，又是家学渊源。由此想到的是，每个人都有童年、少年的成长阶段，那时所做的事可能印象全无或淡薄得模糊，或是那时喜欢舞文弄墨而涂写的文字却没能留存一纸。然而当一位老者看见他年轻时或早年亲手制作的物件或文章，或可开启他那久已封闭的记忆之窗，或可勾起对往事的遐想。谁都会回忆过去，或都有一段痛苦的或开心的往事，甚或是不愿提起的历史。又说远了。

记得前几年，我在香港待了一星期，先是去收藏家李祖佑医生的遗孀李婆婆家看画，并约好次日再看。第二天中午，黄兆显、嫣梨教授夫妇请我饮茶。饮罢，我请兆显兄和我一起去李婆婆家，并说一起去您绝对值得。兆显兄将信将疑，只好当场电话推去下午的应酬，乖乖地和我一起乘上了计程车。兆显兄是香港的书画家，门下有不少桃李，甚至包括香港汇丰银行的董事长。我请黄兄去是有目的的，因为前日我曾见到当年他遵父亲之嘱送与李医生的画，是设色的山水，画得极工。如果款上没有写上“十五龄”字样，您一定会认为是某中年画家的大笔。后来的故事，当然是黄兄吃惊的表情，然后是画价打了个九折，花了 2000 元港币，高高兴兴地捧回去了。他当然是想不到人过60后，还居然能得到自己早年的画作，而且是用心画的精品。归去的路上，他谢谢我时还说，确实是没有白来。我们都笑了。

柳先生早年的作文确实很好，我当年曾读过一遍，现在都忘了。不过，人们都很重视自己早年的习作，早年的作品虽然幼稚一些，没有后来的老成，但是也费尽心思下过工夫的。“天下文章是自己的好，自己的文章是早年的好”，这句话一点都没错。上海人的俗话里有一句是“癞痢头儿子自己好”，意思就是说自己的儿子再不好也是自己的儿子。

柳先生是亚子先生的独子，幼年读私塾，后去上海圣约翰中学及大学念书，1927年毕业。留美四载，23岁得耶鲁大学英国文学博士学位，自此开始了他40余年的教学写作生涯。历任天津南开大学英文系教授兼主任，又任昆明西南联大、重庆中大等校外文系教授。抗战胜利后，赴美讲学，就一直留在美国任教，为耶鲁大学客座教授、匹兹堡大学现代语言系中文部教授兼主任、印第安纳大学中国文学与比较文学教授。60多年中出版了40多本中、英文书。他的贡献就不必我来赘叙了。

柳先生于2002年10月3日去世后，柳光辽、金建陵、殷安如主编了《教授·学者·诗人——柳无忌》，2004年由北京社会科学文献出版社出版。而柳先生生前，1992年北京社会科学文献出版社出版了叶雪芬的《柳无忌年谱》。读者诸公当可找来翻阅。

2007/10/18

柳亚子的字

现在人们似乎都讲究名牌和名牌效应。一个月前看到报道，说是世界名牌五百强中，“哈佛”位居第一。“哈佛”当然是名牌大学，别的不说，大凡只要有“哈佛大学”的标志或文字的商品，价钱就要比没有此文字或标志的贵很多。前些年，爱荷华的谢正光教授来哈佛看我并查找资料，他此行附带有采购任务，即是为宝贝儿子买一件印有哈佛字样的球衫。谢兄说：美国各名牌大学的球衫，他儿子多有。哈佛广场上有一家专门售卖印有“哈佛”(Harvard University)字样的各种衣物的商场，二层楼中，小到钥匙圈、茶杯、铅笔、练习本、帽子、皮带、领带、雨伞等等，应有尽有。大小各式衣服，颜色各异，春夏秋冬，款式数十种，而且有不同院系标志的，什么法学院、医学院、商学院……看得眼睛都花了。而络绎不断的各国、各地游客都是不请自来，看准了喜爱的商品，掏腰包就是了，那些人才不管价钱贵不贵呢，他就是冲着“哈佛”这块牌子。

其实，不仅是名牌效应，人只要一出名，也会产生很多“效应”。比如，像柳亚子这样一位忠贞的爱国主义者，南社发起人之一，就有许多人请他写对联、写条幅，就是因为柳的大名，而不是因为柳擅书法。

柳先生的字极为潦草，不易辨识，不要说一般人认不得柳字，就是柳先生自己也不见得认识。因为柳先生自己说过："讲到我的字，那真是糟糕，从小就以恶书劣字出名的。除了描红和印格以外，我连法帖都没有临过，老实讲，临起来也不会像样的。你的字是你的，我的字是我的，临它有什么用处呢？清党亡命以前，我是连亲戚朋友庆喜吊丧的对联，都是自己起草而请人来代写的。但自从日本回来，一到南京，胆子渐渐大起来，而且居然也有人来请教。在桂林最后半年中，居然卖字，也居然卖到点钱，这真是天晓得。并且我的脾气太急，写字像冲锋一般，喜欢赤膊上阵，杀了一下，胜败不问，也就完蛋，管它写得像不像呢。有人说我的字是'新柳字'，又说我有些像龚定庵。照我自己看来，只是扶乩和画符罢了。"（见《磨剑室文录》页 1467）还说："我写字的毛病，就是太快，太随便，倘然把一个一个的剪碎了，连我自己也会不认得的，这如何要得呢？"

柳亚子的字也确是"天书"，它突破了书法的藩篱而卓然一格。郭沫若曾有评论说：柳字"行楷有魏晋人涵味，草书则脱尽町畦，这也是独创一格的草书，不仅前无古人，亦恐后无来者。"说的倒也是事实。

柳先生的字是学者之字，它没有矫揉做作，笔到意到，写完拉倒，所以别人也没话说。看着柳字，真觉得没有人学得像，也没有人会去学，或许也没有人去做假卖钱。柳写字虽不精谨法度，但文章和诗都作得好，他本人就是南社的卓越代表，又是辛亥革命前后影响很大的爱国诗人。毛泽东就对柳诗有评价，说是："尊诗慨当以慷，卑视陆游、陈亮，读之使人感发兴起。"像这样的"名人"，不仅生前会有很多人请他题字作诗，身后也不知道有多少学者以"柳亚子"为题在做研究，只是从来没有人注意到柳先生在他所搜集的乡邦文献上所写的题跋。

上个世纪的 1980 年，有一天我对顾师廷龙先生说起，柳亚子的题跋好像没有人去辑录，我想做做看。顾先生听后说，柳亚子的书，50 年代初就悉数捐与上图，放在书库那么些年了，虽保存得很好，但却没有人去注意，你去做也是好事情。于是我就抽暇抄录柳亚子的题跋。本来，抄录题

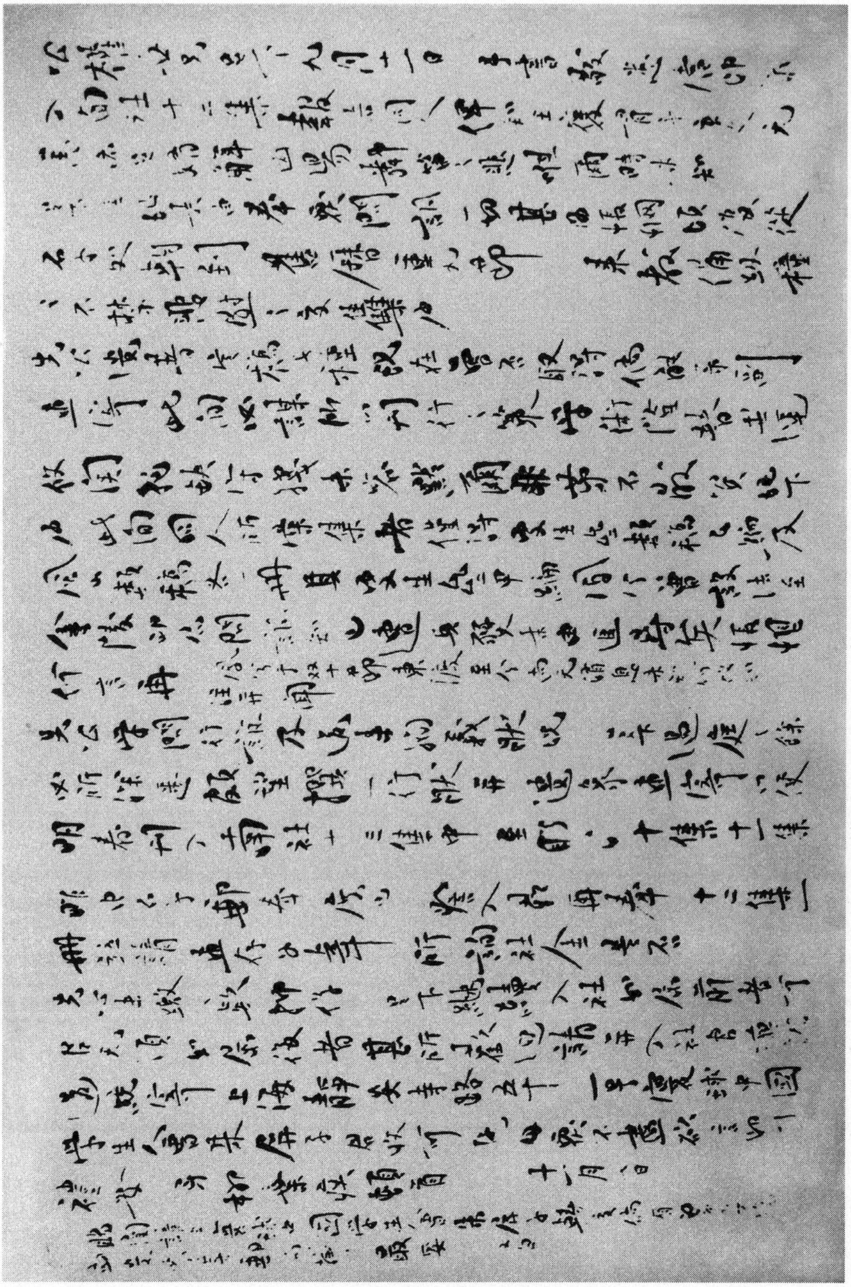

柳亚子先生手迹之一

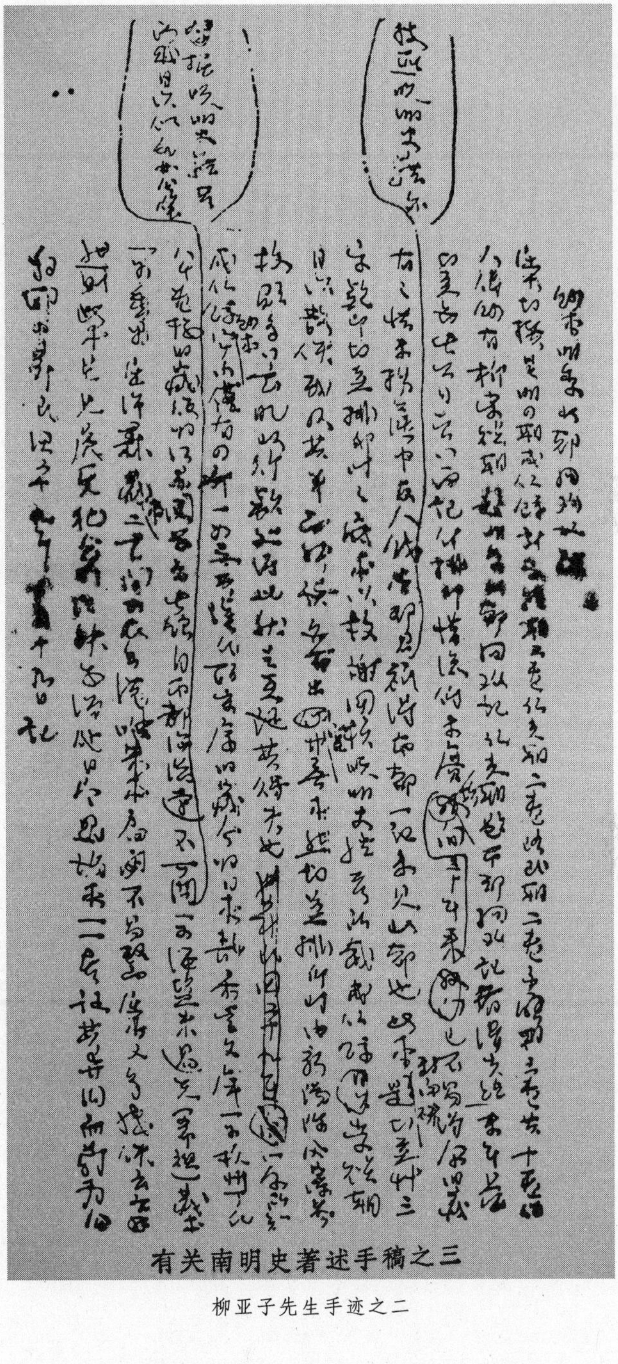

有关南明史著述手稿之三

柳亚子先生手迹之二

跋应该是件很简单的事，照抄不就完了，实际上，我想得太天真了。刚一开头，困难接踵而来，因为柳字有的不易辨认，要猜文义、要去想，那可真是辛苦。虽然柳跋只有270多篇，7万余字，可却费了我三四个月的工夫。在我所辨识明清以来学者书札、题跋中，应该数柳先生的手迹最难辨认。在辑录过程中，凡遇有不识之字，我均请益于潘师景郑先生、林星垣先生，他们对书法是下过工夫并有研究的，况且古文底子又好（潘先生对于抄校稿本的鉴定，更是独具只眼），所以一般情况下均可冰释。

现在回想起20多年前的事，还是有点滋味，那就是做有点难度的事，逼着自己向前，什么事都顺顺当当的，进步也不快，体会也不深刻。我感到欣慰的是，在实践中，我对认字的功夫有了一点感受，这种“作业”也是忘却不了的经验，那是别的书本上看不来的。还要补充一句，我曾利用这些题跋，写了一篇《柳亚子与吴江文献》，前年收入我的《书韵悠悠一脉香》（广西师范大学出版社，2006年）里去了，而柳跋后来都被收录到上海人民出版社1993年出的《磨剑室文录》上册，题目改为《磨剑室钞存乡先辈已刊未刊稿本题记》。

2008/8/13

顾廷龙先生书法二三事

顾廷龙先生的书法,许多人都喜欢,但我这篇小文不是讲顾老书法的成就,因为好多年前就有学者为之撰写专文,如柳曾符等先生的文章。王元化先生更是把顾老称之为"书林中之诸葛孔明、谢太傅也。雅量之美,谈何容易!融厚植之学养、博洽之闻见、清澄之心地、沉著之干才于一炉,全幅人格之呈显,即《礼记》所云:清明在躬,志气如神。"(见《顾廷龙先生书法选集》序),可见评价之高。所以我只是跟在后面写点关于顾老书法的小事情。

30年代,顾老的书法就小有名气,在北平时,国立北平研究院史学研究会、北平禹贡学会及北平燕京大学图书馆的出版物,即请顾老题写书名。1939年到上海后,为人写字更多了,除了相熟的朋友,或辗转请托之外,还有一些"不愿往来之人"也来索书。1943年1月25日,顾老日记里有记:"亲戚中有欲索余书者,其人实非余之所好。年来最怕为不愿往来之人作书,然又以情势所难却,何如订润例以拒之耶?"所以,顾老为人写字,订有润例的设想似乎从此而来。

顾廷龙先生

一年以后的11月1日，叶恭绰先生到合众图书馆找顾老商量订书法润例事。据顾之日记，顾老不敢过昂。叶谓，近来书画润格似无涯涘，即就现在4尺篆联已须800，胜于前人矣。次日，叶又来电话，商润例代定人应否多邀数人。顾老以为不必。再一日，叶交代定润例。叶拟的《顾起潜先生廷龙书例（照例二十倍）》，云："起潜先生，仍世青箱，精擘朴学，于书法尤探讨有得。近以著述尚有余暇，劝其出供众赏。爰代订润例如下，为知者告焉。叶恭绰启。屏联每尺一百元，堂幅加倍。扇册每件三百元。榜额每字每尺五百元。寿屏碑志另议、点品另议。篆隶加倍、色笺加半、金笺加倍。墨费二成，约期取件，先润后书。收件处：上海蒲石路七百四十六号及各大笺扇庄暨装池。" 这张润例是我今年4月在上海淮海中路顾宅里找到的(当时找到的还有王大隆、王献唐、章钰、闻宥、聂崇岐等人的数十通书信，以及先生早年的书稿等，这都是我在写《顾廷龙年谱》时所未发现的)。如今，顾老当年的书法作品百不存一，这些年里，我一张都未见到。

1960年，我拜在顾老门下，研习版本目录之学，用盛巽昌兄的话就是：熨斗童子跟着高级裁缝。顾老以为，搞版本鉴定，一定要懂些书法，要会写字，所以他规定我每天写毛笔字一小时，最初临写褚遂良的《枯树赋》、欧阳询的《九成宫醴泉铭》等，黄庭坚、米芾、赵孟頫、董其昌等等都

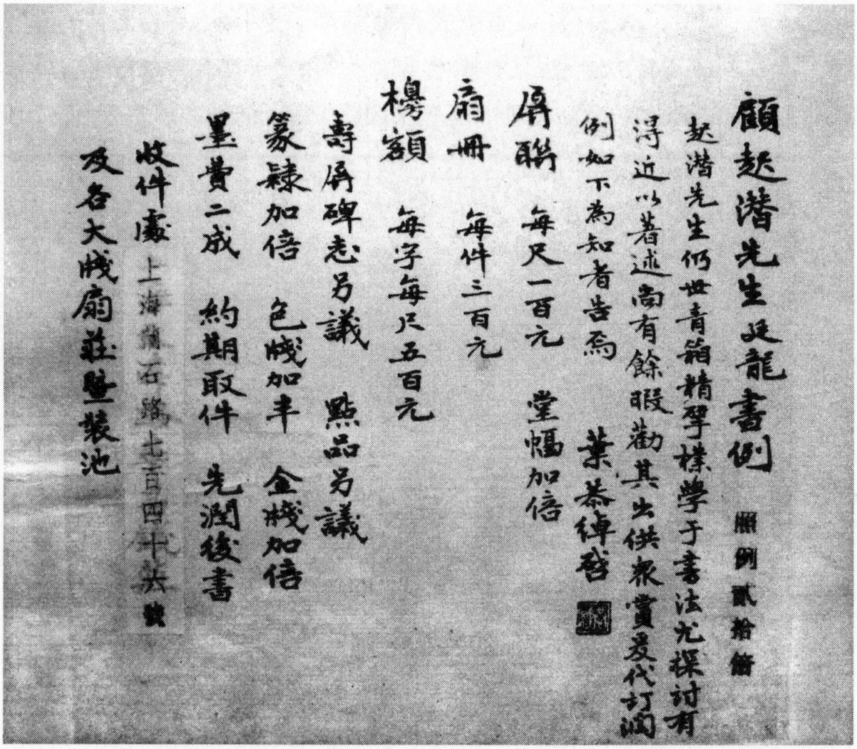

顧起潛先生廷龍書例 照例貳拾倍

起潛先生仍世青箱精習樸學于書法尤探討有得近以著述尚有餘暇勸其出供衆賞爰代訂潤例如下為知者告焉 葉恭綽啓

屏聯 每尺一百元 堂幅加倍

扇冊 每件三百元

榜額 每字每尺五百元

壽屏碑志另議 點品另議

篆隸加倍 色牋加半 金牋加倍

墨費二成 約期取件 先潤後書

收件處 上海蒲石路七百四十六號

及各大牋扇莊暨裱池

40年代的顾廷龙先生书例

临过。我临的碑帖每星期都给顾老看，他就在临本的字旁做纠正，有时站在我背后看我临摹，偶尔自己也坐在我的位子上临上一页，让我对照。他不要我形似，但要了解韵味。一开始我不懂，好多年后我才略知皮毛。实际上，懂点书法并有实践，对鉴定版本中的抄本、校本、稿本都有莫大的帮助。

记得60年代初，上海美术馆举办日本著名书法家丰道春海的书法展览，预展时，顾老就带我一起去欣赏。看了一会，我觉得实在不敢恭维，就小声跟顾老说，怎么和中国的书法家写得大不同。顾老说，不要说不好，只能说看不懂，日本人有他们的一套功夫。

顾老曾在1963年作为中国第一次访日书法代表团的成员去日本做

书艺交流，除团长陶白（江苏省委宣传部副部长）外，还有潘天寿、王个簃。潘、王都是著名书画家，只有顾老是唯一的以“书法家”身份参与的成员。我曾见到当时日方为欢迎中国书法团访日的报导，以及各种活动的照片。那次在日访问的时间很长，计一月之久，日本方面的重要书法家都见到了，也看了不少流落到日本的中国古代书法珍迹。先生的书法以金文大篆见长，为应付日方提出的写字要求，他专门带了一本容庚的《金文编》，他随身的小本子也都是备忘的诗词。由此可知先生的谨慎。在日的活动中，除了参观，就是写字，最多的一次是写册页约 20 张。从日本回来后，他在办公室里几乎从未和我们讲在日的活动，我之后来知道，都是从顾老的《访日随记》中了解的。

70 年代初，上海图书馆的一些女青年（原为上海越剧院学馆学员）不知怎的心血来潮，想学书法了，于是就找顾老写字。老顾长老顾短，满口蜜糖，而这时顾的日子比前几年要好过些，所以是有求必应，来者不拒，居然写了好几本的大楷簿。一字一格，都是毛主席诗词，那个时代只有写这个不会犯错误。过了几年，我正好去另一个部门有事，看见地上一堆杂物废纸，那是某部门主任清理办公室处理出来的。突然一本熟悉的大楷簿（统一的红方格）映入眼帘，拾起一看，竟是顾老所书。我太惊讶了，居然将顾书当废纸，真是太糟蹋文化了。看来有点知识的人虽在大图书馆负责部门工作，却也不懂文化，不知顾老心血，我真为之悲哀。

顾老的书法作品多种多样，立轴、中堂、横披、手卷、册页、碑文，真草篆隶，各体皆佳。至于为各地名胜古迹、碑林、故居、寺庙，不知写了多少对联、匾额、题词。最有意思且具特色的是题写书签，这一点是其他书法家都不能望其项背的。凡出版品必有封面，凡封面必有书名，书名有印刷体、手写体之别。印刷体多为仿宋，手写体则楷隶行篆皆有。在学术界，不少作者多喜请著名学者或书法名家题签，而出版社也喜请顾老签题，我曾统计过，至少 120 余家出版社出版过有顾题签的书。数十年来，顾老为人所写的书名题签，大约 800 种，是当代题写书签最多者，应是无可置疑的（顾诵芬、高桥智及津曾编有《顾廷龙书题留影》，可参阅）。我知道，启功先生生前也为别人题写不少书签，但不会有800之谱。从70年代初至1990年4月我离沪止，顾老为人题签大多让我先睹为快，他曾教我如何挑选他所题书签，一般来说，题签写就四五张，凡我认为好的就在签之右上角用铅笔画圈，然后交他最后审定。

别看题写书名，简单的几个字，可里面却大有文章，而顾老却是谨慎之至，从不马虎，这类例子举不胜举。兹以三例为之：有张善文君，请先生为他的《周易辞典》题写书签，顾写就后即附信寄出，信中有云："前天写了一张，觉得落款的位置和书名的行气不和谐，便又写了一张，供你使用时选择。我的字不算好，只是留作纪念吧。"这是1995年的事，先生92岁。还有一例，是93岁时的，先生在中华书局的张世林陪同下去中国历史博物馆看《吴大澂信札》，并应史树青先生之请，当场题写《埙定藏陶》、《石鼓文新解》书签。写就后，在场的诸位先生看了，都赞不绝口，认为写得太好了。而顾老却不满意，说笔太细了，写得不理想。中午，历博宴请顾老后，顾对张世林说："刚才的书签没有写好，你把那两本书的名字写在我这个小本子上，等我回去后重写，你顺便给史先生打个电话，告诉他等我寄去新写的书签再用。"1990年时，张秀民先生请顾老为他的《中国出版史》题写书名。顾老有信复之，云："属题大著书签，兹写两条，请法家选采，如不合式，可重写。弟作题签，因不满意，可重写，最怕写佳纸旧笺，写坏后一无办法。我与兄约，今起大著题签，由我承包，兄其允之乎？"

在顾老家不大的客厅里，放着两个书架和一个书柜，书柜的玻璃门上贴着一张启事："衰病侵寻，惮于握管。即日起，停止写字，愿亲友亮鉴！顾廷龙拜启。一九九〇年六月廿四日。"这一年，顾老87岁。1987年10月，我从美国返沪后，即在一个星期天的下午去看望顾老。刚坐下不久，即有客人来，原来是索字的。顾老好说话，一般情况下，他都会答应。客人走后，我即说，我应该在大门上贴一张告示，就说您身体不好，即日起，不再挥毫，请谅解之类的话。顾老一听，忙说，不可不可，人家喜欢我的字，又上门来讨，我怎么可以拒绝呢？

这张启事是1990年4月我离沪去港后贴出的，次年我返沪探亲，抵沪当晚即去顾宅，客厅里家具摆设都原样未动，只多了这张启事。我笑着对顾老说，我一走，您就挂免战牌了。顾老也笑了，说没有办法，来的人太多了。我这时却为难起来了，因为我在离港前，打电话向饶宗颐先生辞行，并问上海有什么事需要我办的？饶先生说，可否求顾老为我写一幅字，现在能为我写字的只有李一氓和顾先生两个人，而李一氓刚走。我说那容易，写什么内容呢？饶说，潮州家乡的祠堂现在也向游客开放了，成了景点，那里有我早年读书的地方，要么请顾先生为我写“选堂旧读书处”6个字，要落款钤印，将来要做成匾挂出来的。我在无可奈何之下，把情况跟顾老说了。顾说，没关系，你返港前来取吧。后来，饶先生看到顾老所写特别高兴，连说：好！好！

顾老的书法，得到了社会的公认，爱好“顾体”来索字的越来越多，美国、日本就不说了，就连新加坡航空小姐也来信求书。有件很有趣的事不妨说说，前几年，我为撰写《顾廷龙年谱》专程回沪收集资料，顾诵芬先生(中国科学院暨中国工程院两院院士)也如约飞上海协助。我在顾老的寓所里遍阅顾的友朋书札，居然看到一封“小朋友”的信，上书：“顾爷爷：您好。我是一个山村里的孩子，挺喜欢写毛笔字和画画。虽然这对我这样一个农村人来说，没有什么用处；但我一有空就学着写字画画。顾爷爷，有一次我在《书法》这本书上看到了您写的字，您的名字中的‘龙’字都是(龍)这样写，但我查了字典，‘龙’字的大写应是(龍)这样。我还在别的书上见到过‘龙’字像(龍)这样的写法。不知为什么？我想这不是别字，但又说不出为什么这样写，所以就来信问您了。顾爷爷请您告诉我好吗？此致敬礼　哦，顾爷爷，祝你身体安康了。小朋友：邾健青　11月23日。哦，我的地址是：浙江临安县枉塘乡亭口村。”

这封信，没有年份，我看见时信封已不在了，想来应该在90年代前后，也即顾老的晚年，或在90岁左右。顾老做什么事都特别认真，他没有让小朋友失望，郑重其事地在信后写下了复信的草稿：“亲爱的小朋友：最近接到你的来信，很高兴。你提的问题，很有意思。‘龍’字应照简体写作‘龙’，我因为是自己的名字，按简体字规定，专名字可不一定改简体，自己的姓名，按习惯写作‘龍’。‘龍’的繁体应作‘龍’，但‘龙’字，隋唐书法家，常简作‘龍’，或作‘龍’。中国文字都是由繁到简的。现在都应遵照简体字表书写。你认为对么？”如果邺健青当年在10岁左右，那他现在应该是一位年近30的壮年人了。

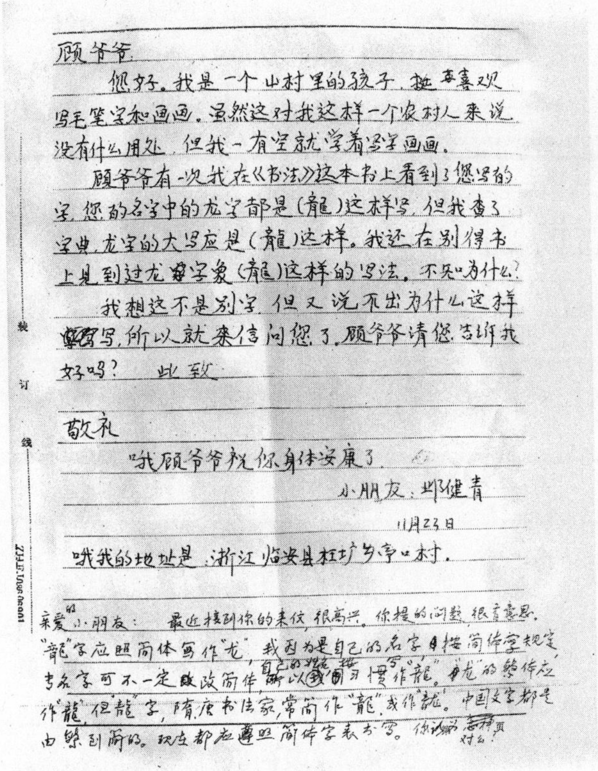
顾爷爷：
您好。我是一个山村里的孩子，最喜欢写毛笔字和画画。虽然这对我这样一个农村人来说没有什么用处，但我一有空就学着写字画画。
顾爷爷有一次我在《书法》这本书上看到了您写的字，您的名字中的龙字都是（龍）这样写，但我查了字典，龙字的大写应是（龍）这样。我还在别得书上見到过龙字象（龍）这样的写法。不知为什么？
我想这不是别字，但又说不出为什么这样写，所以就来信问您了。顾爷爷请您告诉我好吗？ 此致
敬礼
哦顾爷爷祝你身体安康了。
小朋友：邺健青
11月23日
哦我的地址是：浙江临安县杜坊乡亭口村。

亲爱的小朋友：最近接到你的来信，很高兴。你提的问题，很有意思。“龍”字应照简体写作“龙”，我因为是自己的名字，按简体字规定，专名字可不一定改简体，所以自己的姓名，按习惯写作“龍”。“龙”的繁体应作“龍”，但“龍”字，隋唐书法家，常简作“龍”，或作“龍”。中国文字都是由繁到简的。现在都应遵照简体字表书写。你认为对么？

顾廷龙先生与小朋友的通信

顾老为人写字，是从来不收分文酬金的，那个年代，已有不少书画家在“向钱看”了，而且顾老的字在上海书店的二楼门市部内也被明码标价。所以有些到顾宅来索书的来客不好意思，会送点烟酒茶叶之类的，有的则空手而来。但顾老从不在乎这些，每张字都是认真完成。我以为顾老的书法是温润静穆、平和自然、婉丽清逸一类，可以给人以一种玩味无穷、流连忘返、细嚼不尽的意味。即使是90以后所书，手都不抖，真可见其笔下不老。

顾老从不以书家自居，津以为大凡书家有底气且低调者，方是大角色。顾老即是。

2008/6/22

冰雪聪明 雷霆精锐
——说潘博山

如今提起潘博山这个名字，恐怕很多人都会感到陌生，即使是知道《明清藏书家尺牍》、《明清画苑尺牍》这两部书，也不会去记住辑藏者的名字。这大约是潘博山英年早逝，后人也很少提及的原因。潘博山是我的老师潘景郑先生的兄长，但是我和潘先生在一起的30年中，他却很少说起其兄的往事。

潘博山(1904—1943)，名承厚，字温甫，号博山，别署蘧盦，江苏苏州人，吴门望族潘氏之后。年未及冠，复遭父丧，孝性笃至，佐理家政。性好学，少学诗词于吴霜厓，与乡先辈结社联吟，罔不推重，但随作随弃，什不存一。博闻强记，嗜古成癖，所藏手泽与彝鼎图籍金石书画之类，苦心保存，不遗余力。而于古今艺术源流，及其真伪精粗之别，覃思眇虑，剖晰毫芒，为当代专家所倾服，曾任故宫博物院顾问及故宫书画在沪鉴审甄选之役。

博山生长世家，故蓄彝鼎典籍、法书名画甚富，也精于版本目录之学。其祖父潘祖同“竹山堂”遗书4万卷，他与弟景郑(承弼)共读，并继续

潘博山先生像

搜集，20年后，藏书增至30万卷。为学之暇，恣意探讨，积久通悟，异书间出，一见能辨其真赝。尤留心裒访逸典及名人手校之帙，其区明雅俗，别裁真伪，颇具只眼。其明眼善鉴之最典型之例是1929年秋，苏州故家出大字本《陈后山集》20卷求售，然纸经染色，见者辄疑明代翻刻，故无人问津。博山一见，云：“此必宋蜀刻大字本，毋失交臂。”遂与潘景郑并力收之，并颜所居曰“宝山楼”，以志藏籍之冠。郑振铎《西谛书跋》下册云：“顷过博山寓庐，承以此书（《明清藏书家尺牍》）贻予。博山收藏金石书画至多,滂喜斋物皆在其所,宋刻本《东观余论》、《补注蒙求》,其尤精者也。博山博见广闻,鉴别至精。尝以二百金得宋蜀刻大字本《陈后山集》于苏肆。"即指此。

1940年至1941年,张元济、郑振铎等人在沪秘密组织文献保存同志会,为在重庆的中央图书馆购得大量古籍善本,他们的工作曾得到不少爱国志士的帮助,潘博山就是其中的一位。不少有关藏家图书散出的信息,以及居中和南北书贾讨价还价等,多为潘氏默默而做的。郑振铎《求书目录》中有:1940年1月15日午餐后,至潘博山先生处。谈起暖红室刘氏藏书事又说,中有元刻元印《玉海》(刘世珩得此书,名其居为玉海堂),又有剧曲不少。惟书贾居奇,恐不易成交。但他必力促其成。又谈起群碧楼邓氏书,亦欲出售,中多精钞名校本。他想,将为此事赴苏一行。并说,意在不任中国古籍流失国外耳。

潘氏所藏举凡明末史料、清人文集、乡邦文献、明清尺牍,金石碑拓以及名人书画,无不兼收并蓄。抗战期间潘书也有售出者,如明文俶绘《金石昆虫草木状》27卷,为稿本,12册。今藏台北"国家图书馆"。此为40年代初,由郑振铎代中央图书馆购得者。我在台北时曾见其书,又读到其时郑致蒋复璁(央图馆长)札云:"又由潘博山处购入明文俶彩绘之《金石昆虫草木状》,十二巨册,计价二千元。此书内容之美,渊源之久,不可殚述,且系怡府旧藏。价虽昂,却不能不忍痛收下。"

潘博山不以书名,而好搜前贤名迹,所得明清两朝尺牍数千通,而于晚明忠烈暨乡贤遗墨,罗致尤力。藏明清尺牍之私家,无有出其右者。区区尺蹏,片纸副墨,其中之文献信息往往他处不可得。大凡尺牍真伪之鉴定较版本更难,尤其是上款仅有字号,下款也只写有名,或不具姓氏名号。如此,则审定为书信者何人及其真赝,似需多方考订,方可定夺。故潘氏于明清尺牍辨别真赝,考订故实,穷析毫厘,不爽锱黍。其所藏明贤遗札,大半为陈良斋(吉云居)旧物,其他故家所遗流在市廛者,见辄罗致。零珠散玉,似无足观,但集中起来,则蔚为大观。所藏尺牍绝无赝品,其收藏之富且精,于此可知。

这批尺牍可谓吉光片羽，弥足珍重，若传诸士林，也为研明清史者提供史料之佐证。为使化身千百，嘉惠学林，潘氏最早印出的是《明清藏书家尺牍》，计 4 册，藏书家之重要者，手迹具载于斯。继为《明清两朝画苑尺牍》，凡著名画家手书，原貌多可窥见。潘景郑跋《明清两朝画苑尺牍》云："先兄自幼喜集名贤手翰，于家藏先世遗札，装褫标识，卷帖精好，盖童龄已具夙契。弱冠后，阅肆搜罗，见闻益广，暇居辄以自娱。偶得一笺，玩索考镜，穷及毫芒。吴江沈氏古华山馆藏明季忠贤尺牍最多，兄所得几逮十之七八。由是博稽晚明史传，于遗闻逸事了如指掌，虽残编啮简，或帖尾仅具一名者，必考其文辞，钩稽载籍，想象观摩，得其人而后止。精神所寄，望气立辨，自非心领神会，曷克臻此。以视藏家之竞趋时好，等赏玩物，盖未可同日而语矣。兄寝馈于斯殆二十年，所得简牍，上起元代，下迄清季，无虑数千通，积箧盈箱，攸待部次。丁丑浩劫，幸免六丁之虐。息影海滨，从事搜讨。尝谓前人摹刻，殊失真传，而趋时舍僻，尤失阐幽之道。爰是有志传布，暇辄检理，拟分别部居，次第授诸墨版。其已经部次者曰忠贤、曰儒林、曰文苑、曰金石、曰藏书、曰画苑、曰方外、曰闺秀，而于吴郡先贤别为一类，以崇乡邦文献焉。忠贤遗札，得先编传，事经中辍。去岁手辑《明清藏书家尺牍》一百四十八家，勒为初编，斥资影印，岁暮幸得蕆事。今春续选《明清画苑尺牍》，凡二百四十六人，点检编目，附录小传，约以生年为次，世泽则相附系，俾觇家学之渊源，而以释氏殿焉。目成，才付手民，而兄已病作，倚枕指授，不忘汗青之业。"

明季忠烈之盛，轶汉晋而超唐宋。忠烈者尚气节，重名义，趋义如流，视死如归，踵相接而肩相摩，令人敬佩之至。再如东林诸人，喋血誓死与权阉抗争，慷慨捐躯，百折不回，从容就义，志节凛然。博山藏札中即选取忠烈及东林多札编为《明季忠烈尺牍初编》一册，为蘧盦所藏尺牍之六，收周顺昌、李应升等 26 家都 30 开。二编为《明季东林诸贤尺牍》一册，为蘧盦所藏尺牍之七，收薛敷教、沈思孝等 22 家，都 24 开。虽残编断简，但珍若琳琅，炳若日星，不可湮没。盖博山景慕遗行并重，搜求唯恐不备，以使忠臣义士之气能以获伸。

潘博山先生藏明季忠烈尺牍初编、二编

潘先生还搜集到缪荃孙辑的《艺风堂友朋书札》,缪是清末民初重要文献学家,是书为缪氏与同时代知名学者157人论学的翰牍,光、宣名流毕萃于是。凡关于搜书刻书、访碑摹拓,以及清史之编纂、各省方志之重修,以及朝政时事、社会活动,多属学术商兑,而遗闻轶事、清季民初掌故,读之颇资谈助益闻。1940年6月,顾廷龙先生在潘先生处见到此批书札,认为自清末至民初40年间之学术动态、版本流传、文人交游,于此可观大略,于是“孤本流传,虑有万一,乃为本馆(合众图书馆)乞假录副”。而今,潘先生所藏原札已不知下落,只得靠当年“合众”录副之本而存其一脉(后《书札》由上海古籍出版社出版)。

潘先生善丹青,自幼喜习绘事,山水初学石谷,近习麓台;花卉宗南田，设色尤工致，虫鸟亦各擅其胜。潘景郑尝云："先兄缋事之业，取冶性情，不与世俗争短长，其高逸在元镇、子久之间。生平所作，寥寥仅存，间有酬应之笔，亦复景星庆云，几难掇拾。"1930 年秋，潘在苏州发起组织"鸣社"画社，将家藏历代书画名迹供同道观摹，切磋艺事。1933 年冬，又与吴湖帆等组织"正社"书画会，汇集艺坛名流，如于非闇、溥心畬、钱瘦铁、叶恭绰、张善孖、张大千等。还先后在苏州、北京、南京举办书画展览。

1943 年新年除夕，潘博山偶咳微血，他过去多病，故略知医术，并不介意。但入春以后，体温增，脉象数，医生疑为贫血，或云病在心房。然投药无效，热度愈炽，脉搏愈促，竟至不起，而于是年 5 月 6 日以痨病卒，病只九旬，年仅 40。薄海知交，同声悼叹。津在编《顾廷龙年谱》时，读顾先生当年日记，知潘 4 月 11 日卧床起，至 5 月 6 日凌晨一时半去世止，顾先生几乎每天都去探视。去世那天正是阴历立夏，也即民俗中所谓百日痨也。当日上午 8 时许，移灵至安乐殡仪馆。顾先生当日撰有挽联云："服劳乡国，丕振家声，有为方卌载，长才欲展天何忌；讨论学术，评量书画，相契逾廿年，一朝永诀谁与归。"

次日，郑振铎至汉学斋书店，闻潘博山噩耗，也为之惊骇不置。云："博山体素健，正壮年有为，不意其竟去此浊世也。谈版本者又弱一个矣。人生无常，尽情享受与建功立业者有时不我待之概。"又云："此书（《明清两朝画苑尺牍》）在博山故世后方始装订成册。阅之不胜有人琴之恸！忆博山贻予《明清藏书家尺牍》时病犹未深，不意一月之别，遽成古人。人生诚若朝露也，哀哉！"据郑振铎日记是年 7 月 10 日晨，潘博山的丧事仪式，在上海孟德兰路护国寺举行。9 时半，郑赴护国寺吊潘博山丧，送赙仪 50 元。又据顾先生的日记，那天去的人很多。

先生英年有志，闳览多能，遽没于沪，知者无不痛惜。潘景郑悲痛之余，写道："颜介有言，江左贵游子弟，跟高齿屐，驾长檐车，熏衣剃面，目不知书。吾家自高曾以来，鼎盛未及百年，回忆先人即世，门庭寥落。兄年十五，弼才十二，群季皆在襁褓，藐藐诸孤，栖依重闱；追维祖泽，恐及我斩，每读颜训，未尝不以此相励。二十年来考德问业，同命相依；兄支外内，任其艰巨，使弼得优游文史，不以外骛相驰逐，而今不可得矣。”读之感人，手足之情，可窥一斑。

潘博山卒后，潘景郑托叶景葵为之作传，又请张元济撰《潘君博山墓志铭》。《叶景葵杂著》中有《挽潘博山承厚》一首，云：“冰雪聪明，雷霆精锐，此清才非浊世所能容，只宜玉宇琼楼，长共飞仙适风月；门有通德，家承赐书，幸群从与阿兄为同调，可卜牙签锦赙，不随急难付云烟。”1943 年 7 月 3 日，张元济有潘博山像赞：“金张世胄，王谢门风。幼克歧嶷，卓尔童蒙。灵椿乃陨，萱草犹荣。逮事重闱，羞膳洁丰。惟孝友于，其乐泄融。食德服畴，旧业恢宏。废著鬻财，货殖称雄。百城斯拥，六法尤工。修文忽召，傃幽告终。长才短折，天胡梦梦。”

可惜天不假年，其拟辑印《元明书翰》、《明季忠烈尺牍》、《杨忠烈公（涟）左忠毅公（光斗）遗札合璧》、《瞿式耜侯峒曾尺牍》等，均由潘景郑继其遗志为完成之。在《忠烈尺牍》中潘景郑云：“我心能无疚痛，爰忘其傻拙，谋为影印之举。”其时“物力维艰，求备非易，假以时日，次第成编。”“后死之责，虽拮据所不辞耳。”博山的遗著尚有《沈石田年谱》、《文征明年谱》、《毛子晋年谱》及《蘧盦书画录》等，俱未刊。

博山的画作《蘧盦遗墨》是在 1943 年 8 月影印出版的，那是潘景郑与博山子家崃、家多，笃念桮棬，搜检遗箧丛残，征访亲友所藏，集辑遗作，付诸墨版，计 20 幅，也算是对潘氏的纪念。

2008/3/3

一片冰心在玉壶
——怀念潘景郑先生

2007年是著名古籍版本目录学家潘景郑先生诞辰一百周年。回想30年来从学潘先生的往事,历历在目。2003年11月,我自美返沪探亲,在飞机上即在想,找个时间去探望胡道静先生和潘景郑先生。因为前一年的差不多时间,我也是在一个下午的雨天,先看胡先生,再去看潘先生的。他们两位都住在虹桥,所以顺道。可是,那次我到沪的次日清晨,在和上图旧日同事通话中,却意外地获悉胡先生已在一个多星期前仙逝,而潘先生也在两天前御鹤西归。这对我来说,实在是意想不到的事。对于潘先生,我自1990年离沪去港赴美后,每年返沪,都会去拜见他,有时还会打个越洋电话去问候致意。每次见到先生,大多是卧床,由于家都夫妇的精心照料,所以先生的饮食睡眠都算正常,毕竟是90多岁的老人了,以静养为上。然而先生在9月15日却因一场感冒而入医院治疗,两个月后,又因肺部感染而衍发重症,医治无效,于11月15日溘然长逝,终年97岁。

潘先生追悼会前的一天,我约严佐之教授见面,在饭桌上,我们都对潘先生的去世表示惋惜。我说，潘先生这一走，就意味着30年代成名的中国版本目录学家凋零殆尽。因为在此之前，70年代王重民、王大隆先生，80年代赵万里、周叔弢、瞿凤起先生，90年代又有顾师廷龙先生，就连50年代成名的冀淑英先生也在潘先生之前走了。

光绪三十三年(1907)八月十日，潘先生生于苏州的一个书香门第中。潘家，其先于清初迁至苏州，乾隆时，始以科第贵显。高祖潘世恩，由翰林院修撰，官至太傅、武英殿大学士，赐谥文恭。曾祖潘曾玮，官兵刑两部郎中。祖父潘祖同，为钦赐进士、翰林院庶吉士、封光禄大夫、户部侍郎加三级。父亲潘亨谷，为光禄寺署正、附贡生。然而先生家世虽属簪缨，且一族中有35人金榜题名，既有一甲一名之状元公，也有一甲三名之探花郎，但潘先生的一生却形同寒素，早已忘其为仕宦之裔了。

潘景郑先生，原名承弼，字良甫，号景郑，又号盉宀 ，别署寄沤。幼承庭训，颖悟夙成，雅嗜图书，博通经史。谙音律，精词曲，长于鉴别、训诂、考证之学。他的学问除了自己的努力勤奋外，亦有所师承。老师就是国学大师章太炎、词坛宗师吴梅。潘先生尝说："弱冠以还，略识为学之径途，余杭章师，诏示经史之绪；霜厓吴师，导游词曲之门。"

什么事情都得讲缘分，潘先生能成为章门弟子中的佼佼者也是有缘分的。1931年春，二十五六岁的潘先生为研究《说文解字》而校理沈涛之《说文古本考》，被同盟会的前辈李根源先生看见，极为赞赏，以为年青学子能有如此业绩实属难得，即向太炎先生推荐。章回信说："潘景郑年在弱冠，文章业已老成，来趣吾门，何幸有是！"从此，潘先生由太炎先生亲自"诏示经史之绪"，又悉心精研，尽得其奥秘，学业大进。津曾读潘先生1931年的日记，内里详载拜太炎为师之经过及叩问学问之道等事。1934年，章氏在苏州创办章氏国学讲习会，潘先生被聘为讲师。讲习会的刊物《制言》，章虽挂名主编，但具体做事负责的则是潘先生、朱季海等人。章氏去世后，章夫人汤国梨女士即率诸门生在上海办太炎文学院，潘先生则仍任教其中，直至文学院被汪伪政府强行停办。先生曾与人合编有《章太炎先生著述目录》及《后编》。

太炎先生门下弟子众多，听其课者即在500人以上，但章却非常看重潘先生。1933年11月，章太炎致潘札有云："东原以提倡绝业自任，门下若膺、怀祖、巽轩，可谓智过其师。仆岂敢妄希惠、戴，然所望于足下辈者，必不后于若膺等三子也。""明年定当南徙吴中，与诸子日相磨礲，若天假吾年，见弟辈大成而死，庶几于心无歉，于前修无负矣。"戴震门下弟子段玉裁(若膺)、王念孙(怀祖)、孔广森(巽轩)都是乾嘉重要学者。章氏此札可以窥见其寄希望于潘先生将来在学术领域有所成就，并对于文献学、文字校勘学等方面有较大的贡献。

苏州，山温水软，绿畴绣野，灵秀所萃，人文蔚兴，自古即得天时地理之利，故人聪物华，士民俊秀，且历代都为文人墨客荟萃之地、士宦退隐之乡，所遗撰著之多，雄冠东南。私家收藏图书，蔚然成一时风气，其中又有著名学者专家，所藏之书多与其读书治学密切结合，故学术著作于研究贡献甚大。潘先生是藏书家，也是当代中国具有精深造诣的版本目录学家之一，他和其兄潘承厚继承了祖业，也得到祖上竹山堂藏书，并在此基础上发扬光大。

先生于版本鉴定独具只眼，功力绝非一般。先生尝自云："余生薄祜，十二丧父，上袭先祖余荫，有书四万卷。稍知人事，颇喜涉猎，自经史子集以逮百家杂说，辄复流览，贪多务得，每为塾师所非斥，而余怡然自乐，未尝以他嗜少分其好。弱冠以还，节衣缩食，穷搜坟典，于时求备而已。秘册精椠，不暇计及。先兄泥古善鉴，与有同嗜，力所未及，辄为援手，积累二十年，藏箧卅万卷，列架插签，虽不敢自比于通都豪富之藏，然以之考览优游，无阅肆借瓻之苦。"(《陟冈楼丛刊》序)又云："学艺而外，耽嗜图书金石。才十五六龄时，便节衣缩食，有志穷搜遐方绝域，尽天下古文奇字之志。自壬戌(1922)迄丙子(1936)，十五年中积书三十万卷，石墨二万通，簿录甲乙，丹黄纷披，甘老是乡矣。"

先生弱冠起即购书，随着时间的推移，经眼之书也渐多，赏鉴能力也随之增强。20年代后期，先生即与苏州藏书家邓邦述、徐乃昌、宗舜年、丁初园等人结识，晨夕过从，获闻绪论，纵论今古，乐谈版刻，赏析奇书。甚至与老辈藏书家角逐于书林，偶见一奇帙，辄相争取，而书贾从中居奇，互相射覆。那时先生年方弱冠，而诸老皆皤然耆彦，引为忘年之交。也正是通过和多位老丈的沟通交流，先生获得了书本上所没有的知识和经验。先生曾告诉我说：和老辈们在一起，听到的都是闻所未闻的事。他还说，那时买版本书也有鉴定错误，没有看准的，那就会请老辈们看，想怎么会上当的，然后总结教训，以求少犯错、不犯错。先生的版本鉴定学问全凭水滴石穿之苦功，非长年累月之积淀，决达不到此一境界。如此说，是因为此门学问无捷径可走，全凭所炼就的一双火眼金睛。

1937年，日寇侵华，苏州文物备极蹂躏，狼藉箧衍。藏书家老成凋谢后，遗笈飘零，流散市廛者不知凡几。丁初园、孙毓修小绿天、莫氏铜井文房、曹元忠笺经室、顾公鲁、徐氏积学斋、许氏怀辛斋藏书相继流散殆尽。沦陷区之不少文献故家，又以生活日渐艰困，所藏珍本古籍，无力世守，也纷纷流入市肆。在抗战正酣的那个年代，以个人的力量去大规模抢救古籍善本，保存传统文化是不可能的，先生尽管衣食困迫，无复购书余力，但仍以抢救传统文化为己任，访旧搜遗，择尤选萃，尽可能地去保存一些乡邦文献、故家遗物及明末史料。先生认为中华典籍文化乃前贤精力所萃，即使一般学人稿本也应保存。如诸仁勋《后汉书诸侯王世系考》一书，此稿经乱，由畽城流徙沪肆，鲜有过问及之者，先生独惜其文字之湮灭无传而留之。

有些稿本流入市肆，估人莫审其撰者，一时无人问津，但先生识得手笔，急欲为故人存留纪念，如吴大澂《吴愙斋先生手校说文》、宗子岱《尔雅注》残稿等。先生还曾在市肆乱书堆中，发现劳权手抄《云山日记》，粘贴在兔园册子上，先生知道是焚燎之余，购下后觅工重装。又如像陈鳣手校本《五代史补》及《五代史阙文》，既无陈氏印记，又无署款，贾人不识，先生亟收诸箧笥。有的书流入印匠之手，破碎几罹覆瓿之厄，如《姚秋农说文摘录》稿本。先生尝叹云："锋镝余生，情怀抑郁，重以衣食困顿之际，癖嗜未解，嗟嗟吾生，徒自苦耳。"那个时期，先生在苏州还协助郑振铎搜集明清总集及清人诗文集，曾代为购得罕见本多种。先生在保存古籍方面,功不可泯。

王佩诤《续藏书纪事诗》中有一首是咏潘先生的,诗云:“滂喜斋溯收藏富,金薤琳琅旧雅园。渊博当今刘子政,玄著超超七略存。”先生费尽辛苦,多方搜集,累藏珍本数万册,均藏于著砚楼中。“著砚”者,以藏宋代王著之砚也。先生很多藏书,都有函套,红红绿绿的颜色,我曾问过先生,为什么要用这种颜色。先生笑着说:那都是用被面做的,红白喜事时,亲朋好友们送的,太多了,又没有什么用处,所以就用来糊在马粪纸上做成书函套,这叫废物利用。先生藏书虽说未丰,但孤本秘籍往往而在,是犹千狐之白,所重者以精不以多。

书籍藏弆,鲜有百年长守之局,自古皆然。先生是过来人,兴废变迁看得实在太多。抗战胜利后,先生遄返检书,30万卷所存已十不一二。1950年,先生在沪,又悉故乡所存之书为其侄论斤斥卖以尽。固知聚散飘忽,但及身而见,仍怆然之至。“第念三十年来,箧衍所存,一没于兵火,再罹于胠箧,其仅存者比悉论斤于犹子之手,历劫荡然,固不免恋恋怅怅。”(《著砚楼书跋》序)1956年在上海时,尚有宋元明刻本、抄校稿本千余种,但10余年中,生活困难,不能敷给,往往出以易米,其时,亦去十之四五。

先生深感守书不易,恐旦夕间往往所聚者容或失之,乃将所贮悉数捐赠图书馆保存。前几年我在写《顾廷龙年谱》时,就发现潘先生在40年代赠给“合众”不少书,也包括元刻本。先生跋《大阜潘氏支谱》云:“比岁旅食沪上,不暇顾及故居,家中长物悉被论斤称担,荡然无存。此书之成,与余齐年,环顾沧桑,冉冉将老,缅怀终岁饥驱,焉能长护斯籍耶?残岁检籍,亟捐藏合众图书馆,俾异日犹可踪迹焉。”

先生捐出的书很多,有些比较重要,如1947年将叶昌炽手稿本《缘督庐日记》捐给苏州图书馆。1949年末,将清人传记资料以及其他书籍300余种捐献合众图书馆,并编成《吴县潘氏宝山楼书目》。1950年,又将不少宋元刻本捐献北京图书馆。由于先生对保护传统文化有功,且捐献了不少稀有罕见的古籍善本给国家,故1951年6月7日,文化部副部长郑振铎在上海设宴,宴请捐献文物图书给国家的人士,包括潘世兹、丁惠

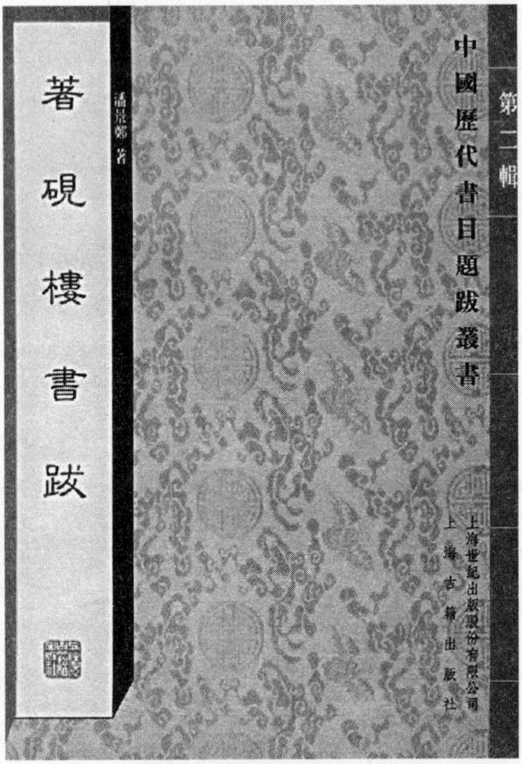

潘景郑先生著《著砚楼书跋》

康、潘景郑、瞿凤起等人。

先生收藏中最可观的是金石拓本。弱冠时，先生思辑《苏州金石志》，搜拓石墨，即一县所得，已千余种。并曾鸠工编拓虎丘刻石，纤细靡遗。先生所辑《虎丘题名全拓》，较之《虎阜石刻仅存录》、《虎丘金石经眼录》又增益十数种，并装成大册捐赠“合众”。先生后来又从孙伯渊处购得刘氏聚学轩所藏7000种金石拓片，内含叶昌炽五百经幢馆拓本、拓片计3681种。叶藏以题名造像为多，分地凡80余处。先生经20年之殚心搜罗，所聚逾17000种，也悉数化私为公，捐与“合众”，而今珍藏于上海图书馆。

潘先生是从事图书馆工作的资深专家，早在1940年4月，合众图书馆总干事顾师廷龙先生即深盼潘先生能来相助。这也是叶景葵先生之意。据顾先生是年4月21日日记，“揆丈意，将来须主金石一部，则景郑尤为相宜,实为图书馆中难得之真才,与龙意见融洽,合力为之,必能薄具成绩,非为私也","但独木不能建大厦,然得人之难若登天"。潘先生自己也说,抗战时,叶景葵创办合众图书馆于沪上,"招余从事编校之役,先后逾十年,因得尽窥枕秘,纂录藏书提要十余册,并与校勘藏目之役"。由于潘的加盟,顾师如虎添翼,潘先生也是如鱼得水。从 1940 年 8 月 1 日在合众图书馆上班始,直至 1988 年从上海图书馆光荣退休止,共计 48 年之久。

原"合众"的藏书基础,首先是几位发起人捐献的家藏,他们将数十年甚至毕生搜集的珍藏无条件献出,并各具特色。如张元济将数十年收藏的善本及旧嘉兴府著述、海盐先哲著作,李宣龚将近时人的诗文别集和师友手札、叶恭绰将收集的山水寺庙专志及亲朋手札悉数捐出。而潘先生捐赠的是清人传记、大宗金石拓片、清代科举考试硃卷约 10000 份,数量可观。"合众"的藏书目录大部分是由潘先生独立编竣,如 1946 年 10 月编的《海盐张氏涉园藏书目录》,1948 年 8 月编的《番禺叶氏遐庵藏书目录》,1951 年 5 月编的《胡朴安藏书目录》、1951 年 9 月编的《李宣龚藏书目录》、《周氏几礼居藏戏曲文献录存》,等等。

1958 年 10 月,上海市历史文献图书馆并入上海图书馆,自此先生就一直在上图善本组工作,直到退休。他的工作主要就是为善本书编目、编辑《上海图书馆古籍善本书目》。上图那 14000 种善本书,包括宋元佳椠、明清善本、抄校稿本等等,就是在 1961 年至 1965 年时,由先生和瞿凤起先生编完的。

"文化大革命"对于中国人来说是一场大灾难,潘先生理所当然地受到冲击,没有逃过此劫。1966 年夏,他即作为"封建地主阶级的孝子贤孙"受到批判,处境日艰,压力日甚。不久,上海图书馆又抄了先生的家,部分图书捆载而去,余下者全部封存在柜。先生 1975 年 3 月跋《敝帚存痕》云:"七八年来,囊箧屡空,笔墨顿废,虽未皈心空门,视世间文字都如嚼蜡矣。"

之后,先生每日都在"牛棚"集中学习,并参加一些适当劳动,先生在这种困难处境下，从无怨言，乐天知命，忘怀得失。那种随遇而安，豁达从容、悠然自得的态势，使我感触到常人难以达到的境界。1967 年夏，上海市文物图书清理小组要求上海图书馆上报在“文革”初期所接收的重要文物图书清单，那时上图有两批极为重要的图书，多宋元明刻本以及名家批校本。一即 1966 年夏，自刘洁敖教授家抄得其岳丈陈清华先生所藏善本；一即 1967 年春夏间，自张子美先生所在单位中所得清末朱氏结一庐藏书。为将这两批善本书编目整理，并遴选出一、二类藏品，我和当时馆内某负责人商量后，请顾师、潘先生和瞿凤起先生在上图东大楼 307 室整理，这项工作大约两个月后才结束。三位老先生各自就所编目的一、二类藏品，亲笔用复写纸一式三份写了简单介绍，一份由我保存至今。先生 1971 年还参与清查盛宣怀档案中的钓鱼岛材料。

《中国古籍善本书目》是一部全面反映国内各图书馆、博物馆、文化馆所藏中文古籍善本的专目，它的编辑意义无须我再赘述。潘先生古稀之龄，毅然参与这项伟大而艰巨的工程。我还是挑几件重要的事来叙述吧。

1978 年 11 月上旬，上海图书馆古籍组为配合《中国古籍善本书目》的准备工作，在顾师廷龙先生的提议、指导下，编辑了《善本书影》。从上图善本藏书中选出宋元明清刻本和抄校稿本共 30 种，略具简说，汇编书影，以应急需。挑选和简说主要是潘先生所为，我追随先生之后，获益亦多。这本书影从酝酿到见到样本只用了一个星期。

1979 年，潘先生被中国古籍善本书目编辑委员会聘为顾问，当时被聘者还有赵万里先生，次年 5 月，周叔弢先生也受邀聘为顾问。这三位先生都是中国最重要的版本目录学家，对于古籍善本的搜集、鉴定、整理、出版都有卓越的贡献，他们应聘为顾问，实至名归。可是，没有多久，赵、周两先生先后辞世，这对编委会和版本目录学界是重大的损失。只有潘先生是长寿者，他在 1978 至 1980 年间，即开始参与校核上海图书馆藏善本卡片，回答编委会对一些善本书中的著录疑问的咨询。1981 年 4 月，他又以 75 岁之高龄，与主编顾师廷龙先生前去南京，参加《中国古籍善本书目》主编工作会议，就如何复审、定稿而提出了不少好的建议。1983年8月，《中国古籍善本书目》的定稿工作在上海图书馆进行，先是经部，继而是史部卡片的复审工作，参与工作的有编委会主编顾师廷龙先生、副主编冀淑英先生、潘天祯先生，潘先生，还有沈燮元、任光亮和我(当中短期参与者有丁瑜、陈杏珍先生)。此项工作持续了好几年，而潘先生每天都到办公室审阅卡片。

《中国古籍善本书目》经部终于在1986年10月由上海古籍出版社出版，潘先生拿到样书后非常兴奋，按捺不住喜悦之情，专门写了一首《赞成功》，词云："百年大计，簿录新容，搜罗珍秘一编中。克成遗愿，群策群从，妙哉四库。遮莫喻隆，今日高会，看奏奇功。俊贤毕集兴怀浓，快披鸿祓，万紫千红。低首折服，寰宇皆同。一九八六年十月二十三日，潘景郑为中国古籍善本书目经部发行作。"从72岁到83岁，潘先生为这一国家重要的大型书目矻矻终日，克尽厥职，不辞劳瘁，奋力工作。而这一工程竣工出版后，他又功成不居，劳不矜功，这与当今学术界中某些好大喜功、沽名钓誉之人和事完全相反。

先生书法在学界有一定影响，但他从来不以"书法家"自居，他自己就说过：我不是书法家。但先生却是1961年4月成立的"上海中国书法篆刻研究会"首批87位会员中的一位，当年的成员有沈尹默、沙彦楷、潘伯鹰、朱东润、王个簃、顾廷龙等。潘先生书法笔取中锋，含蓄温润，清雅绝伦，自成一家，深得学者之喜爱。先生尤善行书，流畅圆润，秀逸平淡，从容而追求洒脱。学者书法能臻入此境者，实不多见，这完全是先生学识修养，通过笔毫而流于纸上，故内涵蕴厚，绝无矜持造作之态。明项穆《书法雅言》云："资分高下，学别浅深。资学兼具，神融笔畅，苟非交善，讵得从心？"所以"资贵聪颖，学尚浩渊。"也就是说学术成就高，人的境界也就高，笔下自有常人难及之韵律，地位及成就往往在职业书法家之上。先生不轻易为人作书，然人得其尺牍、诗文，即使是片纸只字，皆视如珙璧，珍若鸿宝，什袭而藏。广东重要收藏家王贵忱先生即将先生手札汇为一编，影印传世。

先生弱冠即亲文字之业，偶有采获，多寄情于笔墨之间，不光是写跋作词。据我所知，早在30年代，先生仅29岁，著名的江南词人谢玉岑即慕先生名，并函索先生填词书扇，以订缟纻之约。1983年2月15日，顾师为《中国古籍善本书目》工作汇报事致笔者函，云："专家无回音的，拟去函催询。你便中拟一稿，要情意迫切，措词宛转。不知你以为何如？这种文笔，潘老优为之，你可一学。"顾师的文章，写就后多请潘先生润饰，如《跋徐光启墨迹刻石》、《章太炎篆书墨迹序》等，就有信嘱我送呈潘先生推敲教正。而我在70年代末和80年代所写的文章几乎全部都呈请潘先生修正，我尚珍藏的还有潘先生、顾师修改的《进瓜记》、《关于四库全书总目提要稿本的新发现》等文稿。

《明代版本图录初编》，是先生与顾师廷龙先生在上海成为"孤岛"后联袂编著的研究明代版本之必读物。自清末杨守敬编《留真谱》，至民国间公私藏家编撰的图录10余种，然多宋元书影，明代版刻一直处于空白。顾、潘二师以为"惟朱明承先启后，继往昭来，传递之迹，有所踪寻，而其精粗高下，尤足以觇文献之盛衰。"有鉴于此，顾师"实综大纲，发凡起例"，潘先生"摄影撰说，历时两年"，克服了搜辑不易，毹借维艰等困难后，终于克成。以往各种图录之编纂，虽多出专家学者之手，但并无特色。《初编》类别12，影逾皕叶，不仅存一代雕椠之程式，且每种皆有略说，以藉明原委，每类前之文字概括简明，图文相辅，纲举目张。张元济先生在审阅《明代版本图录》原稿后，即有信致顾师，云："大著《明代版本图录》捧读一过，琳琅溢目，信为必传，自惭谫陋，不能赞一辞。"而徐森玉先生则告蒋复璁先生，顾、潘所编之"《明代版本图录》乃为研究所得，非一般收藏家之书影"。此实为有真知灼见之语。编图录易，撰解说难，如若没有坚实的版本学根柢，断难肩荷这样的工作。近几十年来国内所编各种善本图录，惟此书及《中国版刻图录》最具学术价值，其他图录虽然在印制装帧上华丽非凡，但在学术上却没有一本能望此二种之项背。

潘先生是一位极重感情的人，对于章太炎、吴梅先生的遗著，他在书肆是有见必收。如太炎先生稿本《广论语骈枝》一卷，1938年经乱散在吴市，因斥重值购置。在百物腾贵的年月里，又节衣缩食出资印了章氏的好几本集子。1940年，为吴梅刻印《霜厓词录》时，因北平文楷斋所刻工劣，未遑传布。先生又于1943年6月，重写一本授诸墨版，以告慰其师在天之灵。1985年，潘先生将珍藏的太炎先生手写底本《訄书》，交上海古籍出版社出版。并在跋文后附词《凄凉犯》，云："师门暗忆人天远，星霜卌载递隔。迷离旧梦，乡魂久绕，寸怀翅翼。江干旅食，风雨流光暗掷。早琳琅，成散席，片羽作珍泽。追念名山业，訄迫留痕，立言盈策，景星阅世。渺初椠，莫寻鸿迹。蒲柳惊心，待长护，淹迟旦夕。乞垂芬，化影千编慰歆臆。"

1988年初，我非常想做的几件事中有一件是想为顾师廷龙先生、潘师景郑先生做录音，那是1986年我在美国哥伦比亚大学访问时，了解到唐德刚教授曾为李宗仁先生、胡适先生完成口述历史工作，对我有很多启示。我也想记录顾、潘二师过去的工作，如潘先生如何追随章太炎、吴梅学习文字学、词曲的过程、20至40年代与耆宿遗老交往之逸事、其时沪苏两地书肆情况等等。遗憾的是，当我提出此项计划后，领导却以没有经费购置录音设备及人力支持而否决。

潘先生是我在上海图书馆杖随30年的老师之一，我永远也不会忘记他对我业务上的指导和提携。40多年前，我在辑录清代乾嘉学者翁方纲的资料，准备编写《翁方纲年谱》。那时的我，只是一个初涉版本目录领域的年轻人，什么都不懂，但这项工作，时时得到潘先生的帮助，潘先生将他在40年代钞录的不见于《复初斋文集》及《集外文》的题跋等，大约有数十篇，都交给我，让我补入。他还将年轻时买到的抄本《覃溪碎墨》(未见著录，有容庚、潘先生跋)送给我。1988年，我见到了台北文海出版社出版的《清代稿本百种汇刊》，里面收有翁方纲的《复初斋文稿》20卷、《诗稿》67卷、《笔记稿》15卷、《札记稿》不分卷，总共138册(缩印为28册)，是"中央图书馆"的珍藏之一。然而这部价值极高的手稿本，却因书中之字大都是行草书，台北学者无法阅读。我虽熟悉翁氏书法，经眼也多，但还是有不少字辨认困难。我将晚上识不了的字用小纸条夹着，次日上班前请教潘先生。而潘先生就从字里行间辨识，对照语句，最终也就冰解雾释了。后来,《翁方纲题跋手札集录》的稿子全部请先生通读一过。不然的话,这本书是难以面世的。

尺牍中的字,有不少是行草书写,那是书写者率性所为,收信人如相熟,大致知道所言之事,那就不难理解。反之,则要花工夫,视文意猜测。潘先生的认字功夫十分了得,如没有深厚的学术底蕴,以及早年在书法上的临池所得,那就根本无法释读。1961年间,上图请来早年任职商务印书馆的文书高乐赓、项平甫先生抄写《汪康年师友手札》,《手札》60巨册,700余人,3000余通,对研究中国近代政治史、文化史、经济史都有重要参考价值。这批手札多为行书,间有草书,有些字不易辨认,高、项二人都临帖数十年,基础虽好,但有些字也无法识得,必须请益潘先生方得冰释。

我的著作中最早出版的是《书城挹翠录》,潘先生专门作了一首词以代序。后来所辑录的《翁方纲题跋手札集录》,则是潘先生作的序。如今我珍藏先生的手书,除翰札外,尚有先生赠我的三首词,第一首是77岁时所作的《赞成功》,词云:"盛年奋志,点检琳琅。书城长护作梯航。廿龄精业,明眼丹黄。几多锦字,纷留篇章。徙倚图府,晨夕相商,多君才智证高翔。苏斋碎墨,收拾珍囊,摩挲老眼,欣看腾芳。"那是先生为鼓励我完成《翁方纲年谱》及《翁方纲题跋手札集录》而写的。

第二首是79岁时所作的《西地锦》,词云:"廿载同舟图府,更几多风雨。琳琅点检,丹黄共理,勤奋堪数。壮志鹏程,高步万里登云路。期君放眼归来,日展经纶芳杜。"那是1986年初,我将赴美任访问学者,离沪前先生书此以志别。

第三首是84岁时所作的《减字木兰花》,词云:"清才高艺,壮志凌云称拔萃。流略精治,海外名扬树一帜。同舟卅载,图府论文深契在。振翅重飞,离别情怀盼后期。""沈津大兄远志港行,骊车在迩,赋以赠别。"那是1990年4月,我要移居香港时所写。

如今展对先生手书,摩挲遗泽,能无山阳邻笛之感?能无山颓之痛!

先生所写题跋有千篇之多,六七十年来,所至官私库藏,列肆冷摊,

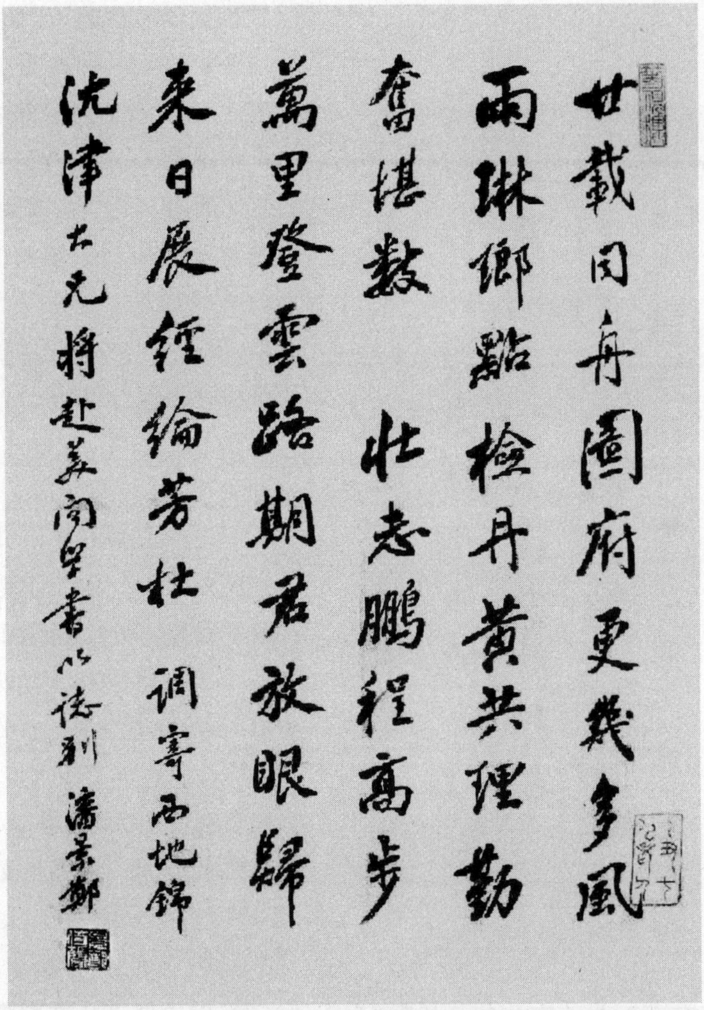

潘景郑先生书赠作者词之一

靡不恣意览阅，耳目闻见，籍记于册。50 年代出版的《著砚楼书跋》，仅收先生所写跋文 403 篇，那是据 30 年藏见所记，掇拾丛残，十存二三。而前几年出版的《著砚楼读书记》，在《书跋》的基础上略加补充，虽可以视为潘先生的历年所写文章之总集，但这只是先生著作的一部分，还有不少

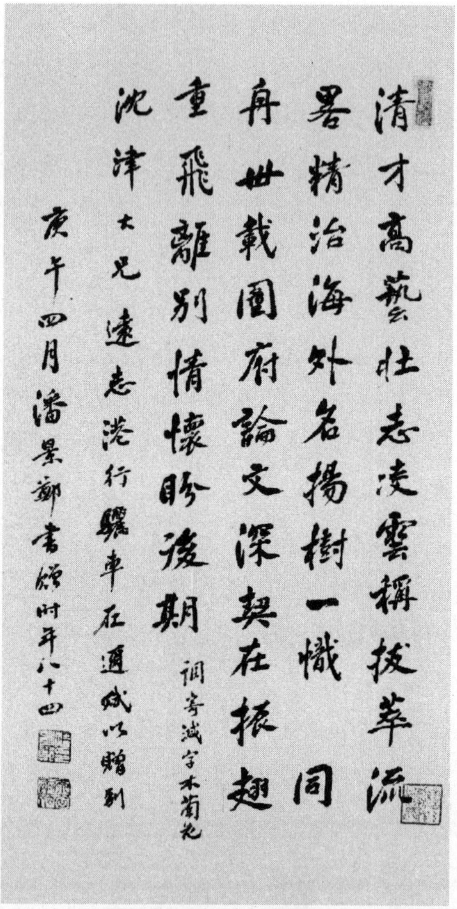

潘景郑先生书赠作者词之二

文章都没有被收入，如《章门问业记略》等。津在先生去世后之次年，曾应潘家都之约去了虹桥潘寓，细细看了存放先生文翰的六七个大纸箱，并将先生历年的日记、题跋、诗词，以及小笔记本、杂件等作了区分，我曾将十多本先生手书题跋和《读书记》稍作比对，发现不载之跋甚多，或俟之将来，再加订补。

先生人格的纯洁几乎是有口皆碑的。这位恂恂儒雅、敦厚和蔼的长者学问深厚，但不张扬，他从来没有恃才傲物，顾盼自雄之态。他的床头上挂着一幅金山高吹万（燮）先生写的“无事此静坐，有福方读书”对联，这是他最喜欢的联句，淡泊而有味，令人遐思无穷。是啊，如今淡泊名利，视富贵若浮云的名士又有几多呢？我的记忆中，先生似乎从来就没有胖过，也从没有穿过什么新衣服，他是那么的朴实无华，那么的平凡，没有人推崇他的所作所为，但他的学谊行谊，皆可窥见学术精微，实足为后世所楷则。我时时想起先生那精神矍铄、面容清癯的形象，他手夹着最廉价的工字牌雪茄，那一口轻侬细软的吴语似乎还在向我诉说着什么。有时还会浮现出60年代初，先生教授我和吴织及二位修补组的青年同事古文和吟唱唐诗的情景。想得多了，真觉得先生须眉謦欬，一一如在目前。

回忆当日追随顾师廷龙、潘师景郑、瞿师凤起三公杖履，获承教益，赏析之乐，恍在昨日。

潘先生退休后没二年即卧病在床，此后就再也没有起来。每年我返沪探亲，必定要去探望先生，问候饮食起居，拍几张照片。潘先生走了，听潘家都说，老人走的时候很安然，没有什么痛苦。潘先生长眠了，他去了一个很远很远的地方。对于这样一位温润敦厚、知识渊博、学贯九流才一艺的老人，现代最先进的医疗条件也无法留住他。先生是当代重要图书馆文献学家、目录版本学大家中最长寿者，王重民、王大隆、赵万里、瞿凤起、周叔弢、顾廷龙、冀淑英诸先生都走在潘先生之前。而今，像潘先生这样广纳百川、触类旁通，既渊博而又精深的版本目录学家恐怕最近这数十年之间不一定再会出现。

潘先生枕耽典籍，和书相伴一生，他走完了极其平凡又极其有意义的一生。他无愧于自己，无愧于他所热爱的事业，也无愧于这个社会。

2007/9/28 初稿

2007/10/2 定稿

由黄永年先生而想起的

上个星期,时间换成了夏时制,时钟往前拨快了一个小时,然而我还是在早晨未调整前的六时按时醒来,看看时间还早,就又眯了一会,于是不知怎的忽然想起了黄永年先生,又由黄先生想到了其他。于是,就有了写作的冲动。

人是讲究缘分的。实际上,我很想找机会拜见黄先生,但我无缘,所以也就从来没有见过老先生。黄先生是国内的唐史研究专家,也是一位古籍版本研究的重要学者, 他是前辈,40 年代末就涉足古籍版本这个领域里了,他要早我十多年。

我第一次知道黄先生的大名,是在 1980 年夏,那时为编辑《中国古籍善本书目》, 各地的古籍专家云集北京虎坊桥的香厂路招待所。有一天,主编顾师廷龙先生对我说,黄永年有信来,建议对《书目》所收各种版本应慎加鉴定。我当时听过也没在意。那时,我每天早饭前、晚饭后,都会到顾师房里坐一会,也没想将信拿来看看黄的具体意思是什么。前几年,我在撰写《顾廷龙年谱》时,曾将淮海中路顾师屋内的所有书信尽数翻阅,都没见到黄札,想必后来留在北京诵芬院士家里了。

黄先生很年轻的时候即开始购买古籍，并开始研究古籍版本了,那是他的兴趣爱好。而在版本学界为地方所知、崭露头角,大约是在1978年陕西省召开古籍善本工作会议时，他用几天的时间赶写了4万多字的讲义,给与会者讲有关版本学的知识。那个时候,正是编辑《中国古籍善本书目》的任务刚下达,各省文化部门都在做启动的准备,如北京的冀淑英、魏隐儒等先生曾去山西等地讲课,而顾师偕我也去了四川乐山,为西南三省古籍训练班授课。而黄先生正式开讲古籍版本，是在1982年,他在陕西师范大学带历史文献学专业(古籍整理研究方向)的硕士研究生时。

我认为黄先生的版本目录学的功底很深厚,虽然他自己说是“其实只能算是自学出身”。而实际上他在这方面的学识以及版本鉴定的能力,远远超过了当今国内各大图书馆的所谓“专家”。他在此方面最重要且有系统的专著,即是作为古文献学基础知识丛书之一的《古籍版本学》，书由江苏教育出版社出版,248页,20万字,薄薄的一册,虽然连图都没有一幅,有的章节也写得较为薄弱,但我却觉得还是有些分量的。大凡前些年出的数本有关版本学以及版本鉴定的书，虽都写得不错,有的作者也有一些实践经验,但众人一面，人云亦云,相同的内容较多,这就反而凸

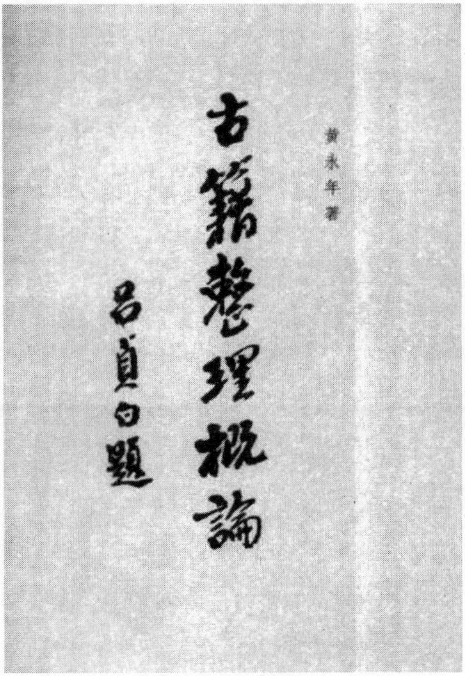

黄永年著作之一

显不出著作者的心得体会了。

黄先生在他的这本书前言中写道:“我主张在高等院校讲堂上应该主要讲自己的研究心得和成果，至少多数文科本科生的专业课应该如此,何况给研究生开课。因此,这本书在撰写中除利用前人搜集的资料外,只在讲述古籍形制、宋金本地域时,承用了若干成说。此外,从书的结构到内容,都贯彻自己的观点,谈自己的东西。”对于黄先生的话,我是极为赞成的。谁要开课,谁要著书,就应该主要讲自己的研究心得和成果,就应该讲自己的观点,谈自己的东西,那才有意思,那才是一家之说。记得上世纪60年代初,有一阵子宣传县委书记的榜样焦裕禄,这位焦书记有一句名言,意思是“别人啃过的馍馍不香”,要自己去做调查研究,才能得到真实的情况。1989年上半年，华东师范大学图书情报系派一位副教授找我,希望我能为他们带一位硕士研究生。后来我曾考虑过,要讲就多讲一些实践的东西,要做也要做一些别人没有做过的题目。当然,后来事情发生了变化,我也只好跟系主任陈誉先生说实在对不起,所以研究生也没有带成。

实际上版本学中要研究的题目很多,有一些是前人说错的,或没有说清楚尚可补充的,或未曾涉及的等等,如果能使用前人所未能运用过的第一手材料加以研究,从而得出结论那就有意思了。反之跟在前人后面,照样画葫芦,或是从电脑中下载各种材料,用的多是第三手或没什么观点的内容,拼拼凑凑,或是鸡汤加水,再加过量鸡精,那更非原汁原味,而是味道骤变了,那多没看头。

生姜还是老的辣。我曾读过黄先生的《学苑零拾》(华东师范大学出版社,2001年),其中《评〈图书馆古籍编目〉》一文,觉得写得真好,那是大手笔写小文章。《编目》是高等院校图书馆学系专业课教材,是专家教授所写,但黄先生“粗翻一遍,发现仍多毛病甚至错误,而且有的还是属于知识性的错误”。黄先生所举21例,例例到位,不容你不佩服,因为他集文献学、版本学、目录学之学识于一身,尤其是他自己本身有着版本编目、鉴定的实践。所以我以为习簿录之学者,能读读黄先生的书是大有裨益的。对于一般的授课者来说，你请他讲课还可以，但若请他去鉴定版本，就有点苛求他了。因为理论是理论，只要照本宣科即可，而鉴定版本是实践，要成这方面的高手，非二三十年之实践不办。

黄永年著作之二

黄先生是敢于讲真话的学者，这一点在国内学术圈子里是极为难得的。他曾评论有些古籍版本的专著说："社会上认可并欢迎这项学问，但出版界提供的读物却不怎么多。现代人在这方面的著作只有几种教材性质的东西，不仅多数简单得有似提纲，且平铺直叙，实在谈不上有什么可读性。"他这样说，我理解为他对过去出版的所谓专书表示不满。我想黄先生不给人面子，单刀直入，那别人能受得了吗？但我又认为这是黄先生对版本目录学，尤其是对版本鉴定有自信、有实力，才能如此之说。这是实在的话，而且黄先生的书也确实写得不错，因为大多是自己的实践和语言。

我知道，黄先生对我的老师顾廷龙先生、潘景郑先生是很尊重的。我曾在顾师的日记中见到关于黄先生的四条记载，最早是 1947 年 2 月 20 日，顾颉刚先生介绍年仅 22 岁的黄先生去合众图书馆参观，其时，黄已是复旦史地系的二年级学生。而后来的三次都是在 1952 年的 1、2 月份，也是去"合众"看书、还书。1955 年 4 月，黄先生在沪购得《吴梅村诗集》，为乾隆间太仓程穆衡笺注之稿本，欢喜之余，又送请潘景郑先生阅并题跋。潘先生跋约 600 字，末后有云："黄君英年多闻，明辨典籍源流，郑重见示斯稿，属系数语，聊以报命。"所以潘先生是很看重这位时年 30 岁的年轻人的。

去年1月,华南师范大学图书馆古籍部的董运来兄通过电子邮件告诉我黄先生御鹤西归的消息,这个噩耗使我很吃惊,也很难过,我虽然也知道黄先生的身体不怎么好,但没有想到他走得还是这么快。前几年,潘景郑先生远行时,我正好由美飞沪,总算赶上送送老人家。追悼会之前一天,我还跟严佐之教授说,潘先生一走,等于是40年代成名的版本学家凋零殆尽了。这五六年来,冀淑英先生走后,崔建英也去了。新陈代谢、生老病死的规律是谁也改变不了的。黄先生虽不是在图书馆系统工作,但他也是这方面的大老,是人们公认的版本目录学家。记得前年岁末,我和北京的韦力兄通电话,我说没见过黄先生,希望以后有机会去陕西拜见老先生。韦兄爽快地说,下次我陪你去。可惜,黄先生没给我机会。黄先生走后的次日,我即有一邮呈至治丧委员会,云:"陕西师大历史文化学院贾二强院长:惊悉黄永年先生仙逝噩耗,惋惜弥深,痛切西河,不言可喻。谨奉哀挽一联:耆宿鸿儒,士林共仰;高风亮节,典籍留芳。尚希勉节哀思,是为至幸。"这也算是我这个晚辈的一点心意吧。

上世纪的30年代至90年代,国内图书馆学界中版本目录学有贡献的重要人物不多,我所服膺的有赵万里、顾廷龙、潘景郑、瞿凤起、冀淑英、王大隆及王重民诸先生,都集中在京沪两地的重要图书馆。目前,精于古籍版本的老人已很少了,过去在重要的省市一级图书馆或大学图书馆里工作的资深工作人员早已退休,在家怡养晚年。我所熟识且健在者,有南京图书馆研究馆员沈燮元先生(85岁)、北京图书馆研究馆员丁瑜先生(84岁),还有广东的骆伟教授、辽宁的韩锡铎研究馆员等。连晚于骆、韩的李致忠先生今年也要退休,而上世纪70年代入行的任光亮先生、阳海清先生、谷辉之先生等因年龄关系,都已先后赋闲在家了。现在八九十年代的俊彦不断涌现,虽然少有师承,但多是十分努力,在自己的工作岗位上成绩斐然。

写到这里,我突发奇想,如果黄先生是以版本目录学、文献学的研究为主,而以唐代研究为业余爱好;如果在50年代初大学毕业后没有在交通大学任政治助教，而是分配到大图书馆古籍部门工作；如果在政治上没有被错划，那黄先生的个人历史不仅会改写，而且必定会在古籍版本以及目录学的研究上有极为重要的贡献。因为只有在大型的图书馆古籍部门工作，才能经眼更多的善本书、普通线装书，更有利他所做的研究，也就是说会有更多的成果。当然，我也是这么一说，而黄先生也确实是在图书馆之外的一位重要的文献学家、版本学家。

2008/3/16

《金瓶梅》的绘图
——兼说胡也佛

上个月，在浙江慈溪励双杰先生家中观赏他的家谱专藏，励先生是中国民间收藏家谱的魁首，这是毫无疑问的。这是我第一次进入私人藏书家的库房，它和我过去见到的图书馆书库(如上海图书馆、美国哥伦比亚大学东亚图书馆)家谱专藏的感觉不同，那天我一步跨进，竟产生一种《陋室铭》中“山不在高，有仙则名。水不在深，有龙则灵”的意境，不过面对排列整齐的1500种以上的谱牒宝藏，也算是“富可敌省”，长了见识、开了眼界。励的库房里有一张沙发和一小茶桌，大约就是为励先生平日偷闲把玩“宝贝”所置。那天，只因时间紧迫，没看几种，不过，以后若有机会还是想去讨教的。

写了上段和题目无关的文字，是因为那天励先生的朋友也来了不少，有几位还赠送他们的著作让我学习，这些书我回到上海后都翻了一过，其中童银舫的书中写到了胡也佛，这是我感兴趣的画家。恰巧，上星期又翻了一本台北出版的《千年绮梦》(殷登国著，文经出版社，1991年)，内有《养眼的奇书——〈金瓶梅〉插画八种》，里面也有一段是说胡也佛的。想了一想,也来凑凑《金瓶梅》插图的热闹。

《千年绮梦》中列举作者所知的《金瓶梅》插画为:明崇祯刻本《金瓶梅》、清人绢画《金瓶梅全图》、清初张竹坡评本《金瓶梅》、民初曹涵美绘《金瓶梅》、民初张光宇绘《金瓶梅画传》、民初关山美绘《金瓶梅全图》、民国胡也佛设色绢画《金瓶梅》、日人原田维夫木刻版画《金瓶梅》。全文长3400字,涉及胡也佛的大约有250字。

曹涵美绘《金瓶梅》插图

《金瓶梅》自问世后即被视为淫书,这主要与其书对于两性关系描写的赤裸与直率、毫无一点掩饰有关。这种离经叛道、挑战传统,与中国人传统的欲盖弥彰方式完全不同,在当时确实要被卫道者们所禁绝。然而《金瓶梅》虽屡遭毁谤,却在明清两代不胫而走。自从明刻本《金瓶梅词话》于1932年在山西被发现后,次年即由北平古佚小说刊行会据之影印100部。到今天为止,《金瓶梅》已有汉文、满文、蒙文、朝文、越文、日文、英文、德文、俄文、瑞典文、波兰文、匈牙利文等14种文字的版本。而研究《金瓶梅》的海内外学者又不知凡几。

出现在《金瓶梅》中的木刻版画，最早见于明崇祯刻本，有图计200幅。绘者不知何人，但刻工有黄子立、黄汝耀、刘启先、洪国良、刘应祖等人，他们都是徽派刻工。第一回“西门庆热结十兄弟”至第一百回“韩爱姐路迂二捣鬼”止，每幅构图，绝不雷同。绘者以写实之笔触把数百年前的社会上形形色色的人物、服饰以及庭园、室内之布局，一一加以刻画，而刻工奏刀劲挺圆润而兼有之。

《金瓶梅词话》插图

在明崇祯刻本之后的清代版本中，也有一些是有图的。笔者曾见有《皋鹤堂批评第一奇书金瓶梅》(11行25字的小字本)两种，前者题清崇经堂小字本，有图48页，计96图；后者作清刻本，有图40页，计80图。两本图皆粗劣，都是据明崇祯刻本的图而加以重刻的。又如清光绪三十一年（1905）石印的《新镌绘图第一奇书钟情传》(藏哈佛燕京图书馆)、清光绪三十二年(1906)香港书局石印的《改良绘图劝善第一奇书》(残本,藏俄罗斯科学院汉学图书馆),两种书所绘图像已没有明代、清初的模样,而演变成另一种古典章回小说的回目前,先绘制书中人物肖像,通常是站立的人物,然后每回或每卷或每册前刻有插图,但图都不精致。

据姚灵犀《思无邪小记》中说,曾有人藏有明版精刻《金瓶梅》全图,姚氏曾见过,谓尺寸宽大,工细绝伦。又云海内仅有3本,“特其深藏密扃,不轻示人”。而包天笑先生也说,曾在袁寒云案头见有《金瓶梅》全图,计百帧,系木刻精印,但未云是何版本。

然而以《金瓶梅》为内容的绘图,清代已经有之,笔者见有《清宫珍宝皕美图》,为民国间珂罗版印本,有两种版本:第一种为1函5册,每册40图,合共200图。第二种为1函4册,每册42图,合为168图。两者之间的区别在前者有春图,后者则在影印时删去,当可视为“洁本”。这些绘图较之明崇祯间所刻版画,构图要胜出许多,诸如人物形象、楼台亭阁、假山竹树、回廊曲槛、棕榈芭蕉、浮桥村舍、城郭衙府、酒肆茶居等,均有细致描绘。图的绘者,今天我们无从知悉。由于影印本的扉叶上印有“五福五代堂古稀天

《新镌绘图第一奇书钟情传》插图

子宝”、“八征耄念之宝”、“太上皇帝之宝”3玺，又题名“清宫珍宝”，故可证原物旧藏清宫大内。1992年，北京书目文献出版社拟出版《清宫珍宝皕美图》，但未果，这可能因为画较为敏感的关系。然而在1993年，广西的美术出版社却出版了一本《金瓶梅插图集》，那是根据明崇祯间刻本《金瓶梅》中的插图翻印的。

近代以来，要画一部家喻户晓、大众皆知的《金瓶梅》，需要一定的勇气和胆量。这不仅要抗衡道学家们的指摘，也要面对世人奇怪的目光。当然，作为一个画家，若没有具备高超的绘画技巧，没有高度的文学艺术修养，那他面对这部“第一奇书”，也是不知从何着手的。30年代末、40年代初，上海有曹涵美者，绘《金瓶梅》图，自《时代漫画》发刊时就登载，画了七八年，后来结集于1942年1月由上海国民新闻图书印刷公司出版，总共10集，合图500幅，大约止于原作《金瓶梅词话》的第三十六回“翟谦寄书寻女子，西门庆结交蔡状元”。曹君所绘，上图下文，乃根据全书旨意，逐节绘图，并非按回目而写，即使不读原文，单看曹君图文，也可贯彻前后情节。画中人物，笔致精工，线条之勾勒以及造型颇具动态，又于华厦深院、街坊茶舍，室内陈设均有交代。所以署名慧子者说：“曹涵美先生乃擅绘工笔画，闻于世。现在把这《金瓶梅》，作为连环画的题材，以异常工细之笔触，圆熟的技巧，表现出人物的动态、背景的布置，一丝一毫，没有含糊，十分大胆，十分细腻，可以说：达到了素描画的艺术最高峰。”曹氏的这套书，前些年又由浙江人民美术出版社出版了。

也是上海人的胡永凯，于1996年中开笔，用了1年9个月的时间，完成了《金瓶梅一百图》(香港心源美术出版社)。胡曾是上海美术电影制片厂的美术设计师，以擅画清末民初仕女和农家女著称，他所绘的《金瓶梅》图几乎都是全景构图，没有大特写，且色彩艳丽，笔下人物、花卉、摆设等均有变形、夸张，具有另种风格。《图》中和“性”有关的场面有30余幅。

然而画《金瓶梅》图最好的，应推民国间胡也佛所绘《金瓶梅秘戏图》。笔者所见为照片，计29张。图中有“丁亥端午也佛写”、“戊子七夕也佛时年四十有一”字样，并有钤印3方，为“也佛”(小方印)、“也佛”(葫芦印)、“宁天下人负我”。也佛者即胡也佛。1947年丁亥,胡40岁;1948年戊子,胡41岁,和画中所题相同。

胡也佛的这本《金瓶梅秘戏图》,共创作了30幅。作者既重写意,也重写实,运用西洋画中透视的方法,以特殊的毛笔、精细的勾勒,从人物的造型、室内之陈设、背景之布置、鸡鸭猫鼠之动作、服饰冠冕之式样、外间景色之铺陈、古董时玩、官窑胆瓶、瓶内插范、点心果盒、菜肴盘盏,体现出几分幽人野客之致,寄托了绘者的巧思。绘画,尤其是人物,贵在传神。此图中人物之表情生动,无论眉挑目语、伸手露腿,甚或房事间之动作及其顾盼呼应,丝毫之间,可窥动感。至于潘金莲之风骚淫荡、西门庆之猥陋猥琐,读者自可从画中体会原书本意。总之,作者抓住了有利于传神的眼神、手势、身姿与重要细节等足以显现人物内在本质的外形加以描绘,真实地展示不同人物的性格、个性与内心世界。真可谓是妙手精绘,曲尽其态,且能独出机抒,自成一家风骨。

抗战初期,胡开始学习中国画,他有扎实的西洋画基础,且有很高天分,其山水习马远、夏珪,人物则宗仇英,擅作仕女,亦隽逸。当年,胡氏限于各种条件,不能见到宋元巨迹,即使明清大家也难觅真本临摹,故只能购买中华书局、商务印书馆、文明书局、有正书局出版的珂罗版印刷品为参考。平时早晨临习宋徽宗瘦金体及怀素自叙帖,然后画铁线游丝白描,又参用西洋的色彩,凭借自己的感觉着色。时间一长,胡氏掌握了中国画的技巧,其40年代后期画作中的人物、器具、花卉、草木、虫鱼无一不精,他创作的绘画自成一家,线条流畅,也确是与众不同。

胡作春画,实是为生活所迫。1945年前后,物价腾贵,一日三变,一般平民能应付家庭温饱已是不易,为摆脱经济困境,胡开始创作春册扇面以换取米面。在当时,这毕竟是不甚光彩之事,后来他认为这是自古以来就有的事,也没有什么了不起的,但他请名家刻了一方“宁天下人负我”的印,有得罪于天下人的想法。《金瓶梅秘戏图》的创作,是应当时上海某银行的董事长周某之邀,据《金瓶梅》中的色情内容而绘的。为了创作,胡曾参考了日本方面的绘图,以及北京故宫博物院的出版品。他是眼高手不低，凡画一山一石一草一本均细致不肯草率，对人物的线条更是勾勒细密，因此，他的画价是1两黄金画3张，需时两个月。我相信，对胡来说，大约花在理解原著以及构思上的时间最多。

胡也佛性格内向，沉默寡言，不擅交际，口才也不好，但为人和蔼可亲，从不与人争吵，勤奋好学很少闲着，是位谦谦君子，他虽绘《金瓶梅》春册，但绝没有声色犬马之好。也正是绘制春册的关系，1952年，当时的上海市公安局北站分局通知："按解放前民事案件免于处理，但画稿原件需全部收回上缴销毁，具结今后不得再画。"而在史无前例的"文革"中，又因春册换来了批斗百余次的代价。

实际上，春画始于汉代，《汉书·景十三王传》："(海阳)画屋为男女裸交接，置酒请诸父姐妹饮，令仰视画。"《迷楼记》："炀帝令画工绘士女交合之图数十幅，悬于阁中。"中国现存最早的笔绘春画，是原存敦煌的伯2702写经卷背面的4幅唐人男女性爱图，图画得十分粗俗，是以图画形式表现唐人《天地阴阳交欢大乐赋》。明代冯梦龙《山歌》有"春画歌"，云："姐儿房里眼摩矬，偶然看著子介本春画了满身酥，个样出套风流家数侪有来奴肚里，那得我郎来依样做介个活春图。"

在《金瓶梅》所描绘的时代里，那种及时行乐式的颓废的享乐主义致使风气所及，某些地方的大家闺秀也擅于此道。明徐树丕《识小录》云："虞山一词林，官至大司成矣。子娶妇于郡城，妇美而才，眷一少年。事露，司成必置少年于死地，而其子反左右之。司成以愤成疾。其子妇能画，人物绝佳，春宫尤精绝。"明代托名著名画家仇英、唐寅画有春图，清代如费丹旭、改琦等也有春作。据记载，清代画春册多出于丰润、温州两地妇女之手，临窗渲染，虽路人驻足而观，也旁若无人。少女亦能勾勒之，然佳作甚少。《古玩谈旧闻》中载有民国十五年(1926)前后，张学良藏有长卷春画一百单八式，精致细腻，妩媚多姿。

笔者以为胡也佛的《金瓶梅秘戏图》是他一生从事艺术创作的登峰造极之作，也是他深入研究传统，广泛吸收外来技巧创作方式的成功。他熟练地运用传统笔墨的功力，善于以环境景物或室内陈设一一铺叙，完全突破了统一时空的局限，如果撇开有关“性”的画面，仍可看到他在绘画中表现的新的创作方法，给作品注入了新内容，他传承了前人之风范，博采众家之长，也就达到了融会贯通而又别出心裁。一笔落纸，既要状物传神，又要抒情达意，还要显现个人风格，其难可见。为《金瓶梅》插图或作全图者，自清代至今，无有出胡也佛右者。

胡也佛，也作亦佛，原名胡国华，也曾用丁文、胡新、胡强等笔名，或署大空堂，浙江余姚人，清光绪三十四年(1908)生。16岁时考入上海美术专科学校，后转入上海新华艺术专科学校，学习西洋画，为第二届毕业生。(新华艺专1926年由俞寄凡、徐朗西、汪亚尘创办)1927年考入南京国民政府总政治部任上尉宣传员，次年升为蔡公时少校副官。1929年辞职，入上海商务印书馆美术编辑部任高级职员，编辑《儿童画报》。抗战前离职，曾经营照相馆、糖果店、国民书局等，但当时的经济极差，胡氏毕竟不是做商业的长才，于是倒闭的命运接踵而来。不久，胡又去了世界舆地学社编绘地图。1949年后，受聘于上海灯塔出版社，后即转入新美术图画书店，上海人民美术出版社，但很少作画。业余时间与早年商务印书馆老友张令涛合作，创作了《红楼梦》、《女娲补天》等不少优秀连环画，由北京、天津、河北、上海等地的美术出版社出版。1958年，在朵云轩任木刻水印勾描组长。“文化大革命”期间，受到不应有的对待，不断接受批斗，吃尽苦头。“文革”结束后，他被落实政策退休居家，有时则画画自娱，临摹以石涛山水为多，工笔仕女极少。70年代末，曾为上海美协招去为国际饭店、金山石化总厂画一些布置画、壁画。当然，辛苦的任务完成后，作为报酬则是一桌丰盛的酒席。1980年，胡也佛终因不治之症在上海去世。他的旧日画作也时见拍卖公司的图录，不过，那又是另一回事了。(按，胡也佛的简历及一些史实，参考了胡也佛之子胡南洲致沈平信，而今胡南洲也御鹤西归了。)

2009/5/9

此调书林今绝响
——书估钱听默与陶正祥

很早就想写这个题目，迟迟没有开笔是因为他们的材料实在太少，而徐雁教授的《中国旧书业百年》，在时间上又限于“百年”，所以想了解乾嘉时期重要书估的事略，也确实不易.

托迹书林、志在流通的书肆主人，大多精于版本鉴定，有一定学问，即使是经验丰富的藏书家也要折节请教。康熙时的宋蔚如，以贾人嗜书钞校俱精审称，《东湖丛记》载其自述校《周益公集》事甚详。邓邦述藏有宋蔚如手校本不下四五种，其书法虽不工而无俗气，盖其寝馈于书丛者久矣。莫楚生也是一位懂行的藏家，藏书当为甲观，其赏鉴能力并非全是家学渊源，而是其少年时已与世经堂侯驼子（侯念椿）相熟。侯驼子在吴下号称能鉴古书，独屈一指，尝目睹各家藏书兴废，分别宋元刻校抄源流如辨毫厘，什么旧钞旧刻、何年何人收藏、何省何地装订、写椠先后、题跋真伪，一见纸墨，辄能言之不爽，也是估人中之佼佼者。

而对于清末乃至民国间的书林重要人物，如世经堂侯驼子、文禄堂王文进、博古斋柳蓉春等人，藏书家或学者在赞誉、评论他们时，往往都会用上“今之钱听默、陶五柳也”这句话。缪荃孙《琉璃厂书肆后记》云：“宝森堂主人李雨亭，与徐苍崖在厂肆为前辈，曾得姚文僖公、王文简公、韩小亭、李芝龄各家之书，所谓宋椠元椠，见而即识，蜀板闽板，到眼不欺，是陶五柳、钱听默一流。”于是，钱听默、陶五柳也就被认定为书林中眼光独到的楷模人物，用上海人的俗话说就是：顶脱了、一级了。

钱听默、陶五柳都是乾嘉年间的书估，他们的家世材料已无踪迹可寻，只能在黄丕烈的《荛圃藏书题识》（包括续编、再续等）里觅得一鳞半爪的遗闻逸事。此外，在严元照《晦庵学文集》中《春秋经传集解》宋刻残本后略知钱听默一二，而陶正祥的简况，则见孙星衍撰《清故封修职郎两浙盐课大使陶君墓志铭》（载《五松园文稿》卷一）。

钱听默是浙江湖州人，名时霁，字景开，一字听默，在苏州虎丘太子码头设萃古斋书肆。吴骞拟之为宋之陈起（陈在睦亲坊开书肆，能诗，好古博雅，于书望之辄能别其真赝），黄丕烈称之为“书友中巨擘”，又云：“听默者，姓钱，字景凯，住山塘，书贾中识古之人也。”钱能诗，善鉴别宋元板刻并法帖书画。他的本事有点神，据说只要一看书之装订签题，便晓某家某人之物。故叶昌炽在《藏书纪事诗》说钱“不须刮目用金锟，根脚题签望不迷。”

黄丕烈、顾千里等人称钱听默为“书友”，这从书肆和顾客的关系，进而到友朋之交，且时时交誉之。前时翻阅吴县曹允源的《鬻字斋诗续》，中有《杨君馥堂登寿七十祝之以诗》，云：“平生流略喜冥搜，鉴别还应事校雠。幸遇白堤钱听默，书林名字亦千秋。”黄跋中也有载及钱告知多种书之信息，如跋抄本《玉峰志》中有关祝枝山书一部等。钱氏亦不似今之从事旧书业者，他并不把金钱看得很重，有些较重要的图书也就随手赠人，如赠严元照《春秋经传集解》宋刻残本，严畀以钱不受，故严称钱氏为雅尚者。

钱也校过一些善本书，如《说文》、《河南邵氏闻见录》等，黄丕烈即借之。钱校明嘉靖刻本《周礼郑氏注》，有跋云：“《周礼》宋本纂图互注者，流传尚多。庚子岁，余得宋本校注郑注《周礼》，内附释文，系巾箱小本，因取此本于邗上旅寓校雠一过，是正颇多。然此本系翻宋刻佳本，尚多误谬，信书之不可不参校也。庚子孟夏听默识。”

钱也抄书，如《徐公文集》、《玉壶清话》等，二书字体相似，抄本曾藏邓邦述处，邓跋《徐公文集》云：“百余年来，书估能钞古书者日少，能书而不俗者尤不廑见。如此册写手，颇见妍雅，于以叹世运之大有升降也。”（《寒瘦山房目》卷五）钱不仅售书，自己也选一些重要者收藏，如毛氏汲古阁抄本《盘洲集》、明曹氏书仓抄本《司空表圣文集》等。他的书多钤有“白堤钱听默经眼”印，所以后人若在某书一见此印，即可知为善本。

黄丕烈说钱听默“其遗闻逸事有关于书籍者，所得最多”。读《荛圃藏书题识》确是如此，其中有一条即谓黄云，“绛云未火之先，有白发老人，自称放翁，示梦于汲古毛氏，谓我有集在绛云楼，曷假之。既寤，异其梦，遂向假归。越日火发，放翁集得免于厄”。又《史载之方》中，钱说医生治病事。又于《颜氏家训》中载钱说及书之公案事，“非吾不能知者”。又载闻钱听默言，“书籍有明刻而可与宋元版埒者，惟明初黑口板为然，故藏书家多珍之”。

乾隆三十八（1773）年，朝廷始纂《四库全书》，钱氏等精熟簿录之学，买卖书籍之多，也为官府所知。是年闰三月二十日，大学士管两江总督高晋、江苏巡抚萨载奏为遵旨实力购觅遗书事，提及钱听默、陶正学，并要求钱等为官府效力。云：“并查知山塘书贾钱姓名金开，又城内书贾陶廷学，均系世业收买旧书。”又云，萨载传唤到署，率同两司面询，据称：铺内现有之书，俱属通行书籍，其向曾板行而流传已少及无板行之钞本，从前间有收得，随时卖去。扬州马氏玲珑山馆之书，间有钱氏述古堂原本，系钱金开故父经手代买。至各家书目，尚可购觅，俟购得之日，内有应用何书，开出清单，金开等当代为访购。钱金开又购得《述古堂书目》及钱谦益家《绛云楼书目》来。这些目录均交书局总理之在籍侍郎彭启丰逐加检查，除通行及已购各书外，将所选何书另开目录，即令钱金开等分投随处踪觅借抄，如有情愿售卖者，给银购买。其《永乐大典》剩本（指徐乾学曾奉旨查访《永乐大典》剩本）及此外流传已少并家藏秘本，亦令其一体访求，许给重价。并令先将《传是楼书目》上紧购送查对。伊等代人收买旧书，原系本业，今嘱其搜寻，甚为乐从。(见《清内府刻书档案史料汇编》)

而钱氏之名为皇帝所知，则见于是年三月二十九日上谕：“又闻苏州有一种贾客，惟事收卖旧书，如山塘开铺之金姓者，乃专门世业，于古书存佚原委，颇能谙悉。又湖州向多贾客书船，平时在各处州县兑卖书籍，与藏书家往来最熟。其于某氏旧有某书，曾购某本，问之无不深知。如能向此等人善为咨询，详加物色，因而四处借抄，仍将原书迅速发还，谅无不踊跃从事。”(见《清内府刻书档案史料汇编》)

钱氏大约卒于嘉庆六年至七年(1801—1802)间，黄跋宋咸平刻本《吴志》云：“犹忆白堤钱听默开萃古斋，此老素称识古，所见书多异本，故数年前一再访之，今老且死矣。”黄曾有挽诗云：“《天禄琳琅》传姓氏，虎丘风月孰平章。”前句说的是宫中也有钱氏收藏的两部书，为《盘洲文集》、《三国志文类》。而“风月”者，当指钱好狭邪游也。

陶正祥是苏州人，字庭学，号瑞庵，设五柳居于京都及吴门。李文藻《琉璃厂书肆记》云：“五柳居陶氏在路北，近来始开，而旧书甚多。与文粹堂皆每年购书于苏州，载船而来。五柳多璜川吴氏藏书，嘉定钱先生云：即吴企晋舍人家物也。”吴企晋即吴泰来，吴为乾隆二十五年(1760)进士，藏书甚多。陶氏于版本鉴定也颇具独眼，一书在手，能知何书为宋元佳本，有谁氏刊本，板贮何所，谁氏本善且备，谁氏本删除本文若注，或舛误不可从。也因为有这种过人之处，朝之公卿、四方好学之士，无不知有五柳居主人。

一般来说，生意人哪怕是蝇头小利，也在必得。然陶氏则不同，其售书“不沾沾计利，所得书若值百金者，自以十金得之，止售十余金，自得之若干金，售亦取余。其存之久者，则多取余，曰吾求赢余以糊口耳。人之欲利，谁不如我，我专利而物滞不行，犹为失利也。”话语简朴，却含哲理，所以“都中巨公宿学，欲购异书者，皆诣君，车辙满户外”。书林中有如此境界之人，也为极难得者。

翁方纲《翁氏家事略记》和《复初斋诗集》卷十六均记载了四库馆开，

他和同僚去琉璃厂五柳居等书肆选书的事。云："每日清晨入院，午后归寓，以是日所校阅某书，应考某处，在宝善亭与同修程晋芳、姚鼐、任大椿诸人对案，详举所知，各开应考证之书目。是午携至琉璃厂书肆访查之。是时，江浙书贾亦皆踊跃，遍征善本足资考订者，悉聚于五柳居、文粹堂诸坊舍，每日检有应用者，辄载满车以归。请陆镇堂司其事。凡有足资考订者，价不甚昂，即留买之；力不能留者，或急写其需查数条，或暂借留数日，或又雇人抄写，以是日有所得。"由此可见，五柳居是京师琉璃厂书肆中之重点，也是和他货源充足有关。文粹堂，为苏州人谢氏所设，也被李文藻称之为"书肆中之晓事者"。

清代至民初，书林中这类人物的实践经验至可宝贵，都是自身多年来勤奋所得，有时虽长者口口相传，但无文字记录。昔江标曾嘱侯驼子将其数十年来藏书见闻杂写一册，但最终未果。陶氏少贫，自佣书为业后，兢兢业业，闻见日广，数十年来，广求故家书籍秘本，又贤士大夫往来辐辏，艰辛苦乐自是他人不知。其晚年谓孙星衍云："尝慕宋陈思之为《宝刻丛编》，恨不为一书，记所过目宋元明刊刻经传诸子各本卷帙、文字异同优劣，补书目家未备，惜今晚矣。"

陶生于雍正十年(1732)，嘉庆二年(1797)卒于京师，年66。陶子蕴辉(珠琳)知孙星衍侨居金陵，寄(至元)《金陵志》一部为润笔，请孙星衍撰《清故封修职郎两浙盐课大使陶君墓志铭》，铭文后有曰："不知书，何足数，斗筲人，愧书贾。教子归来似其祖，不求甚解能嗜古。我铭其墓不为谀，兼金可却书可取。"陶子蕴辉，也是知书人，尝熟读钱曾《读书敏求记》，与黄丕烈善，黄氏藏书中有不少得之于蕴辉，如《国语》、《诸葛武侯传》、《舆地广记》、《天下郡国利病书》、《说苑》、《扬子法言》等，《荛圃藏书题识》中提及他数十处。

叶景葵曾为杭州抱经堂主人朱慎初写有《抱经堂藏书图题记》，对书估的贡献作了实事求是的评价。有云："夫鬻书与藏书，皆有功于书者也。吾以为鬻之功或高于藏，山岩壤壁之珍本，苟无人辗转贩卖，焉能为世人所共赏？故马一浮先生箴慎初勿循藏之虚名，而失鬻之实利。"钱听默、陶五柳都是鬻书者，他们的大名也因为当年藏书家的记载而让后来的从业者视为榜样，再后来，似乎成为人们对从事旧书业专门人才（如精于版本鉴定者）高度评价的代名词了。当然，这几十年来，经过多次“运动”、“革命”，早已失去了孳生的土壤和环境，社会上没有了大的旧书货源，新的书肆主人没有了那种丰富的实践，也就成就不了现代的钱听默、陶五柳了，他们也只能是做难为少米之炊的“巧妇”。

2009/5/17

《浙江解进书目》
——兼说书估谭笃生

清末至民国间,北京琉璃厂中的一些书肆主人,于目录之学终身习之,也成就了不少人才。这些人言及宋元明清各朝版本、著者、刻者,历历如数家珍,士大夫及一般学者万不能及。如宝森堂之李雨亭、善成堂之饶某,其后又有李兰甫、谭笃生诸人。再后来像王文进、王雨、孙助廉、裴子英,都是赵万里先生称之为属于一把手的人物。

然而,当年海王村熟于目录学、擅长版本鉴定的人物,存留下来的自己的著述却是很少,今天我们所能看到的仅有王文进的《文禄堂访书记》、王雨的《王子霖古籍版本学文集》、孙殿起的《贩书偶记》并《续编》、《琉璃厂小志》等。其他一鳞半爪的也有一些,但不起眼。

对我来说,明清学者、藏书家的手迹所见甚多,但是要在书上找那些实践经验极为丰富的一流书友的手迹却是极难。这50年中,我只见过谭笃生批校的《浙江解进书目》一卷。谭笃生,名锡庆,笃生为其字,河北冀县人,为翰文斋韩俊华(字星垣,衡水县人)弟子。于光绪十六年(1890)在北京文昌会馆经营旧书,二十五年(1899)始开设正文斋。所售多古本精钞家刻之书，又有旧书书版 2 种，为清刘喜海《长安获古编》2 卷补 1 卷、清吴荣光撰《历代名人年谱》10 卷《存疑》1 卷，2 书均为光绪间刻本。谭氏无子，正文斋经营 20 余年始歇。歇业后剩余之书，由其戚孔某在文昌馆封卖，凡三四次始尽。谭卒于 1912 年。

《书目》为乌丝栏抄本，1 册。书末有“大清乾隆肆拾贰年捌月”一行，当为乾隆四十二年(1777)四库全书馆所编。目录前有浙江巡抚三宝咨文，称：“为咨送事，窃照《浙江省解进备采遗书》四千六百种，内熊前院、王护院任内进书一百一十六种，本院任内进书四千四百八十四种，内除

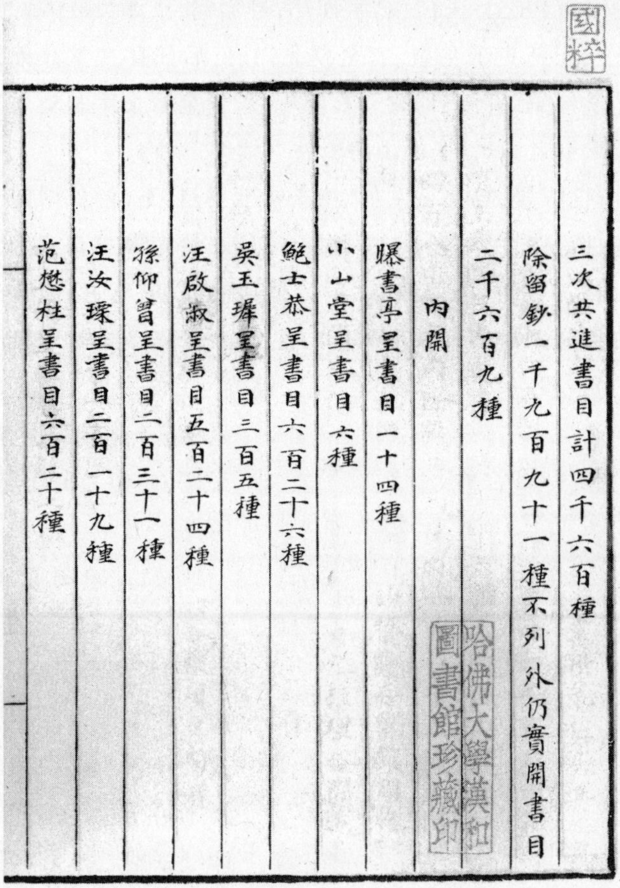

三次共進書目計四千六百種
除留鈔一千九百九十一種不列外仍賫開書目
二千六百九種
內閣
曝書亭呈書目一十四種
小山堂呈書目六種
鮑士恭呈書目六百二十六種
吴玉墀呈書目三百五種
汪啟淑呈書目五百二十四種
孫仰曾呈書目二百三十一種
汪汝瑮呈書目二百一十九種
范懋柱呈書目六百二十種

《浙江解进书目》内页

熊、王两任内一百一十六种、本院任内一千八百七十五种，均系可备钞誊，应存留馆阁收贮，毋庸领回不开外，余所献者二千六百九种，理合开造书籍名目册，听后贵处清检给发，以便派员领回转发各处。”内开朱氏曝书亭呈书目14种、赵氏小山堂呈书目6种、鲍士恭呈书目626种、吴玉墀呈书目305种、汪启淑呈书目524种、孙仰曾呈书目231种、汪汝瑮呈书目219种、范懋柱呈书目620种、郑大节呈书目82种。实总计2627种。书目只列书名，无卷数、版本等，殊为简陋。

封面墨笔题“乾隆代呈进书目。传钞本一册。光绪乙巳夏王仁俊”。乙巳是三十一年(1905)。王仁俊，字捍郑，号籀鄦，江苏吴县人。光绪十八年(1892)进士，曾任吏部主事，官至湖北知府，后任存古堂教务长、京师大学堂教授、学部编译图书局副局长等职。长于金石文字及史志目录，著述甚富，其最重要者为辑《玉函山房辑佚书续编三种》。

书中所批皆署“笃生记”，如“鲍士恭献书目”下《两汉博闻》一书夹批有“十二卷，明嘉靖戊午元日，黄鲁撰，琪园李铎考藏书籍记阳文方印。笃生记”；《友林乙稿》一书眉批有“黄荛圃刊《士礼居丛书》内顾千里撰《百宋一廛赋》称此书是南宋刻本无疑”，夹批有“宋四明史弥宁撰，共四十四页，目十二页，跋一页，岁干道之癸巳，得诗一百四十首，每页八行，行十六字。笃生”。笃生者，当谭氏无疑，此似为谭氏经营书业时所见之书。

此书曾为日本汉学家内藤湖南所藏

按，北京图书馆藏有清正文斋钞本《乾隆浙江进呈书目》，清乾隆四十二年官编。按，此本即谭氏正文斋所抄，或当年谭氏得一抄本，以为此类书目传世不多，乃着人用自印纸张据之抄录后售卖。

是书曾为日本汉学家内

藤湖南所藏，书中钤有“湖南”、“湖南秘笈”2 印。也是奇妙，谭书自北京流往日本，再由东半球转至西半球的美国，而为“哈佛燕京”庋藏。

谭氏设正文斋后，曾从内廷太监手中购得偷盗之内府图书，因以起家。其时，京城中潘祖荫、盛昱，王懿荣皆好蓄书，数年后，潘祖荫之书归韩俊华翰文斋，王懿荣之书归正文斋。谭于光宣间执书业之牛耳，庚子乱后最有名。伦明《辛亥以来藏书纪事诗》于谭笃生条云：“五载春明熟老谭，偶谈录略亦能谙。颇传照乘多鱼目，黄袟宸章出内监。”

谭笃生的鉴定能力很强，其藏不全宋本数十种，种留一帙不售，云将留之以教生徒，也可见其有心。邓邦述跋《巨鹿东观集》(钞校本)云：“笃生依附名流，颇识名人校本手迹。近笃生死将十年，而能辨别者尠矣。笃生不独识古书，兼爱古书，以今日收书者较之，殊与笃生嗜好相左，盖世之叶公多，而好真龙者益无几耳。”李劭伟跋《文禄堂访书记》亦云：“公尝谓厂肆中业书者固多，然诚考其源流别其真伪者，昔有正文斋谭笃生及勤有堂杨维周，今则晋卿一人而矣。”于此，可见时人对谭氏眼力之评价。

谭氏在旧书业的经营中，曾得到不少佳椠秘籍，其中有一部汉扬雄《輶轩使者绝代语释别国方言直解》13 卷，为宋庆元浔阳郡斋刊本。此书为钱遵王《读书敏求记》所载之本，纸墨精好，古香腾溢，乃为惊人秘帙，曾藏沈与文野竹斋、华亭朱氏、长洲顾氏、扬州季振宜，沉湮于世 200 余年。1912 年春，盛昱遗书散出，谭笃生及宏远堂赵聘卿以 2000 金得数十箧。适傅增湘客燕京，诣宏远堂见到《直解》，以为蜀人遗著颇欲得之。然赵聘卿却告之：书与谭合赀公置，若此书归我者则容易说话，若是为谭所得则非易。果不其然，谭赵列价拈阄，此书竟为谭得。于是谭奇货可居，以高价 500 金售。时傅增湘绌于资，告以 200 金，不可得，遂辍议。傅回津后私自惋叹不已。事情之转机是在当年的伏暑，谭遘疾，谭友孙伯恒为调护之。疾笃，谭持《直解》告伯恒：傅先生欲得是书，吾固心许之，然价未谐。今余病恐不起，药饵之资不足于用，愿以 200 金归之傅。傅得知消息，急持金人京，载之以归。后《直解》收入傅增湘自刊《蜀贤丛书》12 种。

据说谭笃生去世是被气死的，也是在盛昱藏书散出之时，事见周肇祥撰《琉璃厂杂记》。盛昱卒后，其嗣子痴呆，不能守也不知家藏图书之贵重，于是约谭氏前往估值。谭将藏书阅过，选出极重要之书混入一般图书之中置于屋隅，其中有宋本70卷黄唐《礼记》、婺州本《周礼》、黄善夫本《苏东坡诗集》、《于湖集》、黄鹤注《杜诗》5种。谭有意贱其值，留以待己。没多久，旗人景朴孙继谭而往，发见谭之拙计，问盛子谭开价几何？曰估200金。于是景告之以500金而取之。及谭再往，知书已为景所得。而景朴孙得书后又将上述5种宋本以10000金卖与袁克文，此事让谭气得呕血而死。这也算是一出螳螂捕蝉，黄雀在后的戏，谭也是太“聪明”了，也正是如此，才误了卿卿性命。

谭笃生作为生意人，也具有一些不良书估的特点，即往往鱼目混珠，好以赝本欺骗顾客，如对版本懂一点皮毛者，略有失神必受其骗，盖以新抄仿旧为其特长也。

谭以赝本诈人，100年后，此技也为今之别有用心之人所袭，且冒其名再欺瞒他人。曾见孔夫子旧书网上兜售谭笃生手抄本，据网上的描述：“清代手抄本《向经纶》，谭笃生抄，包括《无倦》、《小人喻于利》、《仁比寿》、《三月乙木》、《十一月庚金》、《正月辛金》、《乾元秘旨叙》、《父母宫》、《兄弟宫》、《出外求才论》、《子息论》、《太阳过宫》、《十三用难星之法》、《望斗经指金歌》、《男女宫》等。200多页。楷体非常有功底。罕见。品相完整无缺。”看了这段话，真觉得是令人哭笑不得，乱七八糟 。

2009/2/16

博古斋主人——柳蓉村

两个多星期前的某晚，复旦的王君和李君来舍下聊天，两人都是吴格兄的弟子，当然谈的也都是和书有关的事，不知怎么谈到了陈乃乾，又从陈说到了陈立炎、柳蓉村等人。对于陈乃乾，倒是有人在研究，据说最近还有专书出版。我说到胡道静先生过去一直在收集陈的材料，曾将上海图书馆藏善本书中所有陈跋及陈氏手札都抄录了下来，只是不知陈书的整理者是否也用了胡先生费尽辛苦搜集的材料。

清末民初时的北平、上海书林中有不少"老法师"，这些人吃苦耐劳，精版本鉴定，和藏书家、学者的关系相处也好。他们不仅把版本鉴定看作是一门学问，更是作为吃饭的本钱。当然，这里面必须各种版本看得多，要有长久的实践，方能掌握。这些虽非诀窍，但却是硬道理。可惜，和这些人物相来往的同行、藏书家、学者等，早已不在人世，而且30、40年代承继那些"老法师"的徒子徒孙们也多已凋零。即使是家族的后人，对祖辈的行事也多无所知，或许家中也很难寻觅先人在民国初年至30年代遗留下来的文字或其他。在这种情况下，孙殿起的《琉璃厂小志》就更是研究北平书林者们的必读物了。王李也都觉得上海书林人物的材料太少，几十年来无人研究也是因为资料匮乏的缘故。

那天晚上提到的柳蓉村(也作柳蓉春)，是一位了不起的有功于学林的上海书肆人物。柳氏的字号和生卒年都未详，只知道他是苏州洞庭山人，大概是头脑精明，会做生意，所以书林中人送其绰号“柳树精”。民国初年，柳氏在上海三马路惠福里弄口开了家博古斋书肆，与陈立炎的古书流通处很近，后又移至四马路西同兴里口。柳氏殁后，其子元龙长斋绣佛，不数年而隳家业。

无论古今，搞学问的离不开卖书的，卖书的离不开搞学问的。不少旧书铺的主人在古籍版本鉴定上可称之为“家”，他们的不少学问也来自学者、教授，两者不仅是主客关系，而且更在师友之间，相处亦融洽。柳蓉村虽未有多高的学历，但勤研讨、擅经营，并与江标(建霞)、章寿康(硕卿)、朱槐庐诸前辈相交，习闻绪论，遇旧本书，入手即知为何时何地所刻，谁家装潢，及某刻为足本，某刻有脱误，历历如数家珍。陈乃乾与柳氏交往甚密，陈曾有回忆说：柳蓉村“家本寒素，居积致小康，每得善本，辄深自珍密，不急于脱手。夜深人静时，招二三知音，纵谈藏书家故事，出新得书，欣赏传观。屋小于舟，一灯如豆，此情此景，至今犹萦回脑际也。”傅增湘也说柳氏吴人，淹雅好古，有钱景开、陶蕴辉之遗风。

但我看重柳蓉村的并不是他的什么经营手段，或经手了什么奇书秘籍，或宋元旧椠能识其真赝，而是在20年代初，他在做生意的同时，不断翻印各种丛书以及难得稀见之本，其裨益于学者，厥功为巨。之所以这么说，是因为一般学者购求原本不易，而将丛书重为刊布，不仅有德于往贤，也嘉惠于来哲。

民国年间，开影印大部丛书之端且又为豪举者，大约应推柳氏。柳有《博古斋书目》，我见到不同时期的4册(第十、十三、十四、十六期)，时间应在30年代初期。其中有2本在封面上印有“洞庭东山柳蓉春影印丛书价目表”(依原来古装订书中不衬纸用香墨精印字体如旧脱寻石印习气)，为：《津逮秘书》15集145种200册、《守山阁丛书》110种附《珠丛别录》26 种 180 册、《墨海金壶》115 种 160 册、《借月山房汇钞》16 集 135 种 120 册、《士礼居丛书》26 种 40 册、《翁氏苏斋丛书》20 种 40 册、《岱南阁丛书》19 种 60 册、《拜经楼丛书》30 种 48 册、《百川学海》100 种 40 册、《宋六十家词》61 家 32 册、《历代书画大观录》23 册。柳氏影印的丛书多是大部头者，其中不少搜罗美备，校雠亦极精审，有的原本流传稀少。

如 1920 年印的《借月山房汇钞》，清张海鹏辑，都 16 集。其书搜采前明并清儒未刊之籍，若惠定宇《易例》、陶正靖《诗说》诸书，传本绝稀，世不经见，当时藏家，往往有缺失之憾。

1921 年印的《墨海金壶》，清张海鹏辑，是书刻于嘉庆十七年(1812)，没多久即毁于火，残版后归金山钱氏，故传本绝少。柳觅得原版，重印以行世。是年还印了清钱熙祚辑《守山阁丛书》。

1922 年印的《拜经楼丛书》，清吴骞辑，是书计 23 种，多稀见之本，吴氏自著《诗集》、《诗话》、《珠楼遗稿》、《哀兰绝句》、《愚谷文存》、《拜经楼藏书题跋记》等皆在。柳氏积年裒辑，仅而能全。

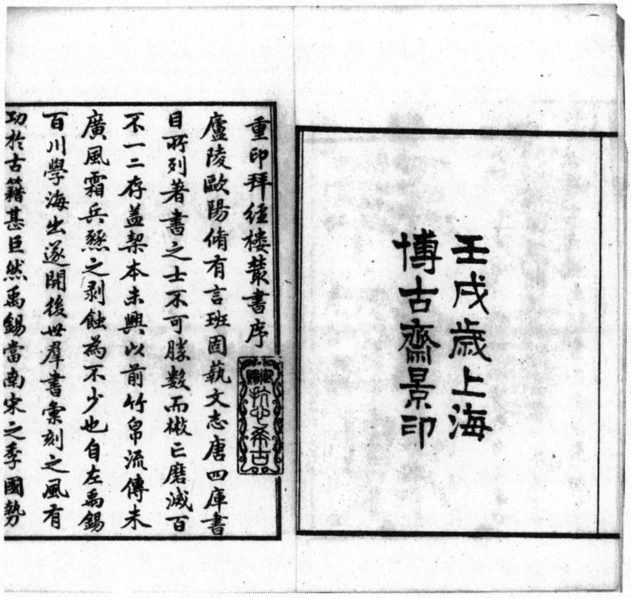
壬戌歲上海
博古齋景印

重印拜經樓叢書序
盧陵歐陽脩有言班固藝文志唐四庫書
目所列著書之士不可勝數而散亡磨滅百
不一二存蓋梨本未興以前竹帛流傳未
廣風霜兵燹之剝蝕為不少也自左禹錫
百川學海出遂開後世羣書彙刻之風有
功於古籍甚巨然禹錫當南宋之季國勢

柳蓉村翻印的《拜经楼丛书》

大名鼎鼎的清黄丕烈《士礼居丛书》，也是柳蓉村1922年影印的，此本校勘精审，为世所称。全书21种，原刻曾经兵燹，罕见流传。柳氏积年勤搜，幸而得全，更益以《荛言》、《大悲经》两种再加重印，不徒传先生之学，亦可为艺林之津筏。

张之洞撰《书目答问》中曾说："丛书最便学者，为其一部之中可读群籍，搜残存佚，为功尤巨。欲多读古书，非买丛书不可。"柳氏印《百川》、《墨海》、《借月》、《守山阁》、《拜经楼》诸丛书，皆请刘承幹为之序，刘序《借月》云："蓉村付之印人，广为流布，与夫韫椟而藏惟求善贾者，其立心公私为何如耶？殆今之钱听默也。昔听默开萃古斋，视书之装钉签题，便晓某家某人之物，素称识古，所见多异本，当时黄荛圃、顾涧宾诸老无不交誉之，蓉村非其流亚与。虽然听默可谓贤矣，至于出其私囊流传古书，则未之及也。"

在当时，书肆苟趋简易，多印闾师课学童之书，以逐时好且赚钱易。而柳氏以一人之力而广印丛书之举，可谓豪矣。此举也博得刘承幹的再次击掌，刘云："独为于举世不为之时，且为之而不已，此岂有市利之心乎？然古籍赖以不坠，吾又知其利且愈远而愈无穷也。"刘承幹又云："余固嘉其志，又喜斯文绝续之交，士之有志乎古者，虽宏篇巨制迭出并作，咸愿出其高赀以备观览为快，此亦事之至可乐者也。"

对于丛书来说，多是私家所刻，坊肆刻者较少。只要翻开《中国丛书综录》，即可知悉私家所刻多为自撰、家集、郡邑文献、学术撰述、辑佚等，坊肆刻丛书则选前贤著作，也有搜集乡邦文献而刻之者。最著名者当为宋临安府睦南坊陈解元书籍铺的《南宋六十家小集》了，明代如常熟毛氏汲古阁刻《津逮秘书》等、清代如苏州席氏扫叶山房刻《唐宋百名家集》等、民国如上海陈立炎（琰）影印《古书丛刊》、扬州陈恒和刻《扬州丛刻》等皆是。我以为刻书流布人间，志在不朽，也是不朽之业，今人使古人得以不朽者，天必以不朽报之，则不到百年之柳先生，其必不居临安陈、常熟毛、姑苏席、上海陈之后也。

此外，柳氏还印有《九宫大成南北词宫曲谱》、《式古堂书画汇考》、

《曹氏吉金录》、《古文旧书考》、《校邠庐抗议》、《石林建康集》、《崔东壁遗书》、《江氏音学十书》、《金石苑》、《百一庐金石丛书》、《小谟觞馆全集》、《说文校议》、《禁书总目》、《辽金纪事本末》、《恒轩吉金录》、《履园丛话》、《钦定明鉴》等 20 余种。其广告云:“全中国各处文学家、藏书楼、图书馆、大学校、中学校、师范等,又各地新书店、旧书店、刻书出版家、以上地址倘能觅到,写成一本表记本处,可出价购之。”“影印大手笔,原书重价不能觅到。”

今天,我们已经很难知晓柳氏的书肆生涯或是收书经过、友朋往还、书林逸事等等,他经手的宋元秘籍、明清佳椠、名家手稿及精抄本等踪迹鲜少,津经眼者也没几部(哈佛燕京藏有清乾隆刻本《补瓢存稿》)。但读柳的《博古斋书目》还可看出一些痕迹,《书目》中也真有不少好书,宋元本为习见之书,但如《定海县志》(明嘉靖刻本),《老子道德经》(清抄本,清莫友芝校并跋),又《两淮盐法志》、《大清一统志表》俱为莫友芝批,《通鉴补》(稿本,清莫友芝批)等。此外,还有不少钤有莫氏藏印的书。按,莫友芝卒于同治十年(1871)九月,年 61。后人绳孙犹住扬州,抗战期间,书尽出。如此看来,柳氏曾收得部分莫氏影山草堂藏书。

在 4 本《博古斋书目》中,我最为看中的是《莫友芝诗稿横条》、《莫友芝尺牍》(6 通)、《成亲王十一子字册》(9 页)、《翁方纲手札》(1 通)、《伊秉绶手札》(1 通),如今又不知“花落谁家”,抑或早已湮灭不存了。《书目》里

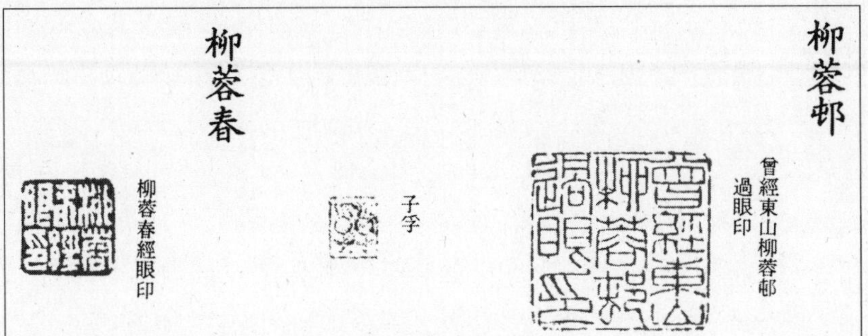

柳蓉村的两枚印章

除书名、卷数、作者、版本、价钱外，对于纸张特别看重，白纸、皮纸、桃花纸都写清楚。又《书目》中残本放在最后，可见并不看重，有些倒是不多见的明代本子，如《保婴撮要》、《幼科准绳》(莫有芝藏)、《李卓吾批评荆钗记》(存上卷、明刻本、有图)等。

柳蓉村(柳蓉春)的印章，我只见有2方，一为"曾经东山柳蓉村过眼印"、一为"柳蓉春经眼印"。"哈佛燕京"藏的《补瓢存稿》即有柳氏钤印。

2009/5/3

“非卖品”和“准许翻印”的书

想写这个题目，是因为前几天又见到了傅增湘的《藏园居士六十自述》，一本薄薄的册子，青瓷的封面，一经翻开，眼睛顿感通亮。半叶9行，全书共6000余字，乃是傅先生费时10日用端楷写就。用的纸是日本皮纸(似美浓)，纤维细韧，再加上墨如点漆，字又形如手书，见了实在舒心。这本《自述》是傅先生1931年在京华所撰，我过去读过，文之后半述其藏书、校书、看书、编书、刊书五事颇详。傅先生为自己的60大寿亲手写的自述，用那么好的纸，那么好的墨去刷印，那绝对是对自己所做的一件大事，《自述》应该是自己出资请巧匠付印的非卖品，印出后赠诸友好亲朋的。我以为此书印数一定不会多。

由此而想到古籍图书中的印刷品，在刷印完成并在流通的过程中，似乎应该分为售卖品及非卖品两种(如果我没有说错的话)。在书坊售卖的图书是要谋利的，而私家刻的图书，有的是自己的著作，或是先人、前贤、师友的撰述，部分赠亲友学生，部分则委托书坊代售，或在“本宅”、“本衙”自己售卖。当然也有只送不卖的。

但是非卖品的书，除了前面所说的内容，形式似更为多样，从我多年来收集的例子看，属于善书一类的居首，不仅多为单本小册，而且准予翻印。

善书者，乃以因果报应等劝人为善之书，部分为非卖品。除了自己出资刊印发送，还将版子置于书铺，供人免费印刷。如《警梦晨钟》，清光绪二十一年(1895)惠州淡水崇德善堂刻本。扉叶刻“警梦晨钟。光绪二十一年。惠州淡水崇德善堂刊”。另印有“板存广东省双门底拾芥园，诸君印送乐善，不用板资”。《劝世白话文》1卷，1922年石印本，此书封面上有“如有善信愿印送者，纸版存上海宝山路商务印书馆印刷所”。封面上又钤“中国佛教普济□□会赠”木记。像清道光十二年(1832)年广东刻的《传家至宝》10卷，在卷十末刻有“香山陈光远堂印送”字样。《新刊七真因果传》，其扉页刻“七真传。民国三年甲寅岁新刊。板存渝城治古堂，凡印送者，不取板资”。

善书如此，那再来看看佛教的书吧。佛教自东汉时传入中国，千百年来，佛家教义也多。宋元明清至民国，刊刻流传之书不知凡几，其中有不少属非卖品(宣传品)，我所见到的《释迦如来应化事迹》一卷，为1941年石印本，是明代释宝成居报恩寺时所作，基诸经典，而编述释迦如来一代80年中之学道生涯及弘道事迹。扉叶印“释迦如来密行化迹全谱。丹徒李培祯敬题。大满洲国康德八年中秋月，经极乐寺公墓翻印，板存布尔苏克印刷局，再有翻印者，必经公墓盖戳，许可翻印”。一个公墓的主持人也会翻印释教图书，而且如要翻印，只需公墓盖印同意即可。翻印佛书，例无版权，大宜集资翻印，《应化事迹》之卷末有“石印释迦如来应化事迹功人名”，计张和斋、程浩然等19人捐助1244元，从数元至百元不等，印书500余部。其中固本堂施印450部。

此外如《观世音菩萨大悲陀罗尼经咒》1卷，清咸丰元年(1851)刻本。扉叶刻“观世音菩萨大悲陀罗尼经咒。咸丰元年孟春镌。李德峻合家敬。板存樱桃斜街东头路北富文斋花板铺，刷印不要板资”。卷末又钤“果仲莲敬送”木记。更可说明善男信女所印皆为求功德所致。

不仅是释家之书允人翻刻，道家之书亦然。道家的炼心、炼命、炼丹、炼气、炼神，其要主于还归本然之虚，而《唱道真言》5卷就是宣扬道家主旨的著作。此书扉页刻“唱道真言。宣统元年仲秋。阳湖复成子许昭然重刊”。并另钤“板存济南城西中赵家庄镂云斋刻字铺。如有善士印送，只取工纸，不取板资”。又如《吕祖指玄篇秘注》1卷，清光绪十三年(1887)刻本。其扉叶刻“吕祖指玄篇秘注。沧海老人注。光绪丁亥孟冬重刊。板存京西海甸莺房二圣仙境本坛。如有刷印者，请到前门外杨梅竹斜街中门路北永盛斋刻字铺，不取板资”。再如《玉准轮科辑要》8卷首1卷末1卷，清光绪三年(1877)刻本。扉页刻“玉准轮科辑要。光绪丁丑三年新镌。编号十字。故君子莫大乎与人为善。醴南官溪刘藜光堂藏板”。另印有“凡有印者，不取板资”。

当然也有提供版片，但刷印要点工本费的，如印证善恶之报的《玉历钞传警世》不分卷，清同治十一年(1872)刻本。扉页刻“玉历钞传警世。同治壬申孟夏重刊。板存京都前门外琉璃厂西门外北柳巷文元斋刻字铺。

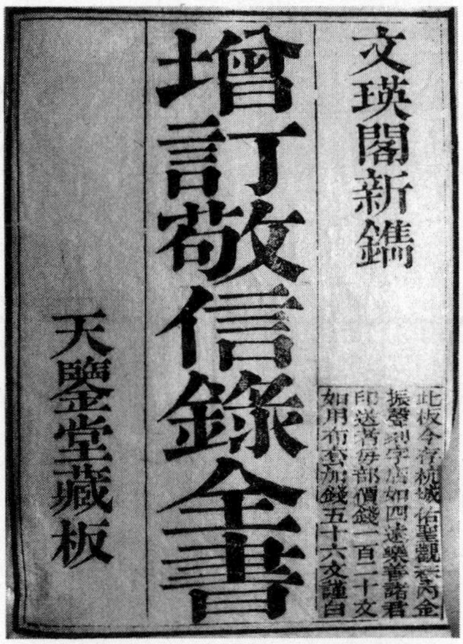

文瑛阁新镌《增订敬信录全书》

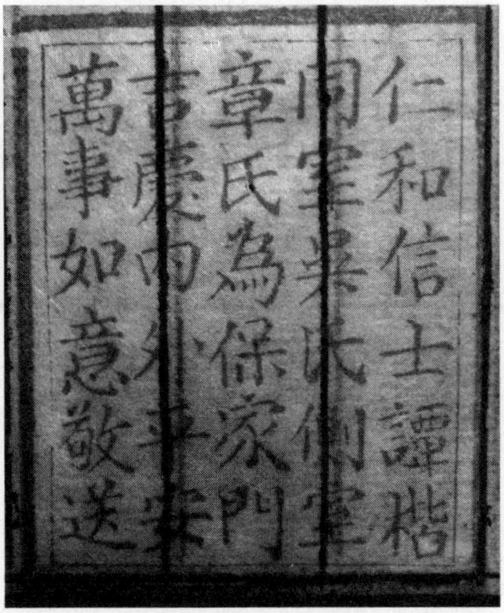

书中捐赠者的钤印

新翻刻玉历钞传善书。刷印工价，每部纹银九分”。如《增订敬信录全书》，清文瑛阁刻本。扉页刻“增订敬信录全书。文瑛阁新镌。天鉴堂藏板”。另刻“此板今存杭城佑圣观巷内金振声刻字店，如四远乐善诸君印送者，每部价钱一百二十文，如用布套，加钱五十六文。谨白”。此书钤有一印“仁和信士谭楷同室吴氏侧室章氏为保家门吉庆、内外平安、万事如意。敬送”。

封建社会对于女德极为看重，故教闺中人之书也有多种，大多取其浅显而易晓之事予说明之。这类书不仅有人倡刻，也允人借板刷印。如《女学》六卷，清蓝鼎元撰。清光绪二十三年(1897)刻本。扉页刻“光绪丁酉仲秋重锓于京师”。并钤“板存铁门广信老馆，如有同志借印，不取板资”。这是儒家类的书，《四库全书总目》置于存目。后人予以重刻，盖因四库馆臣云：“自班氏《女诫》以外，若刘向《列女传》择而不精，郑氏《女孝经》精而不详，至《女训》、《女史》、《闺范》、《女范》等书，尤为鄙陋浅率。因采经传格言，参摭史传，分为德言容功四篇，章区类别，闲缀论断。”此外如《训女图说》1卷，清蒋菁华编。清光绪十四年(1888)蒋宗汉刻本。此书有“板存桂寓，愿刷者板不取租”。

前面说的永盛斋，还刻过《教女图说》一卷，《图说》的封面上印有“阅过之后，切勿抛弃，转送他人，功德无量”。并印“求是道人敬送”。扉页刻“板存在杨梅斜街永盛斋刻字铺，每本纸工价当十钱八百文”。刷印免费，但刷印的纸却是应该收钱的。

劝孝戒淫，是清代乃至民国间士人倡导之说，所谓万恶之中惟淫居首，百善之内以孝为先。此类书乃是印送社会大众，不取分文的，盖因其时“人欲横流，世变日亟”之故。苏州石氏有《遏淫敦孝篇》，清末吴氏曾广为印送，几及万部。光绪十五年(1889)吴云楼楷书写《劝孝戒淫》1卷，交上海蜚英馆石印以饷友人，十七年(1891)保笑岩续印一次，二十三年(1897)吴粤生增入《遏淫敦孝篇》再印千册，前后所印不下万部。然兵燹以后，荡然无存。直至1928年，又觅得一册，重刻木板，印得若干。

再如《天戒录》1卷，是专为青年士庶戒淫而作，其名“天戒”，是天道福善祸淫,而少之时,血气未定,戒之在色也,"凡我同志,各宜猛省"。自道光十七年(1837)起,印若干册,后板毁于火,同治九年(1870)重付剞劂氏,后再刻,"忆自辛酉刊刻以来,每逢乡试,必印数百本分送"(见《增辑劝孝戒淫录》)。

《戒淫宝训》、《端本防微》、《贞淫报验》3卷,和上面的两种性质相同,其卷末刻"欲得此书者,请寄邮票十五分至北京西城卧佛寺街鹫峰寺佛经流通处,即可寄上"。佛家戒中有一条是戒淫的,所以佛经流通处也刊印发送,这当然也是非卖品了。

至于宝卷,也有不少是不收钱的,那多是民国年间的石印本,如《醒心宝卷》,封面上印有"日诵夜读,必得至乐。印送人者,延寿加福"。

上个世纪的20年代, 在上海英租界派克路梅福里有一家善书流通处,印了不少善书,其书目所载有23种,它似乎是不单卖,而是以每百部若干元来批发,既然是善书,应该不赚钱。该流通处还出过一种善书,名《善恶鉴》,是湘人杨钧钰等撰,说是"济世救时"的书,广告词也说:"施送善书者,求寿可延年,天神必感应。"例言上更要求凡印赠此书者,要将所为某事,印赠几多本,及某府其县某姓名,某效验,详细列载此书之后。上海道德纯一慈济会的序说某君读了《善恶鉴》,"遂大感悟,如梦复醒,即发愿力增印五千部,广博诸世,冀挽末俗"。不管怎么说,教人为善,出发点还是好的。

流通之善书,皆有益于世道人心。但出资印书者也是出于不同之动机,仔细想想,大约也不出祈福、忏悔、报恩、悯殇。以祈福来说,求名求利求子求寿均是,或因亲病而求速愈,许愿印施,也是想以其至诚可以动天地也。忏悔也是,人非圣贤,孰能无过。但人须知过,及早悔罪,即以流通经典为赎罪之方,以盼夙障自消。报恩易明,子女受父母之深恩,劬劳未报,一旦亲殁,悲痛何如?但印送经书可资冥福,又可尽孝思。至于《金瓶梅》中有印刷《绢壳经》1000部,印刷《绫壳经》、《陀罗尼经》500部之事,也就是说与其掷金钱于无谓之举,倒不如印送经书,以助超拔了,这是属于悯殇之说。有道是:凡出资者及赞助者,如若印刷流通经书,那就会灾障消灭,福寿孔殷,先亡祖祢,超生净土,后嗣子孙,吉庆无已。这就是当时人的想法。

还有一类是教材及家塾的读本。如《童蒙养正诗选》一至三集,王揖唐辑。1931 年合肥王氏刻本。题“泽斋老人原选;男揖唐补辑”。此书专为家塾课蒙而作,选录标准“以足以陶淑性情、启发智德为主。若文词虽美,无当斯旨;或陈义甚高,索解甚难者,概不列入。第一集 100 首,幅最简,取便讽诵。其二、三集则以次进焉,本温柔敦厚之旨,作兴观群怨之资。推之成人之日用伦常,其道亦不外此”。王揖唐人不足取。是选成于 1924 年春,1925 年冬印行 2000 册,大部分贻亲友。又如《新刻小学千家诗》二卷,清同治刻本。也是同样性质的书,卷末钤有“乐善堂敬送”木记。又如《禹贡注解》一卷,姚明辉撰。1916 年排印本。书口中有“武昌高等师范学校课本”,书口下有“准许翻印”。此为国立武昌高等师范学校国文史地部豫科国文课本。扉叶有“禹贡注解。武昌高等师范学校文学课本。东光张渲署检”。有意思的是书之末页,印有三方木记,钤“门人丹徒柳肇嘉、崇明杨匡覆校”、“如有索此书者, 可寄邮票十二分到上海南翔古学保存会姚天民处,即行寄送一册”、“禹贡图姚氏学续出”。

清代刻本中有不少在扉页上刻有“翻刻必究”的字样,我收集了数百种,甚至还有官府为之刊发严惩翻印的布告数张,这和“准许翻印”实在是分庭抗礼了。前者是要打官司的,衙门里见分晓;后者是您若翻印,求之不得,且印得越多越好。

2008/10/3

线装书的印数

古籍图书和现在的新书不同，新书都有版权页，什么印数、版权、书价、出版时间等信息都有，可1949年以前出版的（1949年以后也有，但极少）古籍图书就不同了，上面的那种信息很少，所以作中国出版史、中国印刷史研究时就比较麻烦。而作文献学、版本学、目录学研究的专家，在他们的著作中也很少或几乎不会涉及这种小事。这些年来，我一直在关注中国古籍的出版和印刷史方面的材料，尤其是书的印数、书的版权、书的价钱等。

关于书的印数材料，我所见到的如五代刻的《一切如来心秘密全身舍利宝箧印陀罗尼经》（即《雷峰塔藏经》），在卷前印有“天下兵马大元帅吴越国王钱俶造此经八万四千卷”，“八万四千卷”，那只是个虚数，或数千，或近万，或万卷以上，也即是说印了很多卷，也必定是雕了不计其数的版子方能印出这么多的卷子。从现存的藏经来看，有的图非常清晰，字体并不模糊，我相信这种佛经的刊刻和刷印，都是参与者用非常虔诚的心态去进行的，若有一点不符合要求，如字体模糊，那一定是等外之品而不被采用的。当然这些数千或上万本印数的书，部头一定不会大，应该是单本或卷帙少的方可为。而明代万历二年(1574)的周堂活字印本《太平御览》1000卷目录15卷，它的书口下印有“宋板校正，福建游氏梓制活板排印一百余部”的字样。可见当时印数很少，而今全帙国内仅存两部了。再就是由政府出面组织编纂、刻(排)印的大部头书，如雍正年间内府铜活字印本《钦定古今图书集成》10000卷目录40卷，也仅印了64部，即使是活字，也没有印很多。这是很多人都知道的印书数字。

实际上，刻本的印数材料极少见，无论是官刻、家刻，或是坊刻。有时即使是翻了100种线装书，也不一定寻得一条有用的记载。今从我的读书笔记里录出数条，或可供研究者利用。

明代刻印的图书印数资料极少，曾见明蓝格抄本《钦明大狱录》二卷，明张孚敬撰。此书乃嘉靖六年(1527)九月，署都察院事侍郎张孚敬以张寅(李福达)先后狱词及上所裁定并所赐敕谕辑录成书。该案为株连40余人之重大冤案，40年后的隆庆初年始得平反。查《张文忠公集》奏疏三：“臣随将臣等捧到敕谕四道及先后会问招稿节，奉钦依发落事理缮写成书，上下二卷，刊印共一千七百部，其名曰《钦明大狱录》。夫大狱一榜，固足以示刑罚之公，要之先后招词之参考，情理曲直之攸归，则惟此录为详备耳。兹谨进呈御览，其余欲候命下，分送在京各衙门大小官员各给一部，仍发仰各该巡按转行都、布、按三司，如式翻刊，分布所属衙门，一体颁给。”据此，是书除印1700部外，又有内外各衙门翻刊。

《大佛顶如来密因修证了义诸菩萨万行首楞严经》10卷，明嘉靖四年(1525)刻本。10册。卷十末有牌记，刻“章圣皇太后谨发诚心，命工刊印《大佛顶如来密因修证了义诸菩萨万行首楞严经》一百部，冀祈佛力得佑吉祥如意者。嘉靖四年二月初三日施”。(见中国嘉德2009春季拍卖会《古籍善本图录》)明代佛经刊印的数字，极少得见。此《大佛顶》，是明代刊刻的最早之本，之后的万历至天启、崇祯，又有13种不同版本。据《明史》列传三，章圣皇太后蒋氏，为嘉靖帝生母。弘治五年(1492)册为兴王妃。嘉靖元年(1522)改称兴国太后，三年(1524)乃上尊号曰本生章圣皇太后。是年秋，尊为圣母章圣皇太后。九年(1530)，颁太后所制《女训》于天下。“哈佛燕京”有明嘉靖九年刻本《女训》，钤有“章圣慈仁皇太后宝”印，但无印数的记载，而《大佛顶》当年仅印100部，或在宫中流通及赐与有关臣工的，如今百仅存一，而此“一”也成为我们了解当年印此书数量的佐证了。

《佩文韵府》106卷，部头不可谓不大，再加上拾遗106卷，115册之多，这可是清廷内府操办的事。《李煦奏折》(故宫博物院明清档案部编，北京：中华书局，1976)中有康熙五十二年(1713)九月初十日《进〈佩文韵府〉样书并请示刷钉部数折》：“窃臣煦与曹寅、孙文成奉旨在扬州刊刻御颁《佩文韵府》一书，今已工竣，谨将连四纸刷钉十部，将乐纸刷钉十部，共装二十箱，恭进呈样。再连四纸应刷钉若干部，将乐纸应刷钉若干部？理合奏请，伏乞批示遵行，解送进京。臣煦临奏可胜悚惕之至。”朱批：“此书刻得好的极处。南方不必钉本，只刷印一千部，其中将乐纸二百部即足矣。”您看，玄烨的口气，皇家的派头！“只刷印一千部”，那可不是小数目了。这印书数字可非小事，李煦是苏州织造，深知主子的脾性，他是决不敢私自决定印数，必定要奏请皇帝老儿口谕定夺。《佩文韵府》加上样本20部，总共印了1020部。据《中国古籍善本书目》，此康熙本现在国内仅存10部，也真算是难得的了。

我以为在古书中反映印书数字最多的大约就是劝善书了，时间多在清代中期前后。作为封建统治阶级，最希望的当然是社会上一片莺歌燕舞的升平景象，年年风调雨顺，百姓安分守己，不要闹事造反。所以，他们平时对人民实施“教化”。而对于百姓来说，消灾保命，刊刻善书，也是缘分，所以在书上再刊上自己捐资刻书之文字或印数，也是应该的。

《增订遏淫敦孝篇》一卷，清嘉庆元年(1796)刻本。扉页刻：“如有发心印施者，问苏州阊门内清嘉坊石万顺参店内，或问阊门外上塘益昌参店亦可。每本印订纸张计净钱廿七文。”

此书为石开基出资所印，书前有嘉庆元年石开基识语，云：“余业关东，往来航海，于乾隆三十二年(1767)十一月二十日在南金州上海船回南，即于廿一日遇飓风，二日夜，至一山。舟人云：系高丽山，若进此山，舟不能保。乃竭蹶避过。至夜，其风更甚。又漂一日夜，至廿四日，对面又见一大山，浪高风厉，樯倾篷断。三日以来，不能炊爨，舟人饿，不起。舟遇山石，必致摧败，合舟号哭，万无生理。余于天后堂前，叩许印此篇五百卷，自后常诵《感应篇》，并遵功过格之愿。幸叨神庇，风浪顿平，船紧靠山傍而过，竟无恙。”“又三十三年(1768)，于十月间回南，廿一日即大洋遇风，至廿四日，船打至静山。风浪虽平，然不能收岛，兼之深夜月黑，舟于万山丛中，漂泊一夜，合舟惊惶。因亦许印此篇二百卷，竟得安然。”“三十四年(1769)十月十六日，余于盖州坐船回南，十八日铁山洋遇风。四日夜，将抵福建，四日中，几覆者数次。亦许印此篇四百卷，其风即息，遂得回收台州之海门，人物平安。”“四十一年(1776)二月廿五日，余患项疽，诸医不效，势日就危。因亦于神前，许印此篇五百卷。后遂医药奏功，至端午平复如旧。先君子作此篇，已垂五十载，各省诸君来印施者，共计一万七千卷有奇。原版因已模糊，前于乾隆四十七年(1782)，尚洲朱君发愿，助余捐赀翻刻，并镌《感应篇》、《阴骘文》，为之挈领提纲，以图共垂不朽。余故将所历危而复安，赖此篇之灵佑者四则，附述于后。其印施诸君之福报，不能尽载兹。又历十六载，版复漫漶，爰于今嘉庆元年季冬月重梓印送，但恐力不能继，倘好善君子发心印施，或千卷、百卷、几十卷，随力随心，装订成，照数送还，自行广施。尊氏汇刊编后，以垂不朽，神鉴非遥，福有攸集，普愿同人，共襄善举。板存清嘉坊。”另页又有“助印姓氏”，刻“石清素堂五百本、陶燕翼堂五百本”。

扉页上所说的二家参店，当是藏板处。石开基是关东商人，做什么生意并不重要，但《遏淫敦孝篇》是石老板的父亲所撰，当时印了多少也不清楚，但从乾隆三十二年(1767)至四十一年(1776)，石开基却因避灾却病，许愿4次，共印了1600卷(册)，而“各省诸君来印施者，共计一万七千卷有奇”，乾隆四十七年(1782)，尚洲朱君又助石捐赀翻刻，并镌《感应篇》、《阴骘文》，印了多少册没有说。印这些书都算是做善事，不收钱的，是“印送”，但从字里行间，或可推算出印数应在2万册以上。

善书的刷印流通，是功德之事，有诗曰："善书传布种心田，布种心田福泽延。福泽绵延流蕃广，延流蕃广善书传。"即使是无力者，或附印少分，或代为校字，或代为募劝，都是莫大之功德。上面《遏淫敦孝篇》的助印者即是一例。

另一例是清道光二十九年(1849)刻的《暗室灯注解》，扉页刻"暗室灯注解。道光二十九年刻同治三年(1864)印本。板存苏州扫叶山房"。此书卷后又刻"常州府武进县弟子王悦恒敬印一百二十部"。又"常州府金匮县原籍向居苏州府长洲县住弟子华焘于同治甲子年，因一日被遇恶事，其大难时，诚心暗许印送数百部。毕，忽至一善人，释悟化吉，从后安身无事，故印三百部。觉□敬送"。两次所印，相加为420部。

道光二十五年(1845)刻《关帝觉世真经阐化编》，也是一部极有意思的书，这部书的雕版存于京都琉璃厂东门外桶子胡同内路南会文斋刻字铺，当年印了若干部不得而知，次年又增印了300部，书之末页，刻有"刷印武帝阐化编部数，丙午春季捐助公项敬印二百部、奉宸苑卿德顺敬送一百部，印价京钱二百八十吊"。此书还有捐资刻印者的"芳衔"，计30人，统共捐银288两，按时价兑京钱992200文(续捐8人，银62两)。

同治十年(1871)刻的《牧牛图颂》1卷，是仁和信士朱仁法出资请杭州玛瑙寺明台经房印造流通的本子，是给修行之人看的，"譬如牧牛执杖，不令纵逸。法本从心生，还是从心灭。生灭尽由谁，请君自辨别"。此书"刊印姓氏"有"钱塘信士陈春发印送一百部、山东比丘凤亭、德顺敬送二百部"。共计300部。

清刻本《家宝全集》，是所谓"人情世事须知，修身齐家要法"的书，书前有"序"云："西天佛经甚多，惟《金刚经》是如来微妙心法，乃禅宗之至宝也。予参悟多年，因著《金刚经石注》一部，愚注与众不同，每节分注、论、讲、证四段，仿张居正《四书直解》例，先逐字破义，后以浅言直说，意在阐明佛旨，学者只须由此参悟，自得正果而不错矣。略曰：此经注解极多，大半隔靴挠痒，须要实悟真参，才得心明性朗。我今直说根源，不用狐思乱想，但能至诚受持，开卷了如指掌。书内文载读法十条，辟妄十条，以及总旨辨异,极简极明。但此书每部计一百二十页,予发愿印送一万部,奉送二年,已足如愿,自愧力薄,不能文送。倘有善信,随意买纸,予出印板听刷,分文不取,其勷胜举,凡求如愿,功德不亚于河沙宝施也。”这是私家出资印 10000 部的例子。

民国年间的本子,有时也会有印数,但也极难得。我翻过一本 1937 年印的《化劫宝卷》,是上海慈航普渡中教收圆第九佛堂盐城观音禅寺所印,最后一页印“读好书,说好话,行好事,做好人”。又有南西北三方人缘捐资付印名衔,包括上海县、汉口英租界、南通州、盐城等地都有。此宝卷捐资付印共 8307 部。而同年刻的《重刊笺注灵宝毕法》,书末刻有捐印者之“芳名”,“麻锡真敬送一百二十本,陈辅真潘玉川合印一百本,门人王惠卿、吕事先、李明达、宫际同合印一百本,刘星川、李明多合印三十本,郑醴泉、郑徐淑新名义合印敬送一百本”。合计印 450 册。

《吕祖醒心经》,1918 年刻本。扉叶刻“吕祖醒心经。戊午年仲冬重刊。板存京都前门外杨梅竹斜街中间路北宏文斋刻字铺”。序后刻有“诚善堂因心愿重刊敬送一百本、忠善堂敬送一百本”。北京的杨梅竹斜街,那里有不少刻书铺和书店,我收集到的资料有多则是涉及这条街的。

我一直认为《感应篇》之类的书,刊刻及印数比其他书都要多。以 1925 年刻的《感应篇直讲》来说,此书是“印送”人的,仅一卷,而且作者未留名姓,“文辞条直简括,凡识字者皆能解释,千锤百炼而出之,若不费力,绚烂之极,归于平淡,赅博富赡,而镕成一片。大作家百读而不厌,躬行心得,而无纸上之空谈,字数不多,而易于流通。故此本为《感应篇》中无上第一好本子也。”乾隆四十二年(1777)湖南有黄体端(砚楷)者,得于惜字簏中,于是刻行传世。不久,此书又为婺源詹昌璇重刻。至六十年(1795),又有叶梦字者再刻。道光十二年(1832),苏郡刘子纲再刻于孝善堂,此书出而印者沓至,板渐模糊。十七年(1837),再有青霞斋主人予以重刻。据知,印送最多者为浙江宁波的马心谦。此书直到 1925 年,有沈阳郑璞山、薛志远者,又重刻此书,敬送 3500 本,此外“郑惠亭因胞兄身体康健敬送二千本、王永民保一方平安敬送一千本、信士薛竹筠敬送五百本、郑日升堂敬送一百本、刘嵎因吐血病愈敬送一百本、无名氏敬送五十本”等，总数在8000本左右。如若加上乾隆、道光时的5次刊刻并刷印，似应在万数以上。此本的扉页上还刻有“乐善诸君，有欲印送此书者，只收工料，不取板资。京都前外杨梅竹斜街永盛斋刻字善书铺”字样。

《春秋正义证释》4卷，为倪宝麟嘱文华斋所刻，时间在1939年。一年中，此书印了两次，共1500部。第一次是在暮春，印了500部，倪宝麟跋云：“自客岁戊寅四月初间付梓，直至十二月杪始行刻竣，迨经将红样本印来，检阅其中，仍有误刊之处，当即详为校修，复送由会员曹静波君覆加校正，陆续修版，迄至今岁已卯暮春，板始完全修竣。覆阅后，交该处赶即先印五百部（仅一阅月全数印齐计工料总共合洋二千六百六十元）。”第二次是在仲秋，又续印1000部，倪宝麟再志云：“昔左思赋三都洛阳纸贵，今是书一出，即为世所重，而燕京纸贵矣。此次续印千部，距前印时仅三阅月，而纸价飞涨，较前贵加一倍，且纸料缺乏，购买不易。寻觅数家，始凑得七十八篓以符应用（按每一篓纸计十五刀，每刀九十五张，每张裁六张，计每一部用纸六百十三页，一千部计共六十一万三千页），至印刷装订及书套等项，较前价高三成，前后比较，相差远甚。为便于异日刊印考核计，不惮烦琐而记之，亦可谓一段刊印小史。”

不知您见过明代大统历吗？在大统历的封面上皆钤有红色楷书木记一方，计6行，文曰：“钦天监奏准印大统历颁行天下，伪造者依法处斩。有能告捕者，官给赏银五十两。如无本监历印信，即同私历。”明代大统历由钦天监所颁，各府州县得原本后再予以翻刻，据记载，明宣德间，共印55万9千余册，后英宗登基，减为11万9千余册。历书可印万本，乃至数十万本，必定是各地所刻相加的数字，书板也绝不可能为一块或数块。这是政府行为。

和历书一样，方志的编纂刊刻，私家坊间是不可能去做的，那是地方官的政绩之一，他凭借官府的力量，或秉承中央政府之命去做，完成后交由书坊剞劂刷印，而绝不允许坊间私自刊刻流通。所以说，像历书、方志，坊贾是不能翻印的，如果和统治集团唱对台戏，那就必定会受到惩罚。尝见(宣统)《西安县志略》13卷,清宣统三年(1911)石印本。是书末卷为叙志篇,有云:“都为十三卷,九万三千六百九十五字,曰宣统三年春三月,奉天海龙府属《西安县志略》付之活锓一千本,综覆刊赀笔札用千余缗,书以一百本副在邑校图书馆,以俟后增。余或上之长官,贻之同人。”活锓,当为活字排板,一部地方志竟然印了1000部,也可谓大手笔。

每一种书的印数,取决于刻书者的经济力量,当然还有书的内容。至于纸张、油墨、板块、刻工、写工(绘工)、印工以及工具等等,都是不可或缺的开支,资本丰厚者,大可多印些;力薄本小者,先印若干再说。每种书都不一样,卷帙也有多寡,即板块用何料,开本之大小,纸张之选用都有讲究。工本费舍去,是赚是赔、是积德行仁还是为流通学术,甚或为其他,都是出资者或募来的银子来决定的。

2008/9/8

清代木活字本的印数(一)
——从《玉枢经篇》谈起

对于清代活字本来说,木活字印本较之其他质料(如铜、瓷等)的印本不知要多多少,《书林清话》及《中国印刷史》、《中国出版史》以及版本学方面的著作,包括专门写活字本的书,除了对家谱中的木活字本印数,以及对铜活字印本的《古今图书集成》有所举例外,似乎很少涉及其他木活字本的印数问题。我以为这不是作者们不想写,只是一时没有材料来说明一部木活字印就的书,一般会印多少部。传世的清代木活字本较之刻本来说,本来就显得非常的少,而木活字本中记载印数者就更难觅得。

印多少部,当然还要决定于出版者的经济力量,因为即使用活字排好书版,那人工、纸张、墨汁、装订等等也要花费。所以,这个题目还是值得深入去做的。而且,一般来说,私人藏书家得几部十余部数十部不难,但费尽心机搜集个百部以上则大不易。我的朋友韦力君告诉我,他早先曾将收藏活字本的目标定在500部,而现在早已达标,所藏当和天津图书馆相颉颃了,我为韦力君所藏如此之多而高兴,他也确实称得上是大藏家。

前些时翻书，居然从多部活字本上翻到了一些印多少部的记载，这倒可为研究清代出版史、印刷史的学者提供一些资料，于是先写几条出来，以后有时间再陆续补充、分析。

例子之一是《玉枢经籥》24卷首1卷，清姚燮撰。清道光二十五年(1845)洞梵阁聚珍版印本。6册。书口下刻"洞梵阁"。题"复庄姚氏注"。有道光二十五年姚燮的自序以及道光二十五年张培基、卢派、郭传璞的3篇序。例言12则。卷末有校讹。道光二十五年袁青湘跋。

作者是浙江镇海人，字梅伯，号复庄，道光十四年(1834)举人。《清史列传》及《续碑传集》有传，说是生具异禀，自经传子史至丛书小说，旁逮道藏释典，靡不览观，博学多识。于诗、词、曲、骈文等皆负盛名，又长绘画。生平足迹遍于大江南北，而寓居宁波最久。同治三年(1864)卒，年60。

《玉枢经》属《道藏》洞真部本文类，即《九天应元雷声普化天尊玉枢宝经》，九天应元雷声普化天尊为北宋末始尊奉之雷神，亦名"九天贞明大圣"。普化天尊乃神霄府九宸之一，为总司五雷、普化群生、赏善罚恶之神。此经假托普化天尊为雷师皓翁所说，经文部分述消灾解厄之法，谓凡遇三灾九厄，可诵持经文，或默念普化天尊之号，即有诸神消灾解厄，若归命此经，且可长生云云。《道藏辑要》里收有《玉枢宝经赞解》。此为释解《玉枢经》之书，籥，通钥，锁钥也。

卢派序中说姚氏："年前以攻苦受羸，医不能效，因至郡羽士观斋心闭关者数月，病遂霍然。博览道藏，穷精蕴，取《玉枢经》而注解之。上至性理道德之说，下及百家九流之赜，靡不搜采，以洗发其元妙，务使读是经者，开卷了然。易繁而艰者简且易，险而奇者平且常，高而远者卑且迩。一归于大中至正，使人人得以领悟会通，戒慎恐惧，取益于民生日用父子君臣之道而后已，则所志顾不远哉。名之曰籥，盖将启其重扃而导夫入门之先路也。"

此本以木活字排印并刷印300部之依据，见于袁青湘跋，有云："书既成，适暨阳鲁君挟聚珍板来业吾郡，因附之编印焉。凡二十有四卷，其捐输印赀纸费以襄成是举者,则周君抡山、水君听桥、陈君博山、李君茂生、李君静岩、唐君小梅也。”凡例亦云:“是注既成,以聚珍版印三百部,不能广为流传,亦幸中之一憾。奉道诸君,其有寿诸梨枣,俾此经化身万亿,如恒河沙数,其功德当与之无无量。”此本扉页背面又刻:“道光二十五年九月聚珍板印三百部。”暨阳鲁君,不知何许人也,当为书坊主人,以聚珍板印书。

大凡活字印本,无论金属或木活字,摆印中多有鲁鱼帝虎之讹。此本手民排错之字,有“经篇校讹”,类今之勘误表,云:“编印既毕,其讹字有已修者,有未修者,仍照初印样本细勘一过,胪陈卷末,俾读者检改。或尚有粗忽遗漏处,并鉴谅之。”

此本封面签条刻“洞真玉枢经篇”。有扉页,刻“玉枢经篇”。藏美国哈佛燕京图书馆。当年所印300部,或可谓多,但今仅150余年,却所存无几,今仅知中国国家图书馆分馆、中国人民大学图书馆、天津图书馆等馆亦有入藏。按,《中国古籍版刻辞典》无洞梵阁。是书又有民国九年(1920)石印本。姚氏还有《复庄诗问》、《复庄文榷》、《疏影楼词》、《今乐考证》等著作,但不知是刻本还是活字本。

牌记上标明印数300部

例子之二是《曹氏传芳录》5种,清曹希璨辑。清宣统元年(1909)曹氏聚珍版印本,2册,有曹希璨撰凡例6则。5种为《训儿录》2卷(宋曹淇撰)、《霞间稿》1卷(元曹文炳撰)、《新山集》1卷(元曹文晦撰)、《友竹稿》1卷(元曹一介撰)、《橘坡稿》1卷(明曹宜约撰)。

《训儿录》存70余条,《霞间稿》、《友竹稿》仅数篇。《橘坡稿》存诗31首、文2篇,乃自《天台志》辑出,然《志》已湮没。《新山集》曾为顾嗣立编入《元诗选》,《四库全书》也有收录,《浙江通志·艺文》所载天台历代文献中也有曹文晦诗数十首。乾隆二十五年(1760),天台曹氏重修家谱,内有文晦之诗,登之艺文。

此书末有希璨跋,云:“先人所遗之产,若金珠玉帛,若宫室田园,以及玩好器具,虽失犹可以复得,而独至手泽留遗,竭毕生之心血凝结而成,垂名百世,虽死犹生,至大至重,其在斯乎?一或不慎,葬于蠹鱼之腹,

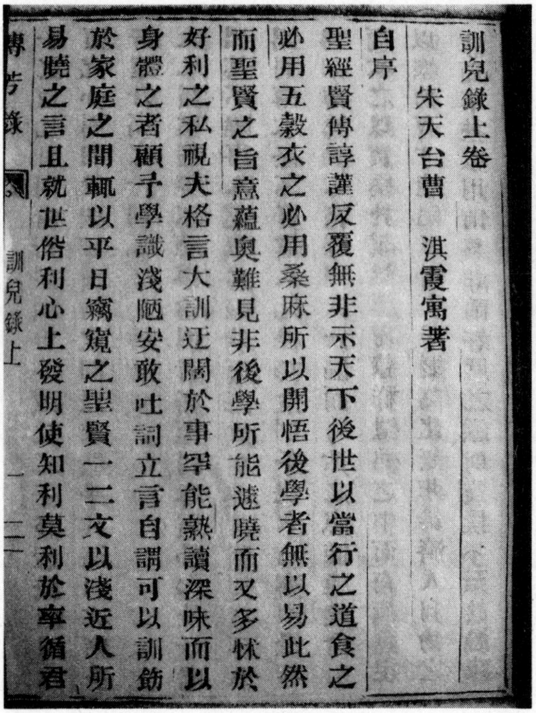
訓兒錄上卷
宋天台曹　淇霞寓著
自序
聖經賢傳諄謹反覆無非示天下後世以當行之道食之
必用五穀衣之必用桑麻所以開悟後學者無以易此然
而聖賢之旨意蘊奥難見非後學所能遽曉而又多怵於
好利之私視夫格言大訓迂闊於事罕能熟讀深味而以
身體之者顧予學識淺陋安敢吐詞立言自謂可以訓飭
於家庭之間輒以平日竊窺之聖賢一二文以淺近人所
易曉之言且就世俗利心上發明使知利莫利於率循君
傳芳錄　訓兒錄上　二

训儿录书影

铺为鼷鼠之裀。甚者湮于洪水,劫于兵火,其失也犹可以复得乎哉?此为子孙者之责,为不容缓也。”“谱牒只十六部,安保长存,后又印十余册,俾族中业儒各藏一册,为数无多,亦不足恃,素心惴惴,恒以残缺为虞。于是辄取家乘,与胞弟文昭再四仝校,复谋诸从叔、从兄、从弟诸辈,集赀购纸墨,用聚珍板排印,计得二百部。时从叔、堂弟适宰闽疆,邮寄数十部,择其地方绅士之敦品绩学者赠焉。又弟文渊,今春北上会试,令携带若干部。其余分送乡先辈及诸同志,庶几四方流传,脍炙人口。纵有蠹鱼鼷鼠洪水兵火之患,亦不至尽归澌灭。夫而后列祖手泽得以永垂后世,而希璨平昔兢兢抱残守缺之心,至此差可告无罪于先人云。”

是编重印发端于光绪三十四年(1908),告成于宣统元年(1909)。这是印200部的记录。据曹希璨跋,知天台曹氏家谱当年所印部数,但现在不知还有存否。此活字本主要流向为浙江、福建、北京等地,而宣统元年距今百年都不到,存量多少也不得而知。此本今藏“哈佛燕京”。

例子之三为《俟后编》6卷,明王敬臣撰。补录1卷事略附录1卷,清同治八年(1869)群玉斋活字印本。卷末王炳跋云:“先生当前明嘉靖、隆庆间,亲受教于魏庄渠先生,践履笃实,以慎独为本。所著《俟后编》一书,言燕居独处之独,以身言己。……曩岁丙寅,从汪君息斋所假得读之,后有补编一卷,陈文庄公撰,又有事略附录一卷,则彭侍讲公所辑也。庚申变乱,汪君谢世,藏书强半亡失,克复后,访求数年,仅乃得之。深幸是书之获全,而又大惧日久终就湮没也,乃商诸同人集资,用群玉斋活字版印行之。卷末附载门人,原止三十一人,因就彭复斋同年钞藏,吴门表隐中补录于后,通计百有一人。随限于资,所印止三百部。异时有读而兴起者,更为雕版以衍其传。则此编之嘉惠后学,岂有涯涘也耶!”按,庚申,为咸丰十年(1860)。群玉斋当为书铺,有活字,然从未见有记载。“随限于资”,所印为300部,那是限于经济力量,不然的话,当可刷印更多。同治八年至今也仅139年,所存或也不多的了。

例子之四是《大清一统志》,清道光二十九年(1849)薛子瑜木活字本。《一统志》开馆编纂是在康熙二十三年(1684),其时武功已蒇,天下太平，当然也与玄烨自幼留心地理有关。是志经康熙、雍正、乾隆三朝，当时负监理责者为和亲王弘昼，总裁蒋廷锡等 9 人，参与纂修者有 113 人，如梁诗正、汪由敦等。流传至今的本子有康熙内府抄本、乾隆内府抄本、内府抄本多种，后来又有乾隆九年(1744)内府刻本(和珅等纂修本为 420 卷本，有乾隆五十五年〔1790〕内府刻本)。

这个活字本所印百部之依据，可见书末道光二十九年(1849)薛子瑜的跋，云："雍正年重命增修，阅十余年，至乾隆八年竣稿，登之剞劂，布于寰区，俾诸将来有所考见，谓非率土臣民之至幸与。嗣于乾隆二十九年(1764)，复奉敕修，只因式廓版章，为图益地，人物山水，略有增添，而全书规模无逾畴曩，盖经始所存，实为圭臬，后有作者，莫能尚焉。兹以传本甚稀，世所罕觏，谨以活字排印百部，聊资来学津梁之益云尔。"一部 356 卷、120 册的大书，且又是出自私家捐赀印行，排印百部，实是大不易之事，这或可视为清代以来活字印本中册数最多的一部书了。如今国内仅存 4 部，为中国国家图书馆、上海图书馆、内蒙古自治区图书馆、辽宁省图书馆入藏。薛子瑜，江苏阳湖人。

2008/7/20

清代木活字本的印数(二)
——从《辟疆园遗集》谈起

在清代木活字印本中,直接载有本书印数的书不多见,所以,研究版本学,尤其是研究活字本的学者专家写作此方面的论文或专著时,常常以没有第一手印数的材料而感到遗憾。这并不是他们无法得到,而在于收藏单位,主要是图书馆对读者有不少限制,比如他们不能直接进入书库,特别是善本书库(特藏书库),更不可能将书架上的线装古籍一部部按顺序翻阅,寻找他们研究所需的材料或线索。图书馆是出于保护图书必须如此,所以这种矛盾很难解决。

张秀民先生在《中国印刷史》清代“木活字”一章里说,“清代木活字印本除家谱外,现流传者约有 2000 种,不及雕板远甚。又活字印本数量一般亦较刻板为少,有的只刷印数部(《钱神志》),有的笼统地说刷印若干部(《寒支集》),或印若干部(《修凝斋集》),多的也不过印数十部或百余部而已。”张先生所见木活字印本较多,但见到有具体印数的实例仅有《武英殿聚珍版》(印 300 部左右)及嘉庆十年(1805)周氏易安书屋活字

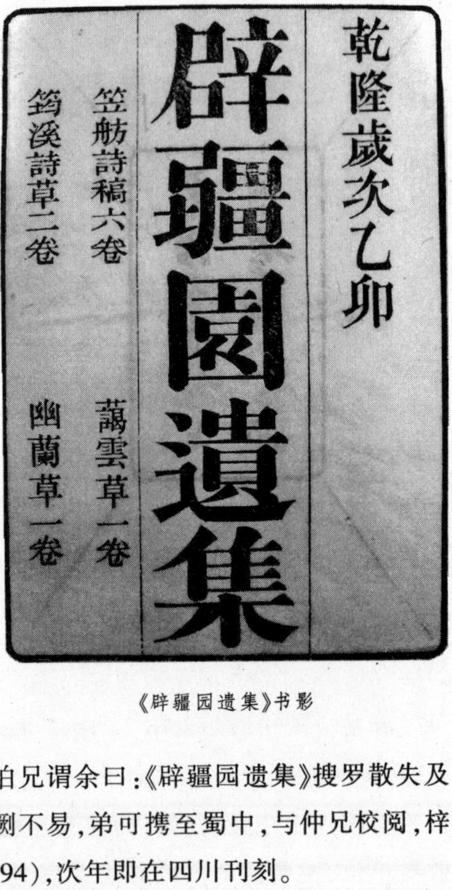

《辟疆园遗集》书影

印本《甫里逸诗》(当年印了100部,50部送四方,50部待售)。在“活字本的内容”里,又提到了4例。由此可知,木活字本中印有具体印数的书实在是很少见的。

这里要说的是《辟疆园遗集》10卷,清顾敏恒等撰。清光绪十八年(1892)活字印本,4册。刚见到书名,就想起了冒襄,襄字辟疆,当然冒与此书没有任何关系。此书最早有乾隆间刻本,《贩书偶记》著录为乾隆六十年(1795)刻本。杨英灿序云:“甲寅之秋,仲兄观察巴西,余奉板舆自朔方赴蜀,与伯兄别。伯兄谓余曰:《辟疆园遗集》搜罗散失及曩时寄赠诸作,已得十卷,此间剞劂不易,弟可携至蜀中,与仲兄校阅,梓以问世。”甲寅为乾隆五十九年(1794),次年即在四川刊刻。

此本版本依据可见杨芳灿序末,有“阅九十七年壬辰闰六月乙亥重印于惠山河塘孙公祠”,又扉页刻“辟疆园遗集。乾隆岁次乙卯。笠舫诗稿六卷霭云草一卷筠溪诗草二卷幽兰草一卷。光绪壬辰秋七月重印于二泉”。书中有“风雨楼”钤印,当为邓实旧藏。

此书卷一至六为《笠舫诗稿》(顾敏恒撰)524首、卷七《霭云草》(顾敦愉撰)42首;卷八至九《筠溪诗草》(顾敬恂撰)181首;卷十《幽兰草》(顾扬宪撰)50首。“辟疆”,本谓开辟疆土之词。史上有辟疆园,为晋顾辟疆之名园,唐时尚存,园址在今江苏省吴县。唐陆龟蒙《奉和袭美二游诗·任诗》:“吴之辟疆园,在昔胜概敌。前闻富修竹,后说纷怪石。”亦作“辟强园”。宋计有功《唐诗纪事·陆鸿渐》:“吴门有辟强园,地多怪石。”此辟疆园是否为清初顾氏之园,抑或真有什么关系,则不得而知。顾敬恂《筠溪诗草》卷二有《夏日过辟疆小筑》,云:“幽栖远城市,卜筑翠微间。泉回常穿树,云低不碍山。岚光侵竹径,湖水动柴关。谈笑期南阮,花时任往还。”顾氏为江苏梁溪(无锡)人,此当亦为私家小园林。顾氏辟疆园在清初曾刻有《辟疆园宋文选》30卷(顺治十八年〔1661〕顾氏辟疆园刻本)、《辟疆园杜诗注解五言律》12卷《七言律》5卷(康熙二年〔1663〕顾氏辟疆园刻本),两书国内有入藏。

“顾氏昆仲皆异才,亦有隽才”,乾隆时,彭元瑞(后任工部尚书、协办大学士)督学江苏,秩满旋京后如是说。然昆季虽齐名,且里郡以为美谈,但可惜的是数年中四人相继而逝,玉折兰摧,可胜悼惜。四兄弟简历如下:

顾敏恒,字立方,一字笠舫,乾隆五十二年(1787)进士。嗜学不倦,沉静好学,才华清赡,岁辛卯(乾隆三十六年,1771),补博士弟子员。曾为苏州府教授,以文行造士,从游日众。卒于任,年四十有五。其词笔婉丽,骈体文尤古艳,诗303首。

顾教愉,字学和,太学生,敏恒仲弟。少工文,嗜学尤笃,学为诗,笔力雄厚。庚子,主甘肃朱圉书院讲席,边隅人士皆服其年之少而学之醇也。次年,赍志以殁,年二十有六。殁后,其遗箧诗篇较少,所存皆20岁以前少作,计28首。庚子为乾隆四十五年(1780)。

顾敬恂,字斐瞻,乾隆五十四(1789)年拔贡生。朝考入都,未及与试而卒。弱冠工词章,记问淹博,与季弟傅爰同补博士弟子员。篇帙甚富,然不自爱惜,随手弃去。兹所梓诗,即其身后行箧中所存,计106首。

顾扬宪,字傅爰,邑廪生。聪慧绝伦,8岁试读卢同《月蚀诗》三过,即能背诵。诗笔排荡,力追韩杜,于经义尤邃,丹黄缃素,堆案盈几,兀兀终日。体弱多病,研习不休,遂抱瘵疾不起,年甫二十有二。诗篇多散失,存37首。

此本有光绪十八年(1892)余一鳌跋,将排印缘由等皆叙述清楚,有云:“《辟疆园遗集》,粤寇乱后,锡地久矣不睹此书。光绪甲申游福州,丁杏舲兄病中检赠此本并《双溪先生诗集》,嘱云:携归重刊,行世甚善。杏老故后,藏书星散,此书单本幸存,不亟印行散布,究虞湮没。今春,与顾君季钦相晤于拱北楼,偶商集资重印,慨然允诺。季钦时有六安之行,以嘱哲兄叔嘉,属有重印孙柏潭先生《宗伯集》之役,拟附便排印。于是具启同人,广呼将伯。两月以来,远者或至,近者寥寥,同学诸友惟廉君惠卿相助集腋。于是与叔嘉议定,先以现有之款尽印是集,其双溪、谔斋两先生诗再行筹费。适《宗伯集》工竣,遂于闰六月乙亥印始,阅月书成,凡助赀诸君姓氏另叶列首,排印工资纸张价目亦另叶附尾,以备异时考核。行款字数,一仍旧本。”

书是余氏友朋凑钱所印,共印110部。正文前有“重印辟疆园遗集姓氏”(以资到先后为序):计周舜卿六部、华植甫二部、杨望洲六部、袁子伟二部、李少耘四部、邹鼎甫二部、侯纬辰四部、龚赓臣二部、秦子羔二部、秦来卿二部、王仲华二部、俞金门二部、杨蓉照二部、俞硕庵二部、蔡嵘山二部、张隐南二部、顾纶卿六部、金湝生四部、顾叔嘉六部、杨涵脩二部、顾石仲六部、杨味云二部、顾季钦六部、王芙伯二部、顾又山三部、冯崑圃四部、廉惠卿六部、杨小荔二部、廉兆平二部、施子述四部、杨钟石三部、杨子延二部、许俊卿二部、侯亦培二部、邹嵩生二部。

书中最可贵者,乃具印刷史之资料,可见书末“排印辟疆园遗集工料清数”九则:“一盘工十行二十二格每盘排字工价钱七十文,计二百二十六盘,共钱十五千八百二十文。”“一印工每百叶工价钱三十文,计每部二百二十六叶一百十部,共二万四千八百六十叶,共钱七千四百五十八文。”“一纸张六开和记六五毛边除破碎耗弃外,每百叶钱八十八文,计每部二百二十六叶,约合钱二百文。一百十部,共钱二十二千文。”“一订工每本十二文,每部四本,钱四十八文。一百十部,共钱五千二百八十文。以上共支工料钱五十千零五百五十八文。共收股分洋银五十五圆,每圆足

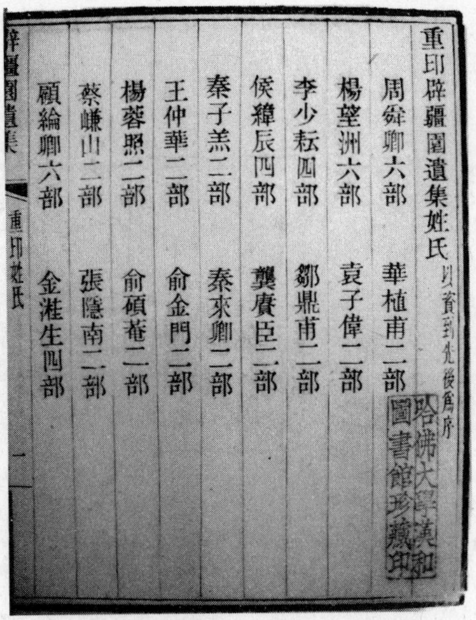

重印辟疆園遺集姓氏 以資到先後爲序

周舜卿六部 華植甫二部
楊望洲六部 袁子偉二部
李少耘四部 鄒鼎甫二部
侯緯辰四部 龔賡臣二部
秦子羔二部 秦來卿二部
王仲華二部 俞金門二部
楊蓉照二部 俞碩菴二部
蔡嵰山二部 張隱南二部
顧綸卿六部 金湛生四部

辟疆園遺集 重印姓氏 一

哈佛大學漢和圖書館珍藏印

《辟疆园遗集》附载的助印名单

钱一千六十文,共钱五十八千三百文。除付工料钱五十千零五百五十八文,应存钱七千七百四十二文。”“一孙宗伯祠丁劳金脚力等钱三千文。”“一刻封面签条板工料钱五百文。”“一信资杂费等钱九百四十二文,三共给钱四千四百四十二文。”“一存每股洋银一圆,除俵书支费外,余钱六十文,共钱三千三百文。”“一存帐外股分洋银二十圆,计舜卿二元、望洲二元,纬辰二元、纶卿二元、叔嘉二元、石仲二元、季欽二元、惠卿二元、子述二元、涵修一元、又山五角、钟石五角。以上共存钱三千三百文,共存洋银二十圆,归入续印《双溪集》开支工料,合并声明。”所以是不仅账目清楚,且有每盘排字工价、每百叶印工钱、每百叶纸张钱、每本订工钱、封面签条板工料钱等,这实在是研印刷史、经济史者不可多得的记载。

在明清二代的刻本中,除刻工外,写工、印工、绘工名字出现在书上的很少,而又以印工为稀。10 多年前,我在写作《美国哈佛大学哈佛燕京图书馆中文善本书志》时,从 1500 余部明刻本中仅搜得印工一人。而清代木活字印本中,印工及印书完工的时间则鲜见其有。此本印工为尚紫琳、鲁之愚、魏克峻。卷一末有“壬辰闰六月庚辰尚紫琳印完”、卷三末有“壬辰闰六月乙酉鲁之愚印完”、卷十末有“壬辰七月壬寅魏克峻印完”。另卷二至三、六至九也有印工及印完之记载。留此点滴讯息，或可供研究者利用。

附带说说，张先生《中国印刷史》“木活字印本”中还举例道光本《安吴四种》，有“发坊取值，朱提一流的大方印（朱提银重八两为一流）”。但未说印数。实际上，《安吴四种》印了500部。此说见《包慎伯先生年谱》，道光二十四年（1844，七十岁）云：“是年，先生就旌德谭氏讲席，裒生平著述为《管情三义》、《齐民四术》并旧刻《中衢一勺》、《艺舟双楫》更加增益，名曰《安吴四种》，先用聚珍板印行五百部。”（津按，包氏77岁时，又重付剞劂，印200部，版存金陵）

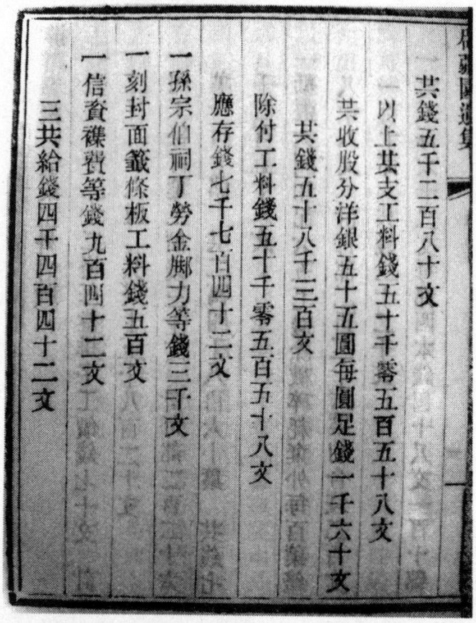
辟疆園遺集
一共錢五千二百八十文
一以上共支工料錢五十千零五百五十八文
共收股分洋銀五十五圓每圓足錢一千六十文
共錢五十八千三百文
除付工料錢五十千零五百五十八文
應存錢七千七百四十二文
一孫宗伯祠丁勞金脚力等錢三千文
一刻封面籤條板工料錢五百文
一信資襍費等錢九百四十二文
三共給錢四千四百四十二文

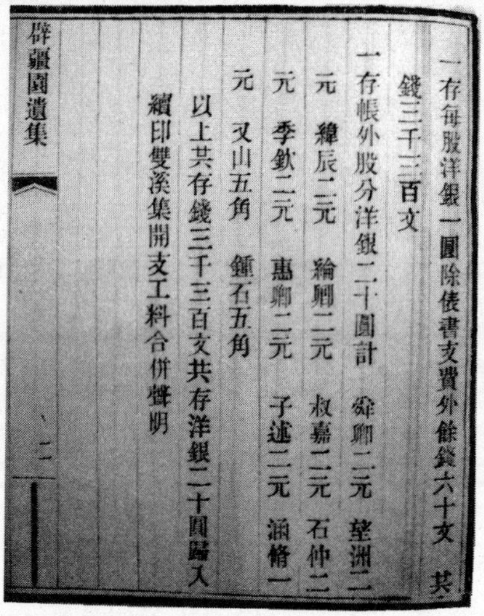
一存每股洋銀一圓除倢書支費外餘錢六十文　共
錢三千三百文
一存帳外股分洋銀二十圓計　舜卿二元　堃洲二
元　緯辰二元　綸卿二元　叔嘉二元　石仲二
元　季欽二元　惠卿二元　子述二元　涵脩一
元　又山五角　鍾石五角
以上共存錢三千三百文共存洋銀二十圓歸入
續印雙溪集開支工料合併聲明
辟疆園遺集　二

《辟疆园遗集》附载的工料清数

2008/8/6

印谱的印数

治印虽小道，但有可观之乐。津笨拙，不能治印，但喜读印谱，摩挲展对，旷然神怡。“哈佛燕京”藏明代印谱仅有12部，而清代钤印本够得上善本或较难得的也只有近40部，其他的百余种都是普通的，这个数字较之国家图书馆，或省市级的大馆来说，是小巫见大巫。我曾将这些印谱大致上翻阅了一遍，写成书志的大约也有50篇上下。除了欣赏之外，我特别注意的倒不是版本，也不是鲜见与否，倒是在每种印谱的印数。

遗憾的是，我所见到的钤印本印谱中这种印数的记录特别少。谁都知道，书版印刷，步骤简单，速度较快，而钤印本则是将每一方印认真钤于事先专制的纸上，钤时要看准地方，下手稳当，上下左右，捺力均匀，不疾不徐，不偏不倚，如若打得略有歪斜，则是废品一纸。所以，同样是手工操作，而钤印则是慢郎中的活，快不得的。而且，篆刻家和收藏家的印谱大都是不售卖的，只是家藏或赠与亲朋友好。正是如此，当时打印的印谱绝不会多，且经过若干年的兵燹灾害和人为的原因，当时所钤印谱今天也所存无几。

印谱的印数,也一定有人注意到,因为这也是属于中国出版史、中国印刷史的研究范畴。大约是我坐井观天,好像写印谱印数的文章不大见到,而讲版本学的专著也不大涉及印谱,更何况印数。基于这种想法,我在工作中也就特别注意钤印本的印数(包括线装古籍的印数)。兹将多年来积得之资料选出部分录于下,或可供有心人作研究之一助也。

《十钟山房印举》不分卷,此为陈介祺藏印。介祺为道光二十五年(1845)进士,家藏钵印最富,即世所称十钟山房、万印楼。道咸之际,尝成《簠斋印集》10部,部12册,为许瀚、吴式芬、何绍基三人审定。同治十一年(1872),何昆玉携其吉金斋所藏,又以潘有为看篆楼、叶志诜平安馆粤署烬余各印,2700余方来归簠斋,即主其家。簠斋出万印楼旧藏,去其六朝以后者,得7000余方,益以李璋煜爱吾鼎斋、吴式芬双虞壶斋、吴云二百兰亭斋、吴大澂十六金符斋、李佐贤石泉书屋、鲍康臆园藏印,命其次子厚滋,与何昆玉编次,师《三十五举》之意,名曰《十钟山房印举初稿》,钤10部,用粤纸,成于同治十一年,时陈介祺60岁。此有罗振玉贞松堂藏本,每叶2印至3印,每册首有"同治壬申海滨病史六十岁作"12字,共50册。此次所钤为10部。

越10年,陈氏得印益多,吴大澂移书请为补钤,乃复自改稿,亦成10部,时在光绪九年(1883),介祺年71。纸用吴中六吉棉连,一印一叶。此有日人太田孝太郎藏本,191册。太田本板心刻"医斋藏古之一"6字,较贞松堂本所收为多。1921年,涵芬楼以钤印本流传已鲜,即觅取改稿本,影印行世,故涵芬楼石印本与太田本同。光绪钤印本也为10部。

按:《印举》钤印本流传甚多,据《中国古籍善本书目》(除去簠斋印集),有23部之多,有8册、10册、14册、16册乃至192册计23种之别,此当在不同时期所钤,先后不一,有足本不足本之差异,虽著录之版本项均作"清同治十一年陈氏十钟山房刻钤印本"或"清光绪九年陈氏十钟山房刻钤印本",但钤印数目当大有不同也。

《簠斋藏玉印》1卷,光绪十三年(1887)何昆玉手拓赠吴大澂者。此为1916年神州国光社石印本。何昆玉跋云:"方伯(指潘德畬)暮年,凡有古拓碑版，咸多见赠。其亦知昆爱赵印之癖，因以毛诗之数聘归。尔时尚有汉铜孔褒私印一事，以其索价太昂，非百金不可得，至今惜之。壬申秋，寿翁(陈介祺)闻之，致函张酉山中丞，与昆熟商，属携所得古铜印二千七百余事，并十钟山房所藏古铜印共七千余事往潍水，而赵印亦归寿翁秘笈矣。寿翁喜昆所拓之《吉金斋古铜印谱》式，分门别类，可作为印举二十部，每部凡六十本，取元吾子行《三十五举》之意，欲驾明顾氏《印薮》之上，诚一巨观也。昆于是自备纸本印泥，苦工为其手拓各印年余。惜寿翁数易其稿，未得成谱。其初稿已成谱者，广纸十部，苏纸改稿未成谱者亦十部。"壬申，为同治十一年(1872)。所谓"广纸十部，苏纸改稿未成谱者亦十部"，加起来也仅为20部。

《十六金符斋印存》不分卷，清吴大澂辑。光绪十四年(1888)钤印本。皆吴大澂藏印，吴氏所得钵印，积年既多，于是储之十六金符斋，编为《十六金符斋印存》行之。此谱共印20部，上海图书馆藏一部。吴氏自题书衣云："蓄印十六年，积累至二千。古钵得至宝，文字秦燔先。汉魏官私印，金玉皆精坚。同钮各从类，年代不细编。印兹二十部，裒集岂偶然！谁其任此役？穆父(黄)与伯圜(尹)。光绪戊子秋七月吴大澂自题。"戊子，为光绪十四年(1888)。

按：是谱罗振玉贞松堂藏本，为光绪十七年(1891)吴大澂赠王懿荣者，每叶一印，共26册。每册书面皆有吴氏手记。再按，津昔年笔记载有《十六金符斋印存》稿本事，有云："题为二十部，实仅十七部，钤印者黄穆父、尹伯圜外，王同愈先生亦与焉。当时各印五部，尚有陶仲平亦印两部。书品宽大，装二十六册，是为最足本。"然此记录，今则忘其出处。《中国古籍善本书目》著录《印存》2部，一为光绪十四年(1888)刻钤印本，一作清钤印本。另有《十二金符斋印存》不分卷，作光绪七年(1881)钤印稿本，当是最先钤本，盖后来吴氏又得金符4件矣。

《千钵斋古钵选》不分卷，清吴大澂藏印。此谱所收悉古钵，凡750方，计253叶，无序跋，共5册。此谱视《十六金符斋印存》所收古钵多所增益。吴氏殁后，出自其家者仅3部。

《稽庵古印笺》4 卷，为清孙文楷藏印。此谱有 3 种，第一种卷首署“青州益都孙文楷稽庵甫笺注；男延宾瀛客校”，计 209 叶，无序跋，计 4 册。第二种计 179 叶，有陈介祺题，孙文楷自序及凡例，又孙文楷后序，2 册，光绪十三年(1887)钤印本。以上两种，均为日人太田孝太郎藏本。第三种计 232 叶，前谱序跋之外有黄曾源序，男延宾跋，共 4 册，民国元年(1912)钤印本。民国本有延宾跋云：“《稽庵古印笺》，先君子所手定也，平生嗜篆印，垂四十年，裒辑成书，考据精详，流传未广，即已弃养。宾收拾遗编，恪绍先志，续辑若干钮，各以类从。至编次条例，皆平日所面订，未敢以意为增减。爰率诸弟延福、延禄暨长子大田等，先印百部，以公世之同好者，再陆续抚拓，每次印百部，按甲乙出版，以广传于世，是所愿也。”这是钤印 100 部之例。

《征赏斋秦汉古铜印存》不分卷，黄吉园藏印。1924 年钤印本。计官印 135 方、古钵 96 方、私印 177 方、杂印 14 方，每叶 2 印。5 册。叶德辉序云：“余友黄君吉园，癖好古印，先后收得吴中故家所藏秦汉玺印数千，以贫故鬻去。存者犹累数百方，其中多异品，吴江陆廉夫恒劝其印行，余亦怂恿之。今年夏初，印成百十部。”这是钤印 110 部之例。

《丁丑劫余印存》，此《印存》共拓成 21 部，扉叶有“浙西丁高葛俞四家藏印集，拓廿又一部，己卯春成书”三行篆字。“文革”前，上海图书馆即藏有 6 部，2 部在善本书库，4 部在普通线装书库。其中一部有“此二十一字为每部记号，此部臧字”。丁高葛俞四家，即为钱唐丁氏八千卷楼、平湖葛氏传朴堂、余杭俞氏香叶簃、高氏络园。

印谱钤十部者，如吴湖帆辑《梅景书屋印选》，钤印本。2 册。1933 年吴湖帆序云：“吾家自先尚书公蓄印数千纽曾编十六金符斋、十二金符斋等印谱行世，顾后散佚若干，而重订綦难，复经裒集者又若干，而续辑更匪易事。爰以玉钵印押五十二品、银铜将军印二十八品(吾家有二十八将军印斋之额)理为一编，曰《印选》，将朱墨并陈，庶模范略见，深缕细切，聊便知昆吾梗概云。都拓十部，以甲至癸为记。助余成书者，山阴王君秀仁也。”

近数十年间新出之钤印本印谱，也有一些标明印数的，如《齐白石手批师生印集》一至五集（印谱丛刊第一种），北京图书馆主编，1987 年书目文献出版社出版。版权叶上有“本书不再版，发行两百套。本套编号 119 号”。又如《齐白石印集》一至十集（印谱丛刊第二种），北京图书馆金石组主编，1990 年书目文献出版社出版。版权叶上有“本书不再版，国内外发行三百套”。印的就很多了。

本书上文《说说张廷济》中，列有张氏的《清仪阁古印偶存》6 卷，《偶存》钤了 35 部，每部 6 卷，朱纸工银 6 两。后《偶存》又增补百余印，钤了 20 部。

2008/8/10

说论斤称书

说及古旧书籍之保存长久，实在是很难的一件事，综观昔时，隋代的牛弘、唐代的封演、宋代的洪迈等人对书之厄运，都有发人深省的论述。这些厄运多属兵燹、水火、虫害，而更厉害的当涉及政治的原因。现在想写的，是另外一种人为的原因所造成的书厄。

先说现在的吧，不管是在何处，大凡书店里有旧书、旧报、旧刊，那都是收藏者眼睛里的宝物。而对书来说，只要是线装古籍，那更是逛潘家园等地的人们最宠爱的。毕竟是旧一点的东西，有点年头的物件，在经过“文化大革命”时破四旧的涤荡，现在再找也就不那么容易了。所以，如今似琉璃厂的一些大书店，如要售卖一批图书，那清晨就会有人排队等候，而到开门的刹那，人群就像听到发令枪响，头批的数人争先抢后，一拥而入，不似百米而胜似百米，先抢上几捆再说。由此可见旧书受欢迎之至。

然而在上个世纪的40年代至50年代初，旧书行业却是另外一番情景。津生也晚，不能躬逢其境，只能从读前辈们的书中得知一些想不到的事情。

所谓书贾贩卖，唯利是图，利之所在，趋之若鹜，何足与言中华传统文献之重要！在40年代的上海，即使是来青阁、修文堂、修绠堂等重要的书肆，在售卖古书的同时，将店中难销之书、残缺之本，论担称斤售出。所以，即如蝇头小利，也必为贾人所谋。这些书中有滞销古书、西文书、教科书、圣经、过期杂志等等。郑振铎写过一篇《“废纸”劫》的文章，其中举了一个例子，说的是书店老板不管称斤之书究竟为何，只要有钱赚，就会将书送去做还魂纸。

某日，郑先生在中国书店见有旧存古书70余捆，5000余册之多，店主正欲招纸商来称斤去。郑见其目，多普通古书，且都为有用者，若江标辑《唐人五十家小集》（光绪二十一年〔1895〕江氏灵鹣阁据南宋陈道人本影刻）、吴省兰等辑《艺海珠尘》（嘉庆道光间刻本）以及《两浙輶轩录》、《杨升庵全集》、《十国春秋》、《水道提纲》等书，约七八百种。店主说：如欲留，则应立即决定，便可不至使之成废纸。郑力劝其留售。不允，并说这也不能销，那也没人要，不如论秤出，得利多而且快。郑只得又去几家熟悉的旧书店游说，希望他们能买下。但这几位店主也都以不值得、不易售而婉言谢却。在无可奈何之下，为了使这些书免成还魂纸，郑只好在囊中困窘之际，毅然以6000金救下了这七八百种书。

郑先生感慨之余，又写道：“凡家有破书数架、故纸一篓者，负贩辈必百计出之。不必论何种书也，不必视书之完缺也，不必选剔书之破蛀与否也。无须泾泾议价，更无须专家之摩挲审定，但以大秤一，论担秤之足矣。于是千秋万世之名著，乃与朝生暮死之早报等类齐观矣；于是一切断烂朝报，乃偕精心结构之巨作同作废纸入熔炉矣。文献之浩劫，盖莫甚于今日也！目击心伤，回天无力。惨痛之甚，几有不忍过市之感。”郑是作家、教授、学者，也是藏书家，当时失落的心情，真是一般人所无法理解的。郑先生1943年4月27日在送王伯祥《十国春秋》封面上写道：“浩劫之后，继以焚毁，古籍之存世者鲜矣！近数月来，纸商复以重值搜罗旧书为制纸原料，各书肆对于巨帙之廉值书皆捆载出售，实图籍之又大厄也。予目击心伤，挽救无力。昨来青阁得中国书店存书八十余扎，亦欲售予纸商，予大愤，倾囊悉得之。”也可印证上面的事。

顾师廷龙先生是在1939年7月离开北平赴沪筹办合众图书馆事宜，次年即从沪肆购书，与估人很是熟洽。在顾先生的日记中，尤其是1944年所记，多次叙及书肆将不易销之书转手卖与造纸厂之事。举几个例子来看，《江苏省立国学图书馆图书总目》，此书44卷，一大函，1933至1935年铅印本。在某书店有若干套，每部定价五百数十元，无人问津。后有一同行至，不还一价全携之去，谓论斤售与做送魂纸者，可得六百数十元，一转手，可赚150元。顾先生闻知，叹曰：“如此以往，书将尽矣。”

没过几天，顾去东方旧书店，见到店主将不易销之书俱秤斤售纸厂为原料，其中有《三通书局丛书》数十箱、日日新闻社之《华中现势》均在。此店又有同文书院出售之书，多中国社会经济调查所及金陵农学院等所出调查之日文译本，其他工商业之调查录甚多，顾以每斤60元为合众图书馆买得约40斤的书。这个同文书院是个敌伪机构，当时还有大批杂志称斤出售，数量多，且不经废纸商而径入纸厂。所以顾先生以为“杂志入‘同文’一劫，出‘同文’又一劫。本馆力不能收，听其销毁，殊为闷损。”

某日，顾游文都书店，见残方志10余种，皆捆待收废纸者购去。先生觉可惜，遂以每斤90元收之。顾又去另一家书店，见连史纸书皆以废纸售去，每斤80元，大叹“可惜”。又一日，修文堂主人孙实君告顾先生日来秤纸情形，晚访东方旧书店，亦谈秤纸事。据云：“抱经堂朱遂翔与其徒合伙购《江苏省立国学图书馆图书总目》，秤斤鬻去八十余担，《鄞县通志》三百余担。”《鄞县通志》计51编，1933年所修，300余担又不知是多少部了。顾先生是以书为生命的学者，他一生所做的就是保护图书，所以他听了秤斤之说，“闻之惟有浩叹。吾不知主管之人何亦丧心病狂，轻易弃毁，一至于是耶？”

顾先生耳闻目睹，又去调查了一番，更了解到不同纸张的书籍有不同的价格及收购情事，如白道林单面有字百元外，双面百元。报纸六七十元，江南连史八九十元，手工连史六七十元。书贾收来，售废纸小同行。小同行售大同行，大同行售纸厂，亦有由纸厂掮客出而收者。收去之纸，以纸质与色分类别解送，不可夹杂。大同行约二三家，资本须五六百万元，小同行亦须10余万元。

1944年的这一年，抗战的形势已经发生变化，但上海、北京的经济仍然很差。因废纸价高，各书肆对于残本而无法配齐者，皆论斤出售。琉璃厂某书肆，一次即达3万斤，真可谓“大手笔”。可惜的是，全部当成了还魂纸。

解放初期，百废待举，古书也有短暂厄运。读邓之诚先生《五石斋文史札记》(1949/5/3)：“多文阁魏估言：城中有蒙文《道藏》，全部棉纸本，卖与亚兴造纸厂，共拉五排子车，每斤价五十元，共十余万元。业已造浆，不可挽回矣，浩劫哉！然未闻清代曾以满、蒙文译《道藏》，莫是《释藏》否？”而顾颉刚先生的《顾颉刚书话》中也有一段苏州秤斤售书的记载，说的是他出席苏州人民代表会议后还里，与文学山房肆主江静澜谈，知1949年后人家藏书散出，秤斤售与纸商，仅500元一斤。而旧报纸价较旧书为贵，盖因适宜于造纸。北京书估至苏州购书，出价渐高，每斤升至1700元，大量捆载以去，售与北方纸商，则每斤3000元矣。以其几加一倍，除运费外尚可赚钱，故书商竞为之，此中不知牺牲若干好书。南京文物管理委员会知之，令南京图书馆尽量买秤斤书。顾先生后去南京，知已秤若干万斤。因此，顾先生认为此亦是“抢救”也。

《卢前笔记杂钞》内有一篇《秤书记》，很有意思，说的是在旧纸铺里从废纸中秤得古籍的事(这和前面将书售之造纸厂不同)。云：“我得了一个好消息：在水西门旧纸铺里居然可以容你选择，普通是一千八百元一斤，你选择的照二千元一斤计算。我知道这其中一定有好书的，因此约了马君同往。刚巧有客帮来办货，秤了四五百斤，捆载而去。我朝它望了一望，都是很整齐的，线都没有断的，也许是什么丛书之类的书。铺主照应他们去后，才注意到我们，马君说：‘我们是要选的，无论如何都买你的，照二千计算就是。’他点点头，我们也就动手，打开了一捆，我发现一部完全不缺的《金山志》，还有《续志》；在第二捆又得到一部《焦山志》，还有《京口山水志》四册。我心里正在诧异：‘那里这多关于镇江的书！’忽然在别的一捆中看到一本明刊的《镇江府志》，可惜只有一本。‘好多的志书啊！’我心里又在喊了。什么《凤阳府志》、《淮安府志》，都是些残本，铺主向我说：‘这纸多么雪白，比洋纸都好，你看便宜不便宜？’打到第七捆，我又选了《广陵通典》等等。马君选了王定安《湘军记》和一些稿本、钞本。天色渐黑了，铺主为我的选书一秤是八斤，马君的是六斤半。当时付了钱，马君提着两小捆送我回来，并替我一数，共计三十四本。听说这铺主两三天上一次货，我们又打算上菜市似的再去秤它一次。”

卢先生得到的山水志和地方志都不错，《金山志》及《续志》、《焦山志》、《京口山水志》都有不同版本，也不知是哪一种。明刊的《镇江府志》，应为36卷本（万历刻天启增修本），全帙仅天津图书馆一部。卢先生写的早已成为历史，如果这种事情发生在今天，那淘书者真要似疯狂了，或也可能发生“打破头”的事了。

至于书贾们所起的作用，以及后来的什么将不用的书报杂志卖到废品回收站秤斤，或者是发生在“十年动乱”时的劫难，那就又是一回事了。

以上都是从我的读书笔记中抄出的，我没有去查找1944年和1950年时的币值，只是将例子先行写出，供研究者加以利用而已。

2008/9/26

旧书店的旧书目

“哈佛燕京”藏的杂七杂八的东西也真不少,10年前,有人在地下室书库里找出不少三四十年代旧书店的书目,认为放了几十年,没有什么用了,想把它处理掉。在征求我的意见时,我说,这些书目不要扔掉,还是交给我吧。于是我就全部搬到了善本书库的一个角落,至少让那100来本“书目”,有一个“安身立命”的窝。现在好了,复旦大学图书馆的杨光辉博士为之全部编目上架,有了馆藏号,即报进了“户口”,就再也不会被人乱丢乱扔了。前年又量体裁衣,每部都做了函套,面目焕然一新了。

这些旧书店的旧书目,还是有些用处的,书目中南北两地的都有,北京方面的有《文禄堂书籍目》、《文奎堂书庄目录》、《东来阁书店书目》、《富晋书社目》等。上海方面的有《古书流通处旧书目录》、《中国书店临时目录》、《二酉书店旧书目录》、《蟫隐庐旧书目》等。苏州则有《文学山房书目》、《来青阁书庄书目》等。而杭州的则为《抱经堂书目》、《经训堂书店旧书目录》、《西泠印社书籍目录》等。

旧书店的掌柜们编书目,目的是要推销自己店内的库存旧书及新搜

富晋书社旧书目录

集到的旧书。三百六十行，各行各业都有竞争，旧书业也不例外。不积极推销，那库存和店面的书越积越多，变成了滞销品，那可就麻烦了，总不会要等到关门大吉的那天吧。有一点是旧书店的老板们怎么也想不到，他们当年的销售目录竟会成为今天收藏旧书者的抢手货，那是他们所料想不及的。

实际上，旧书店的旧书目的作用，在于它不仅揭示了当年的书价，还可以了解一定时期古籍流通的概貌。而公家图书馆的搜集、私家的收藏都离不开旧书店。实际上的书价，经济史、书籍流通史、民国间旧书店的生意经，如何推广、市场的态势与兴衰等都是可研究的题目。

先师顾廷龙先生晚年对旧书店的书目仍旧非常留恋，他93岁时还想到早年的合众图书馆曾积存数十本南北各旧书店的售书目录，认为极有参考价值。他觉得这些书目内容很丰富，可作目录学或古籍聚散的参考。他说："我为什么注意它呢？我在北京时，在书店的书目中了解到很多东西，有许多藏书流动消息，书目中可以反映，还有他们加的几句介绍的话亦很重要。我在上海受古书店的书目中看到载有《集韵》一书，录有多家批校，我当时研究《集韵》，很想一看。后来回上海了，赶快到四马路去，他们已卖给陈澄中先生了。隔了几年，陈先生访叶揆老并参观'合众'，余得相识。后来陈先生常来，询以此书，他即借我阅览，批校满幅，小字密行，无暇过录，只得送还，至今可惜不止。"这里提到的陈澄中，即是陈清华，他藏书中的精华在1964年即由周恩来总理特批，由北京图书馆从香港购回。叶揆老即叶景葵，他的藏书全部捐给了合众图书馆。

仔细翻翻这些旧书目，俨然是一个小图书馆的藏书目，且还有不少可看点呢，如1928年的《文奎堂书庄目录》，第112页都是满蒙文图书，那时，国内买满蒙文图书的很少，所以我想，或许哈佛燕京图书馆藏的满蒙文图书都是当时从那儿买来的。我还注意到该书庄目录上册，封面上是："注意：书目内所无之书，应需何种，均可代为搜办。藏书家如有旧书愿割爱者，本庄亦可收买。"书目中著录书名、作者、版本、纸张、本数。尤其是纸张，分皮纸、竹纸、白纸、开花纸、棉纸、洋纸。可惜，就是价钱未标出。

文奎堂在北京隆福寺街庙西路南，主持人是王云瑞，字辑五，束鹿县人，于光绪七年(1881)开设。至1927年，由其子金昌(字星斋)继其业。文奎堂的书目，最初叫《文奎堂书庄目录》，我所见到有10册，分别是1925年、1931年、1933年及1934年（均4月、8月出版）以及1935年、1936年。那是北京图书馆出版的《中国近代古籍出版发行史料丛刊》所未收录的。这家店的目录可能比较早，所以开始的几本都没有定价，直到1933年始，才在书目的每种书之眉端用毛笔写出价目，而次年的书目上价目就一目了然了。

1923年的西泠印社书目也有特色。“西泠”是专业的书画艺术机构，但是它也有门面，不仅卖该社自己的木刻仿宋聚珍版，也卖影刻古籍图书、各种丛书以及经史子集图书，有书名、卷数、作者、价钱。同时还卖金石拓本、印谱、碑帖墓志，以及影印或石印的名人书画册、碑帖墓志、堂幅屏条等。一看就知道，它的顾客都是专注于金石文字、书画艺术的人士。

上海受古书店的目录上，属于善本书或有特点的，皆注明“善本”、“禁书”，有的还以数十字、百余字介绍版本的价值、特点。有的书目还有类似的书志，编的还真不错。而有的大书店还编有专题书目，供单位挑选，如《来熏阁书店方志目》、《邃雅斋方志目》(竟高达884种)。

这种书目在当时印出后即邮寄各图书馆及有关的藏书家、学者等人，这类信息都十分有用。我曾读过阿英的《海市集》，里面有一篇《海上买书记》，就说到他见到《蟫隐庐书目》的新书目，里面有《王季重全集》残本出售，“我跑去看，计避园拟存、杂文序、时文序、尔尔集、传、杂记、状志铭各一卷，共十四本，各种完全，无残缺。也是清初复刻本。《避园拟存》、《尔尔集》等且是禁书，开价并不高，当时我就买了来。”

这种旧书店的目录，后来就没有了。记得60年代初，上海古籍书店没有再印什么“书目”，那或许是因为1955年公私合营后，小书店都并掉了，人员也都入了大店，统一分配，不再存在竞争了。

最早注意旧书店旧书目并将之辑印出版的是台北的严灵峰先生。1978年，台北成文出版社出版了严灵峰编辑的《书目类编》，辑印了中、日两国古籍目录有关资料，以供各方研究参考。其所采用各书原本，皆为其无求备斋庋藏，共195种，114册。其中所收旧书店目录仅有5种，为《北京文奎堂书庄目录》(上、下，1925年排印本)、《北平文奎堂书目》(1937年排印本)、《汉口扫叶山房书目》(1921年石印本)、《上海中国书店新旧书目》(1929年石印本)、《上海受古书店旧书目录》(1933年排印本)，差得远了，可见，在台北搜集收罗旧“书目”也不是一件容易的事。

民国时期旧书目，过去印的本身不多，藏书家、学者、公家图书馆一

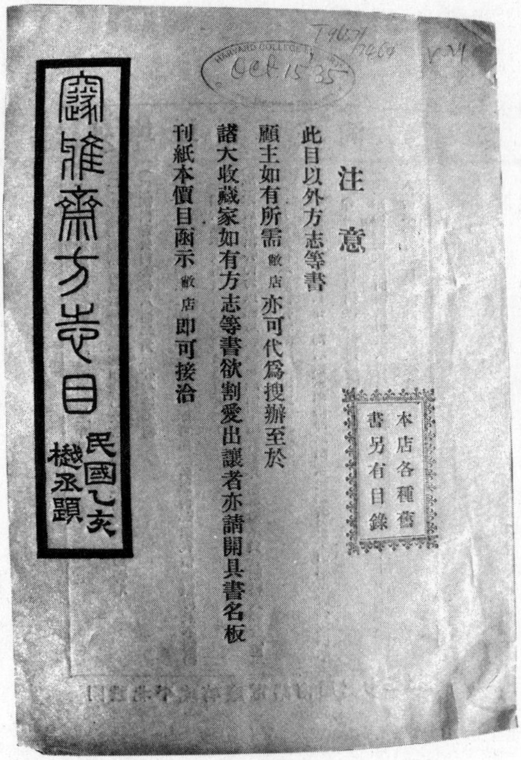

邃雅斋方志目

般人都不存。70年代后期，我看过上海图书馆普通线装书库藏的《图书书价目录》15种，合订成2册。随手做了个记录，为《中央大学区国学书局目录》、《江南书局目录》、《江苏第二图书馆官书印行所书目》、《淮南官书局书目》、《浙江公立图书馆附设印行所章程附售书目》、《江楚编译官书局书目》、《湖北官书处新编书目》、《湖南思贤书局书目》、《成都书局书目》、《志古堂校刊书目录》、《广雅版片印行所书目》、《云南丛书总目》、《铁琴铜剑楼新刊书籍价目表》、《武进陶氏涉园精刻精印书籍价目》、《西泠印社所辑印谱》等。

如今再要找一本当年的旧书目也非易事，或许拍卖场上才会得见，前些年嘉泰拍卖公司所拍民国旧书店的线装本书目，为来青阁、汉文渊、抱经堂、直隶书局、蟫隐庐旧书目,成交价人民币6050元。

我的朋友中如复旦大学的周振鹤教授、上海书店出版社的老总金良年等都是特别关注这类物品的。5年前,金总来"燕京"访问5天,我给他看了"哈佛燕京"藏的这些"书目",他全部输入到计算机里,编成了一份清单。据说,他回到上海后,又找人翻箱倒柜,居然又翻出了不少旧存的南北旧书店的各种旧书目。

朋友中,还有二位的藏书中有一些旧书店的旧书目,一位是美籍瑞典学者艾思仁先生。3年前,我在芝加哥开会,晚上无事,就约艾兄来饭店聊天,闲谈中聊到了旧书店的旧书目,艾兄说他在60年代初从日本东京的旧书店买到不少国内旧书店出的旧书目。还有一位是韦力兄,他将他的收藏编成了一套《中国近代古籍出版发行史料丛刊补编》,由北京线装书局出版了。

"燕京"馆藏的旧书店旧书目有一些还不易得,我曾将之与北图出版社的《中国近代出版史料丛刊》作了核对,"燕京"馆居然还有25种可补充。

前些时,翻阅了一套某君辑《北京琉璃厂旧书店古书价格目录》(北京:线装书局,2004)。这部书的书名很有意思,初初一看书名,我还当是现今在北京琉璃厂的旧书店中所卖的古书价格目录,但是打开一看,原来是30至40年代,北京琉璃厂的一些旧书店的古书目。某君还编有一部《江南旧书店古书价格目录》(扬州:广陵书社,2005),也是具异曲同工之妙,明明是昔日旧书店的旧书目,而且当年的掌柜也确实作为推销书目编来命名的,而今朝的编者却要在书名上摆点"噱头",直截了当地变成了《古书价格目录》,也不知编者和出版社的用意何在?像后者,收的《广雅书局书目》,却是没有价格的,也"混"了进去,那又怎么说呢?所以一部书的"书名"也能变着法儿朝"钱"去奔,这大概也是当今书店生意人的生意经吧。

某君的序也有"创见",有云:"由于今日古籍版本收藏者日益增多,这些民国旧书店的目录及价格便成为收藏者的指南。本书对当代旧书价格的升浮以及对某些重要古籍文献的开发研究,具有一定的参考价值。”我在图书馆里搞古籍版本以及旧书也有近50年了，但是死脑筋，不活络,没有一般书店生意人的洞察力,更不要说是想象力了。所以我怎么也看不出这种旧书店的目录及价格,居然能成为当前古籍版本收藏者收集古书的“指南”,而且能对当代旧书价格的升浮以及对某些重要古籍文献的开发研究,具有一定的参考价值。再一想,又有谁会照旧书店的旧书目去按图索骥呢?只有不动脑筋的人才会受到一次“引诱”。比如查找一本书是否存于世,会有哪位学者或专家会去查这种书目吗?而且编者自己都不会去制作索引,自己都不会去查,却还要说些冠冕堂皇的话,实在不知道是为了什么。

2008/1/19

李光明庄刻的书

包筠雅教授（Cynthia Brokaw）送我一本她的著作 *Commerce In Culture—The Sibao Book Trade in the Qing and Republican Periods*（《文化贸易：清代至民国时期四堡的书籍交易》）。她是专门研究中国清代印刷史的学者，为了研究四堡的刻书，她多次专程去了福建。四堡在福建西部连城县的北端，大约是太偏远太闭塞了，所以这毫不起眼的角落，小小的一个地方，过去研究版本目录学、中国印刷史的学者几乎没有人知道它，或知之甚少。我之所以知道，是因为 10 年前在俄勒冈开会时，第一次见到包筠雅博士，是她告诉我她在研究“四堡”。“四堡？什么四堡？”我听了只觉得脑子里一片模糊。那时，包是美国俄勒冈州立大学历史系的副教授。她新出版的专著将近 700 页，对四堡刻书的历史沿革、刊刻、流传以及现状都有详细叙述，希望将来有人将之翻译出来。

我之所以先说四堡，是因为中国近代以来的坊刻本研究，一直是处于薄弱环节，讲版本研究的不少“专家”，以及版本学、文献学以及中国印刷史、中国出版史的专著，这方面着墨不多，我总以为应该还有不少题目可做，或者说是可深化下去的，比如清末的李光明庄刻书。

黄永年先生曾写过一篇《介绍一个世纪前的童蒙读物》，说的是他在苏州得到清光绪间李光明庄刻的《香山诗选》6卷2册，书后附了一页状元阁爵记印的售书广告。广告上开列109种书的名目，分蒙训、闺训(3种)、史类(4种)、经类(31种)、文类(5种)、杂学(8种)、良方(5种)等。广告上都有价目，一目了然，最贵的是《左传杜林》1200文；最低的是《神童诗》，10文。

查《中华印刷通史》，对李光明庄有350字的描述。说："李光明，字椿峰，号晓星樵人。他的室名何陋居，设肆于金陵聚宝门三山街大功坊郭家巷内电线局西首秦状元巷中，并设分肆于状元境口状元阁。所刻各书，前面多印有推广文字的告白启事。版心下刻李光明庄四字，有的还在刊页附刻目录。据所刻《书经》刊页目录所载，李光明庄刻印了167种书，计经部41种，史部6种，子部3种，集部52种(其中所刻尊经书院、钟山书院、惜阴书院的文章12种)，启蒙类24种，闺范类4种，医算杂学类24种，善书类13种。目录下方用白文标明'以上价目一律制钱，不折不扣'。传本所见，刻书用两种字体，一是宋体方字，占多数；一是写刻欧体楷书，如刻《益幼杂字》，字体书写秀劲。书版多委金陵唐鲤跃雕刻。"至于叶树声、余敏辉著的《明清江南私人刻书史略》，对李光明庄刻书之事有5行100余字的叙述，也是说了《书经》刊页目录所载，简单至极。而《江苏刻书》(见《江苏艺文志》)涉及李光明庄的也仅列出所刻12种书的书名，其他的则一无所有了。

李光明庄，是南京状元境之书肆，其作坊在秦状元巷。状元境，相传为秦桧宅址，故名。据说那时状元境一带，为书贾麇集之所。李光明曾在清代重臣曾国藩大营内待过，从事雕版印刷，后清军攻入南京，李光明就包办了乡试考场中的印题和文卷事务，随后就开设书庄专门印行一些流行书籍。书庄刊行的蒙学书籍，销得最多。过去一些老人曾说，大凡受过私塾教育的，很多都读过李光明庄刻的书。在那个时代，东南各省几无不知李氏者。而且它所印书的销路，北方直到关外，南边到沿海各省，几乎遍及全国各地。

我以为清代同光年间的江浙地区,刻经部小学、蒙学读物最多的,或许应推李光明庄,这是李光明抓住了一个难得的机遇。此话要从太平天国战争讲起,当太平军攻占金陵后,洪秀全即发布诏书:"凡一切孔孟诸子百家妖书邪说者尽行焚除,皆不准买卖藏读也,否则问罪也。""但世间有书不奏旨、不盖玺而传读者,定然问罪也。"(《诏书盖玺颁行论》)而马寿龄《金陵癸甲新乐府》中"禁妖书"一条,形容天京焚书是:"搜得藏书论担挑,行过厕溷随手抛,抛之不及以火烧,烧之不及以水浇。读者斩,收者斩,买者卖者一同斩,书苟满家法必犯,昔用撑肠今破胆。"前几天读《师让盦汉铜印存》,那是清丁丙藏并辑的清光绪二十七年(1901)钤印本。前面有王同序,说到丁丙"回忆同治甲子之后,杭城初复,瓦砾遍地,蓬蒿没人,欲访昔日藏古印家如汪剑秋、王安伯、朱芑孙诸家,率皆遭乱,储藏散失。平日得一旧印,宝玩抚摩,或密室传观,互相矜赏,或秘篋储袭,吝不示人,庚辛两劫,厄于兵火,焚荡尽矣。每过遗墟,徒凭吊荒烟蔓草之余,徘徊而不忍遽归。"可见太平天国战争之破坏甚大。太平天国运动失败之后,清廷百废待举,于是在江浙地区,尤其是南京、杭州,除了官书局大量刊刻读书士子所亟需的经史子类图书外,坊间所刻则是种类繁多,启蒙读物、经史子典籍、课艺应试用书、医书、百科读本、诗词等类,什么书畅销就刻印什么。而李光明庄就是其最典型的代表。

我还想过为什么一个南京的书庄竟然能立足南京,走向全国。它出版的蒙学读物受到群众欢迎的另一个原因,所谓天下教术之端必自读书始,人才之成必自童稚始。同治年间的《教会新报》中有《小学义塾规条》,云:"塾中功课,未识字者先识方字一二百,即授小学诗(新刻续神童诗,为人道理都已说到,尤妙在句句明白。如《续千家诗》及《孝经》、《弟子职》、《小儿语》各种,如有余力皆可接读)。"李光明庄所刻如《四书》、《五经》、《三字经》、《百家姓》、《千字文》、《史鉴节要》、《幼学琼林》、《龙文鞭影》诸书,皆当日家塾之课本,蒙童无不人手一编。以《三字经》来说,文殊驯雅,言简义长,词明理晰。如玩其词,习其义,则天人性命之微,地理山川之奇，历代帝王之统绪，诸子百家著作之原由，以及古圣昔贤由困而亨、自贱而贵，缕断详明，皆了如指掌。而《百家姓》，传播至今，童蒙诵习，奉为典册。《千字文》，元明以来，流传无替。《千家诗》，村塾童子，罔不记诵，其中唐诗少，宋诗多，律绝百数十首，率皆显明易解之作，启迪童蒙之捷径书。至于《幼学故事琼林》，务归明晰，一阅了然，详所当详而不厌其繁，略所当略而不嫌其简。所以，东南各地家塾一类之学堂，多以李光明庄镌本为读本。

清代学者王筠有《教童子法》，云："如弟子钝，则识千余字后乃为之讲，能识二千字乃可读书，读亦必讲。然所识之二千字，前已能解，则此时合为一句讲之，若尚未解，或并未曾讲，只可逐字讲之。八九岁时神智渐开，则四声、虚实，韵部、双声、叠韵，事事都须教，兼当教之属对，且每日教一典故。才高者，全经及《国语》、《国策》、《文选》尽读之，即才钝亦《五经》、《周礼》、《左传》全读之，《仪礼》、《公》、《穀》摘钞读之。才高者十六岁

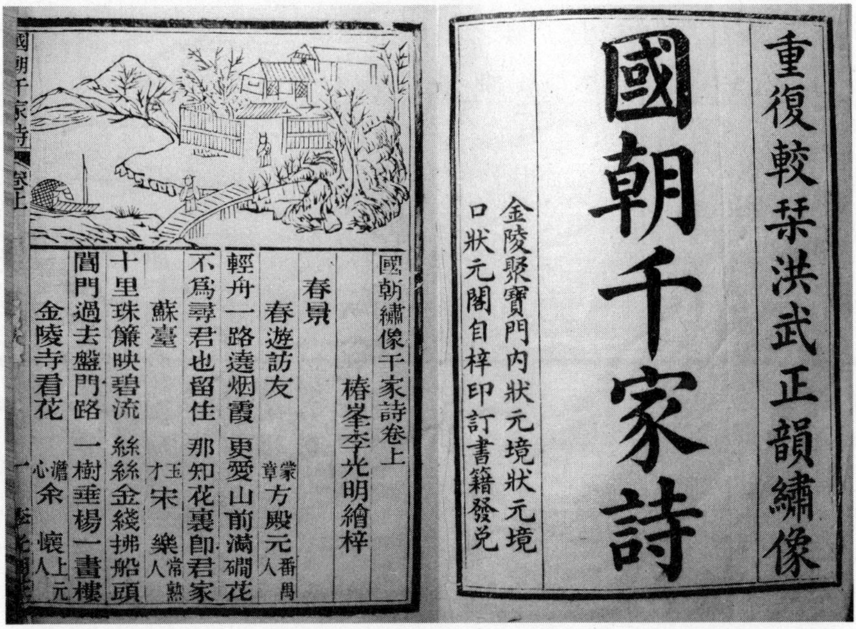

李光明庄刻书之一

可以学文，钝者二十岁不晚。”(《灵鹣阁丛书》第一集)对于李光明庄来说，全经及《国语》、《国策》、《文选》、《五经》、《周礼》、《左传》、《仪礼》、《公羊》、《穀梁》均有刊印。这大约是李光明早就摸清了兴学育才实为当今急务，“世家所教，儿童入学，识字由《说文》入手，长而读书为文，不拘泥于八股试帖，所习者多经史百家之学，童而习之，长而博通”的道理，从而把握住了市场。

我在读了李光明庄的售书单后，以为李氏打的就是“幼童牌”、“民众牌”，抓住一切机会造势，以求薄利多销。请看：《三字经》、《千字文》、《百家姓》、《朱子治家格言》的书名第一字是“欧”字，“欧”就是欧阳询，欧体字就是欧阳询的字体，欧做过“太子率更令”，所以后人又称之为“率更体”。他的《皇甫诞碑》、《化度寺邕禅师塔铭》、《九成宫醴泉铭》、《虞恭公温彦博碑》，我早年都临过。《旧唐书·欧阳询传》说欧书“笔力险劲，为一时之绝，人得其尺牍文字，咸以为楷范焉。”至于赵孟頫则称之为“清劲秀健”，李光明请得擅欧体圣手来书写蒙学书，这使得来店购书的顾客或塾师见到欧字法度严整、端庄稳重，当然是希望孩童临摹，这实在是高明之举。

李光明庄刻的书大约有 160 种，多见于它后期刻的售书单内。这种售书单并不是每种书上都有的，应该说前期所刻是没有的，后来刻的品种多了，为扩大宣传，才有售书单。我见到的只是上刻 125 种的售书单，今全部录出，也可窥见李氏刻书之一斑：

书单上大字刻“状元阁爵记印”，下小字“江南城聚宝门三山大街大功坊郭家巷内电线局西首秦状元巷中李光明家自梓童蒙各种读本捡选重料纸张装订又分铺状元境状元境口状元阁发售实价列下”。书单内容为：

蒙训：《圣谕广训》二百文、《状元红执笔法》二十文、名人摹本另有价单、《欧三字经》六十文、《欧百家姓》二十六文、《欧千字文》四十二文、《欧体格言》三十文、《圣贤孝经》五十文、《三字孝经》二十四文、《弟子规》四十文、《古事廿四孝》一百文、《日记故事》《昔时贤文》十七文、《空谷传声》一百文、《三字经图考》六十文、《殿试摹本诗品》三十文。

闺训：《凤鸣女儿经》二十文、《女四书》一百四十文、《醒闺编》一百四

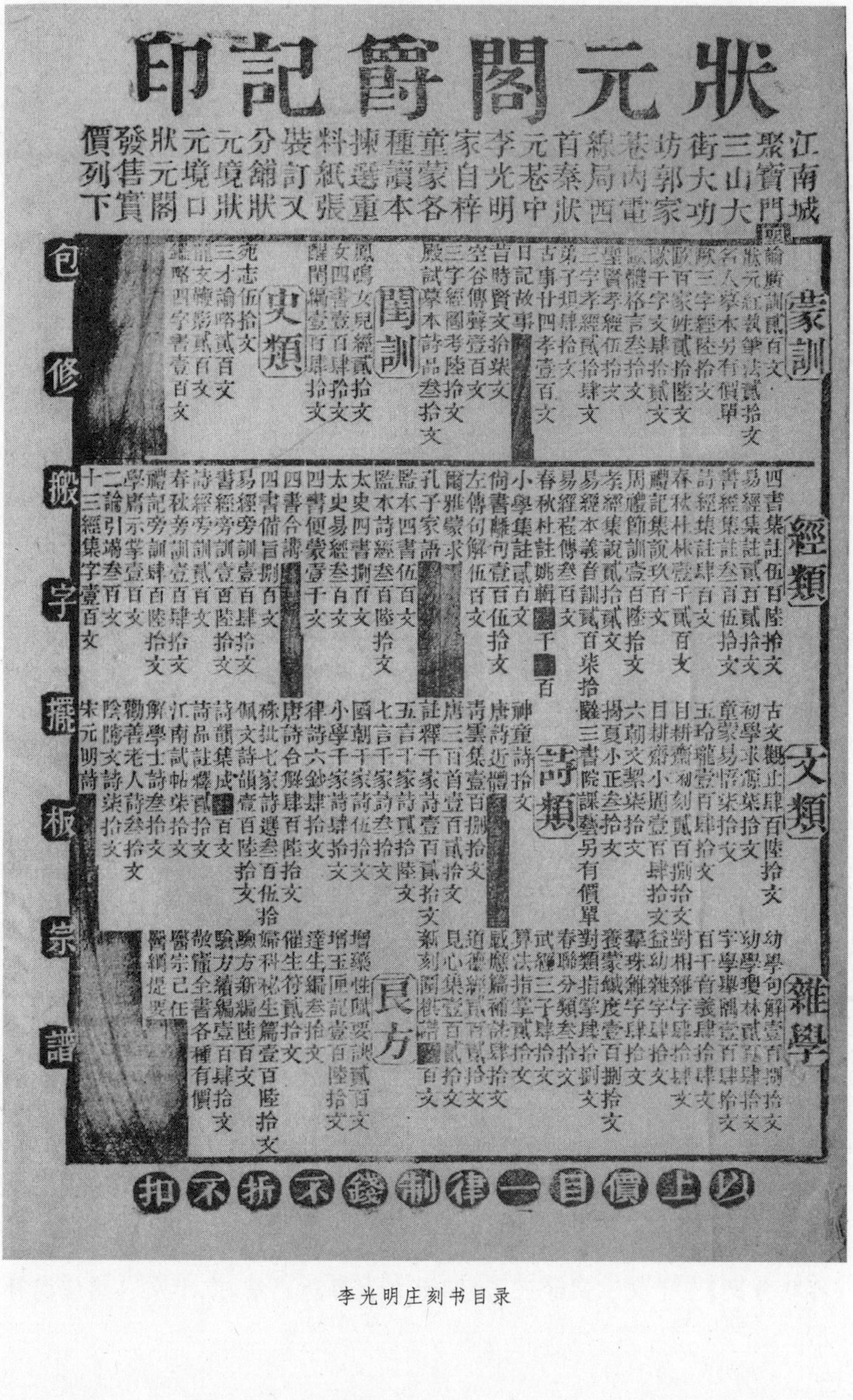

狀元閣爵記印

江南城聚寶門三山大街大功坊郭家巷內電綵局西首秦狀元巷中李光明家自梓童蒙各種讀本揀選重料紙張裝訂又分舖狀元境狀元境口狀元閣發售實價列下

蒙訓

論廣訓貳百文
狀元紅教爭法貳拾文
名人學本另有價單
歐三字經陸拾文
歐百家姓貳拾陸文
歐千字文肆拾貳文
歐體格言叁拾文
聖賢孝經伍拾文
三字孝經貳拾肆文
弟子規肆拾文
古事廿四孝壹百文
日記故事[redacted]
昔時賢文拾柒文
空谷傳聲壹百文
三字經圖考陸拾文
殿試摹本詩品叁拾文

閨訓

鳳鳴女兒經貳拾文
女四書壹百肆拾文
醒閨編壹百肆拾文

史類

苑志伍拾文
三才論略貳百文
龍文鞭影貳百文
鑑略四字書壹百文

經類

四書集註伍百陸拾文
易經集註貳百貳拾文
書經集註叁百伍拾文
詩經集註肆百文
春秋杜林壹千貳百文
禮記集說玖百文
周禮節訓壹百陸拾文
孝經集說貳拾貳文
易經本義音訓貳百柒拾文
易經程傳叁百文
春秋杜註姚輯[redacted]千[redacted]百
小學集註貳百文
尚書離句壹百伍拾文
左傳句解伍百文
爾雅蒙求[redacted]
孔子家語[redacted]
監本四書伍百文
監本詩經叁百陸拾文
太史四書捌百文
太史易經叁百文
四書便蒙壹千文
四書合講[redacted]
四書備旨捌百文
易經旁訓壹百肆拾文
書經旁訓壹百陸拾文
詩經旁訓貳百文
春秋旁訓壹百肆拾文
禮記旁訓肆百陸拾文
學庸示掌壹百文
二論引端叁百文
十三經集字壹百文

文類

古文觀止肆百陸拾文
初學求源柒拾文
童蒙易悟柒拾文
玉玲瓏壹百肆拾文
目耕齋初刻貳百捌拾文
目耕齋小題壹百肆拾文
六朝文絜柒拾文
揭夏小正叁拾文
[illegible]三書院課藝另有價單

詩類

神童詩拾文
唐詩近體[redacted]
青雲集壹百捌拾文
唐三百首壹百貳拾文
註釋千家詩壹百貳拾文
五言千家詩貳拾陸文
七言千家詩叁拾文
國朝千家詩伍拾文
小學千家詩肆拾文
律詩六鈔肆拾文
唐詩合解肆百陸拾文
硃批七家詩選叁百伍拾文
佩文詩韻壹百陸拾文
詩韻集成[redacted]百文
詩品註釋貳拾文
江南試帖柒拾文
解學士詩叁拾文
勸善老人詩叁拾文
陰騭文詩柒拾文
宋元明詩

雜學

幼學句解壹百捌拾文
幼學瓊林貳百肆拾文
字學舉隅壹百肆拾文
百千音義肆拾肆文
對相雜字肆拾肆文
益幼雜字肆拾文
尋珠雜字肆拾文
養蒙鍼度壹百捌拾文
對類指掌肆拾捌文
春聯分類叁拾文
武經三字肆拾文
算法指掌貳拾文
戰應篇補註肆拾文
道德經貳百貳拾文
見心集壹百貳拾文
新刻[illegible][redacted]百文

良方

增藥性賦要訣貳百文
增玉匣記壹百陸拾文
達生編叁拾文
催生符貳拾文
婦科秘生篇壹百陸拾文
驗方新編陸百文
驗方續編壹百肆拾文
敬濟全書各種有價
醫宗己任
醫綱提要

包修搬字擺板宗譜

以上價目一律制錢不折不扣

李光明庄刻书目录

十文。

史类:《宛志》五十文、《三才论略》二百文、《龙文鞭影》二百文、《鉴略四字书》一百文。

经类:《四书集注》五百六十文、《易经集注》二百二十文、《书经集注》三百五十文、《诗经集注》四百文、《春秋杜林》一千二百文、《礼记集说》九百文、《周礼节训》一百六十文、《孝经集说》二十二文、《易经本义音训》二百七十文、《易经程传》三百文、《春秋杜注姚辑》□千□百、《小学集注》二百文、《尚书离句》一百五十文、《左传句解》五百文、《尔雅蒙求》《孔子家语》《监本四书》五百文、《监本诗经》三百六十文、《太史四书》八百文、《太史易经》三百文、《四书便蒙》一千文、《四书合讲》《四书备旨》八百文、《易经旁训》一百四十文、《书经旁训》一百六十文、《诗经旁训》二百文、《春秋旁训》一四十文、《礼记旁训》四百六十文、《学庸示掌》一百文、《二论引端》三百文、《十三经集字》一百文。

文类:《古文观止》四百六十文、《初学求源》七十文、《童蒙易悟》七十文、《玉玲珑》一百四十文、《目耕斋初、二刻》二百八十文、《目耕斋小题》一百四十文、《六朝文絜》七十文、《揭夏小正》三十文、金陵三书院课艺另有价单。

诗类:《神童诗》 十文、《唐诗近体》、《青云集》 一百八十文、《唐三百首》一百二十文、《注释千家诗》一百二十文、《五言千家诗》二十六文、《七言千家诗》三十文、《国朝千家诗》五十文、《小学千家诗》四十文、《律诗六钞》四十文、《唐诗合解》四百六十文、《硃批七家诗选》三百五十文、《佩文诗韵》一百六十文、《诗韵集成》□百文、《诗品注释》二十文、《江南试帖》七十文、《解学士诗》三十文、《劝善老人诗》三十文、《阴骘文诗》七十文、宋元明诗。

杂学:《幼学句解》一百八十文、《幼学琼林》二百四十文、《字学举隅》一百四十文、《百千音义》四十文、《对相杂字》四十四文、《益幼杂字》四十文、《群珠杂字》四十文、《养蒙针度》一百八十文、《对类指掌》四十八文、《春联分类》三十文、《武经三子》四十文、《算法指掌》二十文、《感应篇补注》四十文、《道德经》二百二十文、《见心集》一百二十文、《新刻围棋谱》□百文。

良方:《增药性赋要诀》二百文、《增玉匣记》一百六十文、《达生编》三十文、《催生符》二十文、《妇科秘生篇》一百六十文、《验方新编》六百文、《验方续编》一百四十文、《敬灶全书》各种有价、《医宗已任》、《医纲提要》。

这份书单当然是不全的了,我知道的还有:《周易》四卷、《左绣》三十卷首一卷、《春秋穀梁传》二十卷、《春秋穀梁传集解》十二卷、《春秋公羊经传解诂》十二卷、《评点春秋纲目左传句解汇隽》六卷、《东莱博议》四卷、《礼记》十卷、《仪礼郑注句读》十七卷、《监本正误》一卷、《石经正误》一卷、《周礼郑注》六卷、《新增幼学杂字、百家姓考略》一卷、《三字经训诂》一卷、《千字文释义》一卷、《弟子规、增订释义经书便用通考杂字》一卷、《史鉴节要便读》六卷、《孟子》七卷、《典故列女全传》四卷、《玉历钞传》一卷、《地球韵言》四卷、《金陵百咏》一卷、《金陵四十八景》一卷等。还有如黄永年先生买到的《香山诗选》。

这个目录下刻"以上价目一律制钱不折不扣",栏外刻"包修搬字摆板宗谱"。前者是不二价,大概是销路好,没有还价之说。后者是多种经营,代客服务,"搬字摆板"是指活字排板,刷印家谱。李光明庄是刻板印书的,店中没有活字,但他是知途老马,谁家想修家谱了,他可代为安排。那时,为人摆印家谱的小小作坊着人串走四乡,有人代为张罗,也是好事一桩。

李氏所刻书,最早的大约在咸丰、同治间,最晚的是1924年南京李光明庄刻本的《金陵百咏》1卷、《金陵四十八景》1卷。又李氏还为当时闻人刻书,如清黎庶昌撰《拙尊园丛稿》6卷,就是请李光明庄刊刻的。

李光明庄刻的书,如今在一些大的图书馆都有一些。我见过的不多,仅有三五种而已,这些书的书口下都刻有"李光明庄"。一为《国朝绣像千家诗》,扉页刻"国朝千家诗。重复较刊洪武正韵绣像。金陵聚宝门内状元境状元境口状元阁自梓印订书籍发兑"。卷一第一页题"椿峰李光明绘梓”。上图下诗。然图非李氏所绘,因此本末有“江宁张泰枫、马骝与子祥绘景,成竹山房校”。一为《司空诗品注释》,扉页刻“诗品注释。江南城聚宝门三山街大功坊郭家巷内秦状元巷中李光明家自梓童蒙各种读本,拣选重料纸张装订。分铺状元境状元境口状元阁发售。各另有价单”。一为《增订释义经书便用通考杂字》,扉页刻“状元阁爵印订元龙通考杂字”。

入民国后,新式教育逐渐推广,小学普遍设立,引进的教学内容也更多,私塾由没落而终趋淘汰,影响所及,李光明庄的生意也一落千丈。后来的商务印书馆、中华书局设立,他们的新式课本,完全代替了李光明庄的蒙学书。抗战前夕,李光明庄则是门庭寥落,无人问津了。不管怎么说,李光明庄在清末的坊刻本中还是占有一席之地的,而且不可否认的是,这家书庄在中国近代社会的转型中,在教育事业上起过一定的作用。

2008/4/6

新年说通书

牛年春节即将来临，于是想到了旧时的通书，凑篇小文热闹一下。通书者，历书也。《红楼梦》第九十七回，贾琏“便说：明日就是上好的日子。……说着，捧过通书来。”这种通书，每年一册，也有人称之为“通胜”，盖因“书”谐音“输”，也算是避忌。在农业社会里，上至公卿名士、秀才布衣，下至贩客走卒、庶民百姓，他们的生活作息是离不开历书的。通书中包罗万象，什么吉日嫁娶、宜出行、忌动土、盖屋、牧养、纳畜、祭祀、丧葬、沐浴、祈福、安床、开市、上柱梁、入学、上表章、疗病、裁衣、平治道涂、栽种、拆卸、针灸、开光、剃头、塞穴、行舟、收割等等，都与生活息息相关，某事应做或应避忌，一册在手，当可尽晓。而长年耕种的农民、与海奋斗的渔者，可以不知天下事，但必须知道一年12月、春夏秋冬、二十四节气、每月潮水涨退日等，而这些又离不开通书。

明代的大统历，清代的时宪书，都是政府钦天监所为，绝不允许民间书坊翻印，然而清代民间却流行通书。我所见到清代的数种，都是广州苏氏丹桂堂(攀桂堂)所刻印的本子，最早的是道光二十五年(1845)乙巳通书，次为咸丰三年(1853)癸丑通书，再为咸丰四年(1854)甲寅通书以及光绪十二年(1886)丙戌通书。这 4 种通书每种 1 册，有图。书口中间有“攀桂堂”，书口下间有“丹桂堂梓”。

道光乙巳通书有春牛图、乙巳流年事款、乙巳年百岁图、各宫立命、太阳行度及各星行度(以上均朱印)、四季皇帝并诗曰、每月潮水涨退日期、小儿出胎定时歌、洗头吉凶日、裁衣二十八宿、鬼谷先师趋吉避凶日、司命灶君真经、周堂(嫁娶、移床、柩葬)、修斋还愿吉日、六十花甲子、耳鸣法、书头五星、宿图、花力、小关杀、畚符、大符、神旦(国家忌辰等)、日章、大字通书。

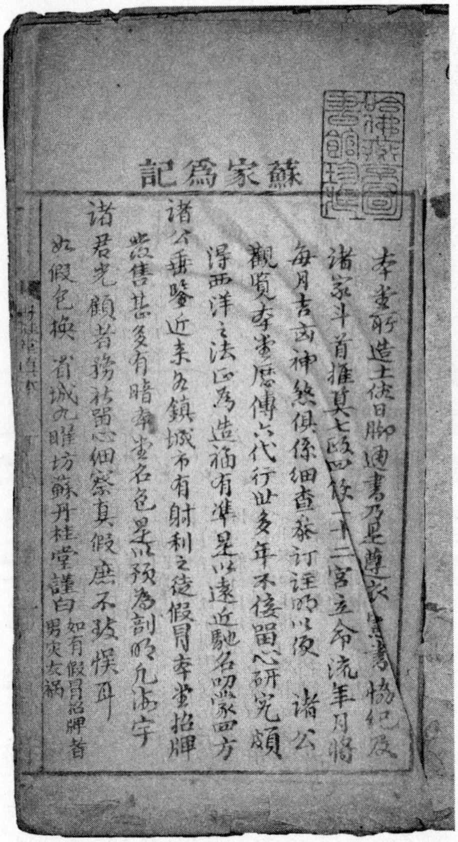
蘇家爲記
本堂所造土俗日脚通書乃是遵依憲書協紀及
諸家斗首推算七政四餘十二宫立命流年月將
每月吉凶神煞俱係細查參訂註明以便 諸公
觀覽本堂歷傳六代行世多年不佞留心研究頗
得西洋之法正爲造福有準是以遠近馳名叨蒙四方
諸公垂鑒近來各鎮城市有射利之徒假冒本堂招牌
發售甚多有暗本堂名色是以預爲剖明凡海宇
諸君光顧者務祈留心細察真假庶不致悮耳
如假包换 省城九曜坊蘇丹桂堂謹白 如有假冒招牌者 男灾女禍

有“苏家为记”的内容

最有意思的是书前有苏丹桂堂启事，云：“苏家为记。本堂所造土俗日脚通书，乃是遵依宪书、协纪及诸家斗首，推算七政四余一十二宫立命流年月，将每月吉凶神煞俱系细查参订注明，以便诸公观览。本堂历传六代，行世多年，不佞留心研究，颇得西洋之法，正为造福有准，是以远近驰名，叨蒙四方诸公垂鉴。近来各镇城市有射利之徒，假冒本堂招牌发售甚多，有暗本堂名色，是以预为剖明，凡海宇诸君光顾者，务祈留心，细察真假，庶不致误耳。如假包换。省城九曜坊苏丹桂堂谨白。如有假冒招牌者，男灾女祸。”启事为行书朱印。又春牛图上有“省城丹桂堂苏家字号为记”。看来，苏家丹桂堂是在广州的老字号，六世的祖业，也该上溯至康熙朝了。百多年来的刻书流通，积声望远播，也难免有宵小之徒盗版欺名，所以这纸启事是苏氏在维护本堂权益。那个时候没有版权法，要维权，也只能是大吼一声，吓唬不法小人：“如有假冒招牌者，男灾女祸。”

从道光二十五年到咸丰三年，7年的时间，在通书上可看出内容上有不少变化。咸丰三年的通书上，除了春牛图、流年事款、百岁图等，又增加了太阳行度及各星行度（以上均朱印）、日脚忌用、天罡时、天下图、杨公忌、孔子问答、土地廿八宿杯图、铜壶昼夜百刻图式、铜壶滴漏昼夜百刻之图、日长日短图、五岳图、宿图、书头五星、仙方、解梦吉凶书、六十花甲子等。引人注目的是还有食物本草备考便览、二十四孝图并诗。同时还将广州名胜古迹八景以图绘之，并有简介（海珠夜月、大通烟雨、白云晚望、蒲涧濂泉、景泰僧归、石门返照，金山古寺、波罗浴日），以一地之名胜古迹作为品牌，这在某种方面具有推销广州的意识，只是不知当年的八景是否仍在，抑或又有他景代之。

咸丰三年的通书封面为图，红色，绘一官手执“一本万利”，并有“丹桂堂大字七政。咸丰三年。贵客光顾请认苏家攀桂堂为记”。首叶苏丹桂堂启事，和道光年的略有不同，云：“苏家为记。本堂所造土俗日脚通书，乃是遵依宪书、协纪及诸家斗首，推算七政四余一十二宫立命流年月，将每月吉凶神煞俱系细查参订注明，以便诸公观览。本堂历传六代，行世多年，不佞留心研究，颇得西洋之法，正为造福有准，是以远近驰名，叨蒙四方诸公垂鉴。近来各镇城市有射利之徒，假冒本堂招牌发售甚多，有暗本堂名色，是以预为剖明，凡海宇诸君光顾者，务祈留心，细察真假，庶不致误耳。如假包换。省城九曜坊苏丹桂堂谨白。如有假冒招牌者，男灾女祸。”启事为行书朱印。又春牛图上有“省城丹桂堂苏家字号为记”。

咸丰四年的通书与前年大致相同，但增有天下各省府州县各山海阁全图式、解梦吉凶书、新刻鲁班先师遗下盖屋解法除怪旺丁旺财秘诀、看男女值年星辰属命图、神仙秘传种子方法、传授戏法药方、简易出痘良方，使之更为实用。封面上的图没什么改动。丹柱堂的启事，也只是严厉

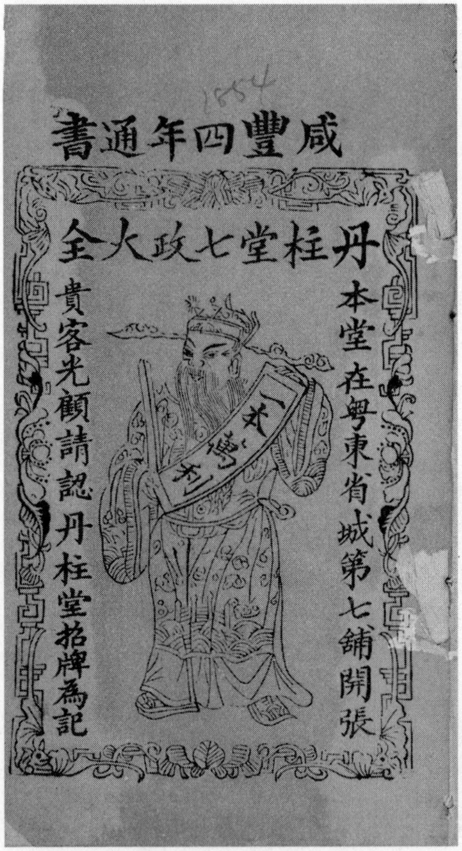

《咸丰四年通书》的封面

声明“如有复刻招牌,本堂定必追究”。

光绪十二年通书，在原有基础上添加了万应良方、神效戒烟良方、看男女值年星辰属命图、入学吉日等。封面书签刻“丹桂堂苏板大字通书”。次封面叶上的图绘官绅仕子2人,上刻“丹桂堂”,图中刻“光绪十二年。请认苏家字号为记”。首叶为丹桂堂启事,只是沿袭旧历,了无新意了。

我还见有并不以通书名而以换一种讨人口彩的书,那就是《新春吉庆大全》,书是清嘉庆十六年(1811)广贤堂刻本。1册,有图。红色扉叶上刻“新春吉庆大全。诸家斗首细订居家便用。大清嘉庆十六年。省城广贤堂正百篇大字”。此亦通书之一种,前有春牛图、辛未流年事款、辛未年百岁图、立命立局、太阳行度及各星行度、各星立命、本朝忌辰、逐月吉日、诸神圣诞日期、四季皇帝、洗头吉凶日、裁衣二十八宿、六甲胎神逐月所古定局、鬼谷先师趋吉避凶日、耳鸣法、公符、小松符、大符、参订日脚。

至于后来的趋吉通书也见过几种,不过没什么特色。

有一种现象也是很有趣的,即当时最易得的书或纸质宣传品,哪怕印得很多,过不了多长时间,一年两年,10年过去就不易得,50年后再找也难。对于物件甚至图书文献来说,年代愈久也就愈难得。想来当时可能在许多地方的书铺都有刊刻通书,所印必定不少,一年一册,价仅几文的书,必是各处都有售卖。但是嘉道咸同光,一二百年,每年一册的通书,虽然是每家每户所必备的与时俱进、日常酬酢的趋吉避凶书,但流传至今恐怕也是纸贵洛阳,难睹真面了。

据说国内也有专门搜集历书的收藏家,沈阳的詹洪阁先生就是其中之一,他苦心收集10余年,居然藏有明清以来的各种版本的老皇历600余册,而且从光绪十四年(1888)至今的历书一本不缺,这也是不容易的难得事。

苏氏丹桂堂在广州刻书100余年,历史算是悠久,但却不知究竟刻了多少书,我仅知道刻过一些通俗小说、木鱼书、小唱本之类。通书虽是每年一本,也不知始刻于何年?如仅以道光二十五年至光绪十二年,就是41年41本,累积起来,也是可观。上世纪的70年代后期,我在广州中山图书馆参观了好几个书库,负责人说:馆里藏的广东文献和地方史料最为丰富。上面所写几种广州通书,在其他地方或许难觅,没准在广东中山图书馆能找到,或找到更多。

2009/1/22

老"协和"的佐证
——关于新发现的《协和医学堂征信录》

19世纪后期，外国教会在中国不少口岸设立医馆，自此西医被输入中国，然而西方医士在华设馆疗治民众的原始史料很少见于记载，现代学者若作研究，苦于第一手文献不易获得。盖因当时医馆文件或为西人所写，后来带回所在国，或当年嘱人用中文印作宣传品，但印刷数量当不会多，且又是一地之施，加上百多年中兵燹不断，沧桑变迭，故国内鲜有得见。也是拜哈佛燕京图书馆之赐，我曾见有数种早期西方医士在华史料，如同治十年(1871)福州《医馆略述》、同治十一年(1872)《圣教医馆施医单》(美国柯为梁医士)、光绪元年(1875)《医馆略述四书》、光绪十八年(1892)《保福山圣教医馆略述十八编》、宣统二年(1910)《协和医学堂征信录》等。而其中的《协和医学堂征信录》，我颇感兴趣。

协和医学堂是北京中国协和医科大学的前身，介绍"北京协和医学堂"的文章，最重要也最详细的是王玲《北京协和医学堂的创建》一文，主要依据得自清宫档案(载《历史档案》2004年第3期)。至于其他专门叙述"协和"的专著，如《话说老协和》、《协和医事》、《中国协和医科大学校史》

等，几乎都没有涉及早期的史料。而这些书中又多称学堂由美国洛克菲勒基金会于1917年秋创办。

我所见到的《协和医学堂征信录》，置放在“哈佛燕京”的善本书库，1册，是清宣统二年(1910)上海美华书馆排印本。扉页上印有“协和医学堂征信录。耶稣降世一千九百零十年。宣统二年岁次庚戌。上海美华书馆排印”。“征信”者，考核证实；取信，凭信。而对“征信录”的解释，为“有关经手公益款项收支情况的报告书”。而此本《征信录》，实为协和医学堂的宣传品，目的在招募学生，寻觅捐纳，这大约是现存最早的有关老“协和”的实物佐证。

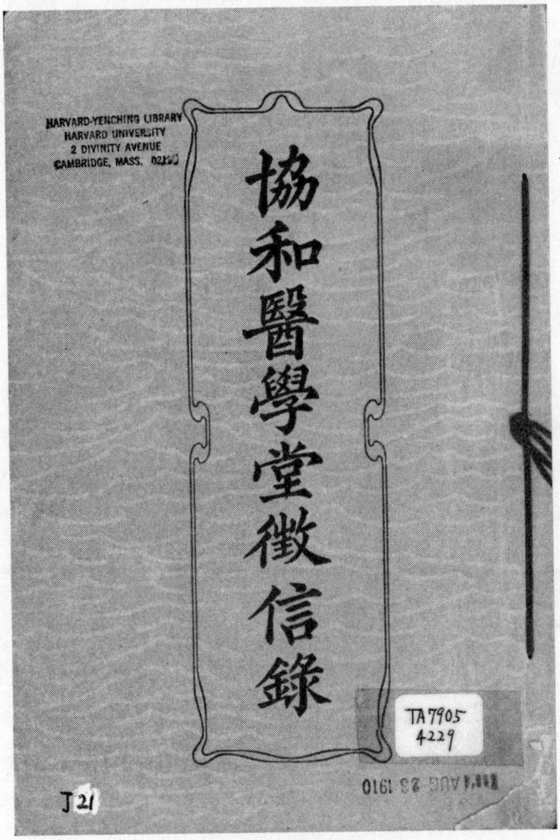

《征信录》的封面

《征信录》中的所有内容，可使今天的我们进一步了解清末西医入华，以及“协和”设立的情况。开场白云：“天以生物为心，人尤以养生为重。然暑湿风寒，时多感触，喜怒哀乐，易失中和，是以疾病之来，最为生人之苦，此医疗之术，不可不精益求精也。昔黄帝尝百草以疗病，和缓制方剂以活人，其法古矣。后世失其传，国家亦未尝注重，学者又不克研究以几其深，降至于今，仅存糟粕，遇疑难杂症，每至束手无策，而听其自为死生，良为憾事。自海禁大起，西医输入中国，其疗治之精奇，见之者莫不惊而讶之，以为华扁无以过也。但西医之至中土者无几，散处于一乡一隅，以吾国幅员之广，诚难遍及。英医士科君，有见于是，以拯疾为怀，独具热诚，首先提倡，创设医科大学，以补吾国之所缺，专授华人子弟，供多士之研求，拯通国之疾苦。谚云；诚可格天。因而上达宸聪，仰蒙孝钦显皇后，赏银万两，俾立始基。继而京师各部院王大臣、各省督抚州县，以及贵绅巨商，亦皆相率欢迎，慨然捐助，于是宏楼蔚起，志士远来。举行开学典礼时，蒙钦派大臣那相国，临堂祝颂，代表盛意。各部贵显，及各国钦使，均同日毕至，颇极一时之盛。嗣则西商惠助巨款者有之，自备资斧愿充义务教员者有之，各慈善会以巨金延聘精通医术之士，以供本堂教授生徒者，又有之是以声震全球，名播通国。举凡有心济世诸志士，莫不远离乡井，负笈而来。自开学至今，已几四载，师生授受，同志观摩，医术日进精深，济济一堂，足令人喜而不寐。观夫此，定卜吾国医道，必将坚立其基，而根于此堂也。兹特将堂中梗概，撮举数端，俾众咸知。本学堂之所以成就，几费经营，更望仁人君子随时解囊，源源资助，俾堂中规模日益宏大，造就多士，以供国家器使。而拯济斯人，尤所冀幸。”

按，所云“开学典礼”，当为光绪三十二年(1906)之事。“英医士科君”，即英国医士科龄。“那相国”者，即那桐，字琴轩，姓叶赫那拉氏，隶镶黄旗满洲。光绪十一年(1885)举人。历任内阁大学士、户部尚书、外务部尚书、总理各国事务衙门大臣、军机大臣、皇族内阁协理大臣、弼德院顾问大臣等职。

《征信录》中“捐启”，或许可以看作是对“协和医学堂”的介绍。有云：

学堂自开办以来，已有4载。学堂堂舍宏敞，仪器精备，就学者亦日益多。各科教习20余员，按程授课，讲解详明。附近处复有原设之施，医院每日开诊，临症甚多，足为堂内学生实验之地。如若学生卒业后，经学部考试给予文凭，许以行医问世。并云，学堂教育与实践，均与西方著名医院无异。有志斯道者，固无须远涉风涛，求学海外也。

“捐启”指出，医院初创于咸丰辛酉年，迄今50余载，院内章程，具极美备。更于留养病人一节，逐渐推广，就诊之人，岁以万计，所治奇险各症，尤为特色。其举三例证之：一为某夫人患瘤生腹内，经本院剖其腹，出其瘤，厥病遂痊。二为中年男子某，患胃下口变窄之症，多年延医用药，迄未见效，经本院治以新法，将变窄处让出，复与肠胃他处各开一口，以药线缝合，半月而愈。三为有喇嘛者，患脑筋之头痛症，经本院启其颅骨寸许，将脑筋之病处剪而除之，其痛乃绝。故每岁所医痊奇险之症，类此者颇多，固不胜枚举也。当然，“捐启”的最终目的在于：学堂及医院之成立，端赖中西诸善士之资助，培植英才，造福祛病。第念学务院务，需款甚巨，不得不仰恳诸大善士众力捐输，热心赞成。诸君子仁爱为怀，定必乐于从事也。

据此，可知早在咸丰十一年(1861)，就已有医院之设，即为北京东单牌楼北双旗杆地方英国伦敦会开办的施医院(又名双旗杆医院)，距今几近150年。而学堂则成立于光绪三十一年(1905)，地点(包括医院)在北京崇文门内石牌坊南北迤西东。

西方医学传入中国，也是近代西学东渐的一个组成部分。“捐启”所举三例即可见西医手术、药物疗效，日益为国人所接受，这也有助于西医在中国进一步传播与发展。早期的西医教育是在医院内采取师傅带徒弟的方式，这在协和医学堂的教育中，充分地显示出来。对于学堂来说，学生的来源没有地域之分，凡是士农工商于中文及普通学俱能明顺者即可入考。每年正月招生一次。第一年者为甲班，共收学生75人，分甲乙丙丁4班，每班以5年毕业。考试极为严格，分有月考、季考、岁考、大考，以观察学生之勤惰。学生若考试列下等者，院长必予惩罚；有不及格者，必令其温习，使之洞悉无遗而后已，必至卒业后，由学部给予充当医生之执照，始许其悬壶以拯人之疾病。

中国早期医院的西医设置，很少有专书详细介绍，笔者以为《征信录》里则对学堂各科披露至尽，故全部录下，以供研究者利用。学堂除讲堂、实验室外，又设有宿舍，宿舍楼分3层，也有操场，供学生运动。专科各房有割病房、养病房、内科室、外科室、配药室等，又有腡学室、䅿学室（书中有照片10余幅）。

内科室，夫内科各症，非仅在望闻问切即能探其病原，虽其痰血便溺等类，亦当用各种药料以化学理法察验，并以显微镜窥测其形状，可以推求病之所由来。凡一切为医师者，莫不详为剖解，令学生亲为考验，务期胸中了澈，毫无遗漏，以期尽善尽美，不致令人生疑。

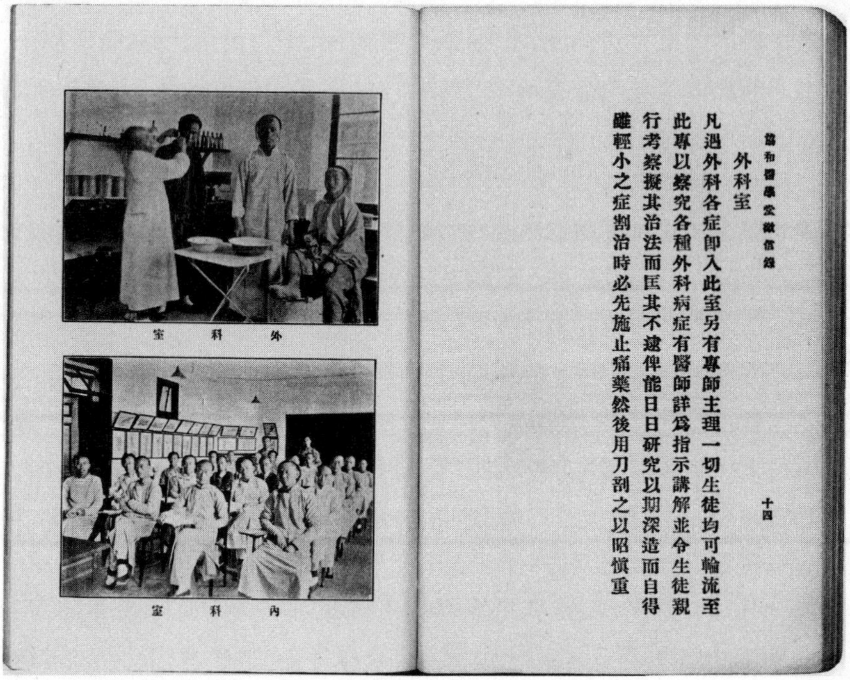

协和的内科室

外科室，凡遇外科各症，即入此室，另有专师主理一切，学生均可轮流至此，专以察究各种外科病症。有医师详为指示讲解，并令生徒亲行考察，拟其治法，而匡其不逮，俾能日日研究，以期深造而自得。虽轻小之症，割治时必先施止痛药，然后用刀剖之，以昭慎重。

割病房者，实为手术室，按西方最善规模构造，据介绍：房中十分整洁，苟有污秽，即以药水刷洗干净，令无半点飞尘。四壁及地，皆以光洁瓷砖砌成。周围玻璃窗，皆系双层，以阻外寒，以御外声。房顶有玻璃天窗，以为透光之用。室中所用灌洗器具、桌椅割台，皆有活动之机，可随意运转。滚水炉筩，温度合宜。每遇重要及寻常外科诸症，均按妥善法则，将病体洗浴洁净，令主理迷蒙药者，以合宜药熏之，务令熟睡，俟毫不知痛痒时，始行施割。学生旁立，医师逐件口讲指点。如遇同类者，即令学生亲手割治，日日仿此而熟成。

养病房，在学堂左面，为学生察病之所。其房皆本卫生，理按西国成法，布置妥协，设有西洋柔软自行铁床，被褥轻暖，衣帽光洁，电灯电扇，无烟之暖水炉，四季花卉，屋宇宽畅，构造精良，几令有病者入而心旷神怡，忘其为病。举凡重要各证，皆留养于内，每日有专师率领各生至房内查病，逐条训示。每遇相同之证，即令学生亲为诊察，然后就师以正之。故每遇一病，必将其原委现象终局，并次第所用之药品，以及一切法则，无不体会于心。

腡学室，腡学者，考究人身各质如何构造之学。如一发之细，以目观之，仅见色黑而已，及以显微镜查之，则构造之形式颇奇。又如目前居中透明之膜，以目观之，毫无所见，以镜彰之，则层次秩然，依序排列，层层各异，有如禾穗者，有如球形者。如花笋者，虽一肉丝之微具，有条不紊，轻薄如皮肤，精微如脑部，以及肝胆脾胃肾筋骨血肉，莫不详为剖解考究，以为医学之一臂助焉。

䆐学室，䆐学，乃医科至要至精之学，现正在穷究时代。古医未审此学，每谓病为感冒，或伤损所致，今则格致日深，试验愈确。考之各种病症，殆多病有䆐者，如瘰疬、时疫、霍乱等症，皆各因䆐为患，苟将䆐灭尽，自无疾痛之累矣。稚体至微，目不能见，以极大力之显微镜观之，则形体毕呈，状态各别，奇异之形，难以意拟。顾体虽微，而毒则极烈，轻则经年累月，渐生诸病；重则顷刻之间，即能殒人生命。今西医士以法育之，察其性质，取物之力相敌以灭之，今已制有多种，颇著奇效。世间有最烈数症，如天花、白皮嗓子等症，近将绝迹矣。堂中延专门稚学家教授，此科实于致病之原因多所发明焉。

配药室，此室有专门药师主理一切，每遇一方，需用数味药料配合而成。为药师者，必使其性不相反，调剂合宜。即为学生者，亦可轮流至药师面前亲聆训诲，更宜自行试验，以期心领神会，有着手回春之妙术焉。

《征信录》是上海美华书馆排印本，美华书馆是西方传教士在中国办的规模最大、设备最为齐全的活字排版、机械化印刷的出版单位。其前身为道光二十四年(1844)美国长老会在澳门建立的花华圣经书房，1845 年

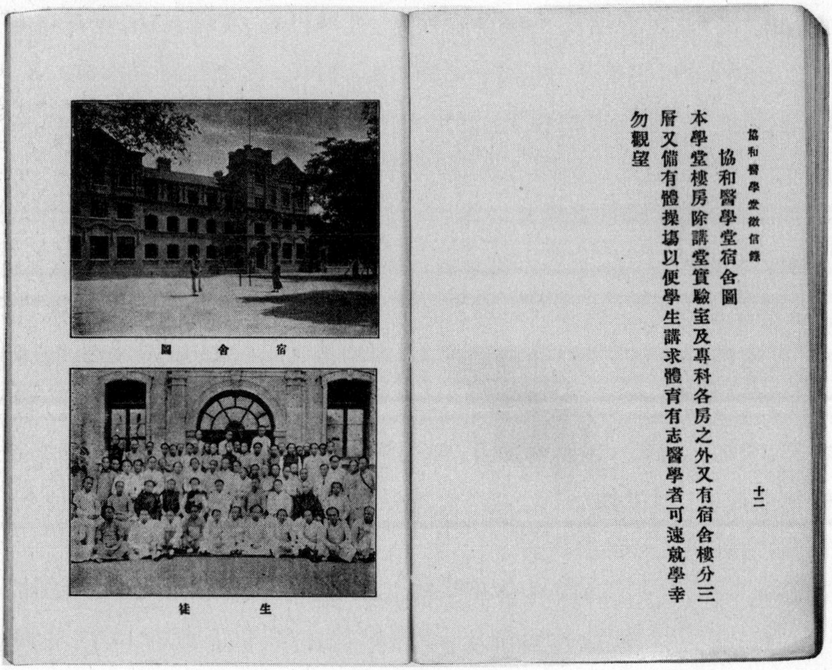

协和的宿舍房

迁至宁波，1859至1860年时搬至上海，改名为美华书馆，地址在上海北京路18号。它的出版物多为圣经中译本、赞美诗集、祈祷书以及布道用的宣传品、小册子等，“哈佛燕京”藏有各时期所印者有数十种之多。

协和者，调和融洽，英文作Union，联合之意也。而经历几个时期，长达百余年的医院，今天已成为国家级医学科学学术中心和综合性医学科学研究机构——协和医科大学。大学设有八年制临床医学专业和护理本科教育，在这所被人称之为“中国式宫殿里的西方医学学府”，在医药、卫生、护理等方面，已打造出许多中国高等医学教育、科研、临床上的英才。民国间，在“协和”求学并毕业的优秀学生中有吴阶平、林巧稚、张孝骞、黄宛、范琪、宋鸿钊、谢少文、周华康、王季午、刘士豪、钟惠澜、邓家栋等，都是顶尖级的医师。而当年前去协和医院的求医者甚多，其中重要人物有孙中山、梁启超、蒋介石、张学良、冯玉祥、宋氏三姐妹、林徽因等人。

而回过头来，重读99年前之《征信录》中“夫诊察病者，得其病实，固为至要，而对待之周至，询语之温和，察法之灵敏，必期启其欢忭，慰其心神，灭其痛苦，尤为至要。凡此为医师者，莫不身体力行，以己作则，冀学医诸生，皆能存仁心，施仁术，以副良医之实”的话，想到如今的大多数医务工作者都有前清、民国时的严明、精细、认真，那可是病家患者之福音。

《征信录》当年只是宣传品、募捐书，所印必不能多，也不易保存，流传至今则是难得一见的了。虽仅十数页，但却记录了“协和”的早期历史，把它作为老“协和”的佐证，当不为过。

2009/8/2

关于八千麻袋明清档案的一封信

在“百度”上检索，输入“八千麻袋”、“明清档案”等关键词，就会跳出相关文章若干篇，但阅后，觉得大同小异，所述基本一致。翻了几本文献学方面的著作，涉及此事的也差不多雷同。四月去沪休假前，读了一本《傅(斯年)所长纪念特刊》，中有李光涛先生所撰《明清档案》一文，述及1929年“中央研究院”历史语言研究所迁至北平后，即从私人处购得原为清代内阁大库所藏的大批残存明清档案事。

所谓明清档案，即众人所云之“八千麻袋”事。计有：一、明代天启、崇祯两朝档案；二、满洲入关以前沈阳时代旧档；三、顺治以下历朝档案。这是研究明清之际史实的最珍贵的史料，其中包括若干重要文籍，如清太祖高皇帝和清太宗两朝实录的原稿本，其史料价值远在故宫博物院所藏《太祖高皇帝实录》及《太宗实录》的最后改本之上(故宫所藏档案虽多，但属军机处的档案，仅为清代后期的史料，不似内阁这批关系着明末清初这一关键时期的材料)。

傅斯年先生是使这批明清档案购入史语所的关键人物，李文录有傅

傅斯年像

先生关于收购此批档案时致蔡元培信，颇有价值。史语所设置于1928年（3月至9月为筹备时期），是年9月傅先生刚刚就任所长之始，跟着便提出了要收购天津李盛铎所藏的明清档案。其时傅先生寓上海沧洲旅馆，于9月11日写了一长信呈院长蔡元培先生（蔡寓上海慕尔鸣路升平街243号），说明购买此批明清档案之必要。且云："此事如任其失落，实为学术上之大损失。明史清史，恐因而搁笔。且亦国家甚不荣誉之事也。"兹抄录如下：

"孑民先生左右：午间与适之先生及陈寅恪兄餐，谈及七千袋明清档案事。此七千麻袋档案本是马邻翼时代由历史博物馆卖出，北大所得，乃一甚小部分，其大部分即此七千袋。李盛铎以万八千元自罗振玉手中买回，月出三十元租一房以储之。其中无尽宝藏，盖明清历史私家记载，究竟见闻有限，官书则历朝改换，全靠不住，政治实情，全在此档案中也。且明末清初，言多忌讳，官书不信，私人揣测失实，而神光诸宗时代，御虏诸政，明史均阙，此后明史改修，清史编纂，此为第一种有价值之材料。罗振玉稍整理了两册，刊于东方学会，即为日本、法国学者所深羡，其价值重大可想也。去年冬，满铁公司将此件订好买约，以马叔平诸先生之大闲，而未出境，现仍在境。李盛铎切欲即卖，且租房漏雨，麻袋受影响，如不再买来保存，恐归损失。今春叔平先生函斯年设法，斯年遂与季、骝两公商之，云买，而付不出款，遂又有燕京买去之议。昨日适之、寅恪两先生谈，坚谓此事如任其失落，实文化学术上之大损失。明史清史，恐因而搁笔。亦且国家甚不荣誉之事也。拟请先生设法，以大学院名义买下，送赠中央研究院，为一种之 Donation，然后由中央研究院责成历史语言研究所整言之。如此则(一)此一段文物，不至失散，于国有荣。(二)明清历史得而整理。(三)历史语言研究所有此一得，声光顿起，必可吸引学者来合作，及增加社会上(外国亦然)对之之观念。此实非一浪费不急之事也。先生虽辞去大学院，然大学院结束事务，尚由杏佛先生负责，容可布置出此款项，以成此大善事。望先生与杏佛先生切实商之，此举关系至深且巨也。至费用因李盛铎索原价一万八千元，加以房租，共在二万以内，至多如比。叔平先生前云可减，容可办到耳。专此，敬颂道安！杏佛先生同此。学生斯年谨上。九月十一日。"

时蔡先生一得此信，随即代为设法筹款。9 月 12 日，蔡致杨杏佛先生函云："杏佛先生大鉴：……孟真来函，欲大学院以二万元购李盛铎所藏之档案。如能腾出此款，当然甚好，但几日内有法筹出否？"当大学院正在进行筹款之际，李盛铎提出，由陈寅恪先生转达蔡先生及杨先生，在 1928 年 12 月 27 日得到陈先生函，略谓"李君现已来京，经叔平先生与估议价，减至两万元，较李君前此所索价少数千元，殊为可喜"等语。次年即 1929 年，档案遂得购定。

傅先生对中国传统文化贡献多多，此仅其一也。他主张"上穷碧落下黄泉，动手动脚找东西"，所以后来在整理这批约 12 万斤的"简直与整理字纸篓之字纸无异"的明清档案时，傅先生要求："凡整理出来的史料，无论如何破烂，我们决不能使其毁在我们手中。"还说："我们晓得，我们如果稍一疏忽，就有许多重要的史料，将被永远埋没。"至于以后整理的成果则是有目共睹的了。

2008/5/28

速递公文

过去看清宫戏电视剧，有时会看到官府衙门发送公文，什么“五百里加急”之类的话。这怎么个“加急”？不太懂。15 年前，在写《美国哈佛大学哈佛燕京图书馆中文古籍善本书志》时，看到一部明万历李永芳、刘汝桂刻本的《固安州志》，书仅 2 册，当其时甘肃所刻印，而封面的衬页则是光绪元年(1857)速递公文的函套改制，内有“光绪元年八月初九日午时自中卫广武”发出，致“署甘肃固原直隶州正堂廖衙门”字样。此类信封或公文的实物，或许在一些博物馆、档案馆里还有保存。我是少见多怪，觉得有趣而已。

实际上，在一些古籍图书封面或封里的衬页，偶然会发现衬页是书坊中人将残书拆开以残页衬入。上个世纪的 70 年代中，我在为一个古籍训练班授课找寻例子时，居然在一捆残页中找到两张《京本忠义传》(水浒)的明正嘉间刻本残页，后来还引起了一些《水浒》学者的讨论。也是在 70 年代末，我又在明嘉靖周显宗刻本《陶渊明集》的衬页中发现《三国演义》的残页，后来英国学者魏安著的《三国演义版本考》中将之命名为“上海残页”。所以，衬页有时也会有新发现。

去年，我的朋友刘蔷君在“哈佛燕京”时，竟然在《职官迁除全书》(乾隆二十二年，1757)中也发现在其书之衬页里有好几张速递公文的函套。上书：“内紧要公文，仰沿途马夫随文星飞，递至鱼台县正堂衙门告投，毋得迟延擦损，以及雨湿致干，查究不贷，临投不去外封。署山东济宁直隶州鱼台县正堂陈。当堂。内乙件。道光三十年三月初二日自省发。第五千八百八十三号。”有的还印有“火速飞速”、“捐马飞递限日行五百里”(“五”和其他数字是朱笔填上的)。

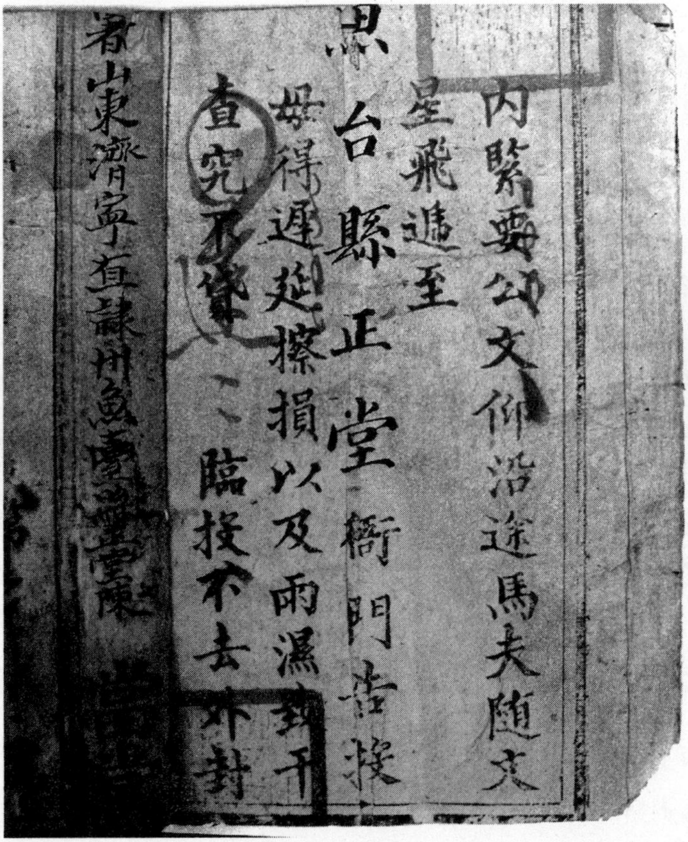
內緊要公文仰沿途馬夫隨文
星飛遞至
台縣正堂衙門告投
毋得遲延擦損以及雨濕致干
查究不貸臨投不去外封
署山東濟寧直隸州魚臺縣正堂陳

速递公文的函套

于是，这又引起了我的兴趣，查了地方志，才知道这位署济宁直隶州鱼台县正堂叫陈应元，号东桥，广西临桂县人。道光十二年(1832)恩科举人，二十四年(1844)大挑一等，分发东河，试用期满，呈请改归地方，籖掣山东。陈是道光二十九年(1849)署山东鱼台县事，在任一年，民间无讼，宵小敛踪。咸丰元年(1851)，复奉委办鱼台赈务，周行四境，按口授食，民歌诵之。历任金乡、钜野、诸城、泰安、城武等县知县，以捕盗闻于上宪，奏署济宁直录州知州。金乡陶三，著名巨盗，陈微服率人往缉之，竟因盗拒捕被戕。事闻奉旨，从优议恤，并准在济宁、金乡等处建立专祠。事见(光绪)《鱼台县志》卷二“宦迹”。从陈应元的简略看，倒也是一位地方上的好干部，是属于因公殉职的优秀干才。现在当年的公文看不到了，只是递送公文的函套，或许这里面曾经装有缉捕盗贼、为百姓办事的公文呢？

这种速递，过去叫急递。《新唐书·李绛传》：“枢密使刘光琦议遣中人持赦令赐诸道，以裒馈饷，绛请付度支盐铁急递以遣，息取求之弊。”《资治通鉴·后唐潞王清泰元年》：“安远节度使符彦超奴王希全、任贺儿……夜叩门称有急递，彦超出至厅事，二奴杀之。”胡三省注：“军情紧急，文书入递不容稽违晷刻者，谓之急递。递，邮传也。”亦称“急脚递”。《梦溪笔谈·官政一》：“驿传旧有三等，曰步递、马递、急脚递。急脚递最遽，日行四百里，唯军兴则用之。熙宁中，又有金字牌急脚递，如古之羽檄也。”

而金、元、明传递文书之驿站也叫急递铺。10 里或 15 里、25 里设一铺，每铺设铺司一人、铺兵四五人至 10 人。凡遇官府公文至，即行递送，不分昼夜，风雨无阻。

后来又专门去翻查了几本有关清代法律的书。上面说，唐代传递公文称之为驿马，至明代，类而为一称邮驿。清代因之，步递曰邮，马递曰驿。递送公文也是有区别的，寻常公事，昼夜限行 300 里，军机要件限行 600 里马上飞递。而且规定，各府属州县每十里设置稽递铺一所，专一递送公文，设铺兵以走递，设铺司以总管。每州县于兵房司吏内选一名往来巡视。境内诸铺谓之铺长，盖设立铺递所以速达公务。这些铺兵只管递送公文，如若在递送中失误军机，要被判绞刑的。若各驿官有意将好马藏

西方画家笔下的清代驿使

匿,或推故不即应付以致违限者,对问明白,罪坐驿官。清律还规定:“凡各衙门一应公差人员于经过所在,不许差使铺兵挑送官物及私己行李,违者处四等罚。”

各省递送水陆公文也有规定,如(道光)《粤东省例新纂》卷五“驿传”云:本省递送火票部文排单限行里数,公文均由各州县拨役按站驰递。凡水路,顺流每日夜限行三百里,逆流限行二百里。迟延三时以上者由府提究,六时以上者由本驿衙门究处,该管州县记大过一次。其迟延一日以上者,将跑役枷号一个月,满日杖一百革役,该管州县分别详请撤参。其迟延仅止数时,酌量惩处,该管州县免议。而陆路公文马上飞递者,一日夜限行八十里,加紧者一百二十里。填三百里者,日夜行一百八十里;填四百里者,日夜行二百四十里。但重要公文“务各照例,无分雨夜,随到随递。如有迟误,即将该管官撤参兵役治罪”。

驿站之中,最劳苦者惟马夫一项,无分雨雪寒暑,昼夜驱驰,虽有额支工食,似不足以示矜恤。故同治四年(1865)的《江苏省例》有“犒赏驿站马夫”一节,云:“拟请于工食之外,酌给赏犒,照工食银数给予二成。”然而，这“二成”是朝廷让有驿各州县捐廉给发的。因为那时正是清廷和太平天国开仗期间，所以军用浩繁，库款支绌，未便轻言动帑。

90年代初，我在香港一朋友处见到明刻本佛经数十种，多单刻小本，其中有一种《白衣大悲五印心陀罗尼经》(明景泰元年〔1450〕孔祥刻本)，卷末刻“差到处州府青田县前急递铺内，见此经发心，请回家侍奉，于丁亥年十二月二十五日果生一男，有此灵验法，通同妻连氏一娘，今用净财刊板印施，次冀万保，合人口遇诸事吉昌如意者。”可见，此经是放在急递铺的，也是请急递铺的铺兵免费施送。所以铺兵不仅送公文，还顺便捎带单本小佛经，让人诵读消灾增福、积累功德。(详见津著《中国珍稀古籍善本书录》，广西师范大学出版社，2006年，页330)

民国吉同钧《大清现行刑律讲义》云：“其初极为整肃，其后驿丞各缺，裁去者十居八九，已与从前情事不合。近年轮船、铁路、电线、电话到处遍设，数千里之外顷刻消息灵通，创千古未有之奇，将来驿站驿马即在所废。”果不其然。如今信息产业发达，国计民生，一纸号令，顷刻之间，全国皆知。至于其他，什么光纤、纳米，那就凭想象吧。

今天的速递公司(还有物流公司)为人们的生活也带来了很多方便，您不必出门，只须打个电话，不多久即会有速递公司的“神行太保”前来取件，并以最快的时间将您的物件送到您指定的地方。不过，他们的服务您是要付酬的。

2008/1/1

孔子《圣迹图》序

孔子是中国历史上的一位伟大人物。作为中国传统文化的先师，中国系统思想史的奠基者，他的思想与智慧已成为华夏的精神源泉，他的学术思想，更是代表了中华民族的精神。中国国民的尊师重道的民族性，就是因孔子的教泽而发荣滋长。孔子既为万世师表，千余年来，人们多尊而效之，其微言大义，载于六经，自非诵其诗、读其书，不能通其道。

而欲使孔子之道为众人之所知，则莫如广布有图之书，人得而藏之，即使是不识字者，亦在在处处如见圣人。这种传统，早在汉代即有，汉时宫中屏风尽画古贤像以为鉴戒。根据记载，西汉景帝时，文翁任蜀郡太守，修学官，作石室，刻孔子坐像。而以孔子为主要人物之绘图，大约是东汉灵帝光和二年(179)，其时始置鸿都门学，画孔子及七十二弟子像。

《圣迹图》，即是后人据孔子一生之事迹绘之于图，以昭示来者。圣者，圣人也。《孟子·万章》云："孔子，圣之时者也。"自儒家定于一尊之后，特指孔子为圣人。迹者，业迹，事迹。《庄子·天运》云："夫六经，先王之陈迹也。"图中每一幅画都是一个故事，其绘画之基础，均来自记录孔子言论行事的《论语》,以及《史记》中的《孔子世家》。《圣迹图》有绘本、石刻本、木刻本三种类型。绘本最早,据传为元代画家王振鹏所绘,图共10幅,清光绪三十四年(1908)由邓实予以影印。石刻本今仅知明张楷编有《圣迹图》,另有今存山东曲阜孔府圣迹殿的石刻,为明万历十九年(1591)山东巡抚何出光所刻。木刻本传世版本则甚多。

中国国家图书馆藏《圣迹图》拓本,一名《圣文宣先师周流之图》,为清康熙二十一年(1682)正月十六日刻。石刻曾在上海市青浦县,为清蔺友芳捐俸所刻。清陈尹绘,朱璧镌。蔺氏刻图之缘由可见其跋。图计36幅,每幅的左上角或右上角均有文字说明及蔺友芳像赞。此本存34幅,佚去第六幅孔子适晋学琴于师襄、第七幅孔子适周见老子。全帙基本按照圣迹编年排列。

蔺友芳,字仲山,直隶宛平人,监生。康熙十八年(1679)任青浦知县,至二十一年离任。这本《圣迹图》应该是他在离任前所为。绘者陈尹,上海青浦人,学画于上海李藩,山水、人物、花鸟,有出蓝之目。此本之勾勒,线条较流畅,人物之图像比例甚准确,笔力亦工致。青浦县清代属江苏松江府,在青浦县城以北九里有"孔宅",为汉末孔子22代孙太子太傅孔潜避地于此,因称孔宅。之后,萧梁时29代孙孔滔为海盐令,隋时32代孙孔嗣哲为吴郡主簿,34代孙孔正为苏州刺史,孔氏之著籍于吴,厥有自焉。青浦又有宣圣庙,为明末诸生陆应扬赴阙里摹孔子遗像塑于庙中。

据(光绪)《青浦县志》卷十一"名迹"载,康熙四十四年(1705),帝曾南巡至松江,道经孔宅,孔氏子孙谨将《孔氏画图》一卷、《孔宅志》一帙、墨刻孔宅《圣迹图》一册、《孔宅考证》一卷、请表章疏一道进呈御览。帝特赐御书"圣迹遗徽"及联额等与孔宅。《名迹》又云:"先是,松郡治河于东郊,得古碑,高六尺余,视之乃唐吴道子所绘圣像,敬輂置宅中。张中丞又以先世所藏《圣迹图》勒石陷壁,邑人方正范曾修补之,至今尚在。"同时,在该县志卷首有《孔宅图》一幅,内绘有"圣迹",当年张楷墨刻《圣迹图》之原石即庋藏于此。然查新本《青浦县志》,孔宅内之石迹皆荡然无影。以上所云墨刻《孔宅圣迹图》,或为张楷石刻本,抑或为据陈尹绘本所刻,因

圣迹图之一

无详载，不敢妄加断论。

孔子道贯古今，德配天地，所谓万世不朽。此种图画，乃刻者出自垂永久之思。孔子为公元前春秋时人物，如要清代画师去塑造当时孔子形象，去符合历史人物之真实，是比较困难的事。因此，目前我们所能看到的《圣迹图》，不管图之多寡，全都是作者运用想象力，揣摩当时的情景，选取孔子生平事迹中最为人所津津乐道的难忘情节去创造出来的。无论如何，《圣迹图》在中国版画或石刻发展过程中所起的积极作用，是值得艺术研究者和评论家去做结论的。

此书之影印出版，是国家文化部、财政部“中华再造善本”工程计划的一部分，他们为保存善本图书，特拨出巨款，裨使孤本珍本化身千百，延其一脉，没有他们的设计和鼎力襄助，这项有意义的事情是做不成的。

2001/10/23

《藏书与读书》序

年年圣诞,今又圣诞。过了圣诞,元旦就指日可待了。人们又进入了新的鼠年,年岁则又加了个"一"。大前年的圣诞夜,我还伏案在写《顾廷龙年谱》的序,前年则是在新年的钟声敲响之前,赶写《书城风弦录》的序,而元旦凌晨又在为《书韵悠悠一脉香》的前言定稿而推敲文字,只有在去年最为闲适,那是因为健康的原因,不允许我再坐在电脑前写稿了。两星期前,徐雁教授托姚伯岳兄转来邮件,嘱我为他即将出版的《藏书与读书》写序,我力不能辞,乘今年的圣诞休假,抽暇将书中的内容匆匆快读一过。

中华文化丰富多彩,内容广博而深厚,它凝聚着先人的辛劳和智慧,而作为文化载体的文献典籍,更是诸子百家,汗牛充栋。"藏书"与"读书",这个题目,古往今来,不知有多少藏书家、学者写过,更有好事者将这些"读书种子"的体会及经验之谈编辑成书,以使后人读后少走弯路。我非常服膺清嘉庆间张金吾在《爱日精庐藏书志》序中的一段话,有云:"欲致力于学者,必先读书;欲读书者,必先藏书。藏书者,诵读之资,而学问之本也。”又说:“藏书而不知读书,犹弗藏也;读书而不知研精覃思,随性分所近,成专门绝业,犹弗读也。”读书必藏书,藏书为读书,此乃藏书家及学者之所宗。当然,若是附庸风雅,只藏不读,那又是另一回事了。

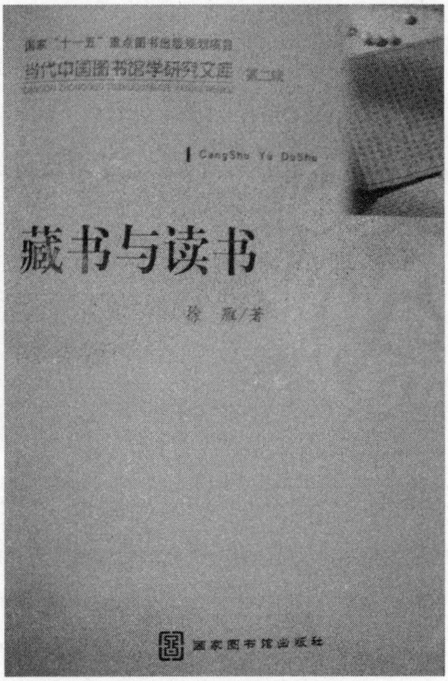

徐雁的《藏书与读书》

古代的藏书家就不去说了,就拿清末至现代的傅增湘、叶德辉、周越然、唐弢、郑振铎来说,他们都是我所敬佩之人,藏书虽有多寡,侧重面也有不同,然藏而读,读而研,却是他们的共同点。而且他们的撰述,无论大著甚或短文,都凝聚着睿智和哲理,所以他们对中国文化是有贡献的,他们的著作直到今日仍是读书人喜藏和喜读之书。

年轻的时候,为在业务上有所提高,除了版本学的实践,还大看其书,不少书是顾师廷龙先生指定读的,如《四库全书总目提要》。至于当时有的版本目录之书几乎全读了,《书林清话》竟读了二三遍。而今,可能是岁月不饶人,正儿八经地将一本书通读一过的倒是极少,但每天仍要翻个十来种书,汲取若干条自己需要的材料写入善本书志。而在夜晚,还要写一点自己有兴趣而别人暂不会写的豆腐干小文,就权充读书笔记吧。

所以我的读书,还不如说是翻书多多。翻书或许也是一种读书的方式,也就是看见有用的资料细读一过,然后复印或是记入笔记本,或输入电脑,待将来有机会再派上用场。前些时,花了半年多的业余时间,翻了万余部的线装书,居然翻到了不少有关中国印刷史、中国出版史上的材料，而这些材料都是可遇而不可求的，且从不为研究者、撰述者所利用。就以清代官府发布的“翻刻必究”告示来说，这在张静庐《中国近代出版史料》中仅有一张图片，而我所得竟有 10 张之多。看来，如不是有意识地去大翻其书，那是无法知道“告示”的原件(石印)会在什么书中会有，这也应了辛弃疾的《青玉案·元夕》中的一段词，“众里寻他千百度，蓦然回首，那人却在，灯火阑珊处。”因此，在某种意义上说，翻阅线装书也是我在心灵上和长眠已久的古人如相面对，是我摆弄书皮子学问的一种不可或缺的读书方式。

我大约也算是和书有缘分，一辈子在图书馆里和书打交道，搞了近 50 年的书皮子。回顾过去，无论是在上海图书馆、香港中文大学图书馆，还是在美国的哈佛燕京图书馆，我的工作就是管理图书馆里的珍贵藏书，数十年不变，这仿佛也是命里注定。也正是因为成天和善本书、普通古籍、特藏文献打交道，每次进入书库，虽没有沁人脾胃的桂馥兰薰，但会有一种莫名的芸香悠悠袭来，而当我游弋于其中，摩挲典籍，时间长了，还真有一种坐拥书城、醉卧书丛之感，这或许也是我用“书丛老蠹鱼”的名字在新浪博客上写作的缘由之一。同时“哈佛燕京”每年近 2 万种的社科新书进馆，重要学术著作基本不缺，目前 70 万册的中文图书，1500 种的社科期刊，大到影印文渊阁本《四库全书》，小到一般的文史著作，开架取书，借阅自是十分方便。所以这些年来，我并不刻意买书、藏书，家中之书也仅千册而已。而在“哈佛燕京”做研究的条件，则远比在上海、香港、台北来得方便。

哈佛燕京图书馆的大阅览室里有一幅叶恭绰书“小琅嬛福地”的横批，那当然是指“哈佛燕京”是块藏书福地，也可见藏书是有福的。有道是人生一乐，莫过读书。徐雁教授曾是南京市的藏书状元之一，其雁斋藏书也近 2 万之谱，这都是书中之书——有关藏书、读书的专题。我的朋友中也有两位藏书很多的，一位是北京的藏书家，他所藏都是线装古籍，不久前他告诉我，已开始将自己的藏书进行编目，现完成了 7000 种，还有不少待编。另一位是台北的讲座教授，他的藏书有 4 万册，在 80 年代，他藏的大陆学术出版物竟然比当时的"中央图书馆"还多。而今,他收藏的有关傩文化的物件(包括文字资料)又是独占花魁。这二位朋友也都是利用藏书,读出了心得者。

长期以来,徐雁教授对中国图书文化史的研究情有独钟,并深切关注其周边的人和事。对于一位学者来说,大凡平时耳有所闻,目有所见,心有所会,均有所记。他也是慎思明辨、熔铸今古之人,厚积多了,字符也就落实到了纸上,不光如此,而且多产,亦可谓是"插架与腹笥俱富"。这本新书,就是他从近几年所写的百余篇有关藏书和读书文章中选编出来的,我曾读过其中的大部分,并对其中述及叶德辉、叶昌炽、杨守敬、黄丕烈等人的文章有着很浓的兴趣,也从中得到不少新知。

书籍是传播知识的工具,如果一个人的生活经验很丰富,那他读书的鉴赏能力和理解力就会更加深广,也更能领略书中之真谛。说来也巧,前二年为台北《人间福报》的社长兼总编永芸法师的书也写过一篇序,那本书的书名却叫《哈佛燕京的沉思——你不要读书了》,永芸的师父佛光山的星云大师对她说的。为什么如此说,您去看吧。

徐雁教授和我也算是半个同行,他学的是图书馆专业,却在大学里传授中国图书文化史的知识,他的本书后记写得真实、动情,读了感人。直到今天,我还没有机会和他相见握手,只在他的著作中窥见他"玉树临风"的靓照。回想起来,我注意到他,并不是读他的文章或著作,好像是在90年代后期,我在家中的中文电视节目里,看到介绍他的纪录片,印象中有他回故里探亲,还去学校探望旧日教过他的老师的情节。后来由于姚伯岳兄的绍介,我们通过几次电话,算是接上了线。徐雁的著作已有10余种之多,我祝愿他不断地有新的成果继续奉献给社会、奉献给学术界。拉杂写下几句,权当小序,徐雁教授以为如何?

2007/12/24 圣诞夜

于美国波士顿塞慕维尔之宏烨斋

《加拿大多伦多大学东亚图书馆藏中文古籍善本提要》序

美加地区的不少东亚图书馆里都有古籍善本及普通线装书的收藏，以美国来说，重要者如美国国会图书馆、哈佛大学哈佛燕京图书馆、普林斯顿大学葛思德东方图书馆、柏克莱加州大学东亚图书馆，以及加拿大多伦多大学郑裕彤东亚图书馆等。这些图书馆都有自己的历史，藏书也各有特色，有一些品种和版本甚至是大陆各图书馆所未收藏的。对于这些图书馆来说，能形成较为丰富的馆藏，是极为不易之事，有道是聚沙成塔、粒米成箩，那可是经过几代人不懈的努力搜集、私人藏家高度信任并捐赠的结果。

我以为在美加的东亚图书馆，能把中国古籍图书保管得如此之好，那是因为责任者对于中国传统文化的认同，加上图书馆内的各种设施也较国内先进，所以这些书不仅保存完好，而且大都整理上架。旧时代那种束之高阁、秘不示人的积习，在当代的图书馆里早已扬弃，而揭示馆藏正是服务读者的一种重要手段。也正因为如此，不少图书馆多有自己的善本书目，甚或善本图录，供读者检索。

多伦多是加拿大的一个美丽城市，而多伦多大学亦历史悠久，规模宏大，专业齐全，更是加拿大最好的学府之一。郑裕彤东亚图书馆不仅在多伦多大学图书馆系统中占有重要位置，而且在加拿大也最受研究中国传统文化的学者教授瞩目。郑裕彤馆的“慕氏藏书”，是上个世纪的1935年从中国购得的，是加拿大收藏中国古籍图书中最早最重要的一批，因此它在海外颇负盛名。70余年里，它的藏书保存良好，一如其旧。在那4000余种的古籍中，明代所刻的版本达230余种，清初至乾隆所刻者也有400余种，而稿本、抄本约50余种，且有数十种为难得一见者。

然而，加拿大毕竟是在大洋彼岸的美洲，国内学者欲知“慕氏藏书”的内涵，就必须寻找机会出国探访，当然，这也不是什么容易的事。即如身处“哈佛”的我，如想去加国多城，也须驾车10小时，所以，我至今仍无机会一睹“慕藏”真谛。近10年来，国内的一些有识者，在调查国内古籍藏书的同时，也在了解北美、日韩所藏中国古籍，但限于时间、专家及经费，工作进展缓慢。

3年前，乔晓勤先生来“哈佛燕京”，谈及想将郑裕彤馆所藏“慕氏藏书”撰成善本书志事。对此，我极为赞成。记得前几年，我和国内某省馆古籍部负责人聊天，他告诉我，他一直想把馆藏善本书目编出来，但做了好多年还是不行。于是，我给了他一个建议，那就是在已有的基础上去写善本书志，而且早写比晚写好。因为对于一个藏书卷帙缥缃、佳椠珍籍美富的图书馆来说，如想将馆藏的重要资源予以详细揭示，那善本书志的撰写，将是该馆最为艰巨的挑战。编一部馆藏善本书目已属不易，而写作善本书志则是难上加难，并要有“持久作战”的概念，当然将来的成果、贡献也是显然不同的。

世上无难事，只要肯登攀。在图书馆里想做成一件较大的事，需要的就是目标明确，决心加上毅力。乔先生是不怕困难，自力更生的书志撰写者，他参考了十数种清代以来的公私善本书志、提要，决定了郑裕彤馆善本书志写作的模式和方法，实实在在地写了两年，终于达成所愿。津以为，无论是善本书目还是善本书志，如若以为编辑质量不过关而待字闺

《加拿大多伦多大学东亚图书馆藏中文古籍善本提要》封面

中,或以为暂不面世,而不断修订、精益求精,待上5年、10年、20年再予出版,那对研究者来说,真有望洋兴叹之感。实际上,近十多年中出版的各种书目、书影、书志等等(包括我自己的著作),如果想一点错误都没有,那是很难做到的。当然,我只是希望将错讹减少到最低。

流传至今的各种形式的藏书志(或作书志、提要、书录、叙录、题跋记等),上溯汉代,继起宋时,至清而极盛。藏书志的编纂不外乎三类:政府(或公家)所编,如《钦定天禄琳琅书目》、《四库全书总目提要》等;私家所编,如清钱谦益《绛云楼题跋》、清黄丕烈《荛圃藏书题识》等;一为坊贾所编,如王文进《文禄堂访书记》、严宝善《贩书经眼录》等;此外还有学者读书所得而撰为读书志、经眼录、访书记者,如张舜徽《清人文集别录》、袁行云《清人诗集叙录》等。其中公家藏书志较少,私家藏书志最多。

从清光绪三十四年(1908)始,端方在南京奏准清廷创设江南图书馆(南京图书馆前身),之后的1910年,京师图书馆(中国国家图书馆前身)正式成立。1913年,浙江图书馆(前身为浙江藏书楼)开幕。而1949年后,在中国辽阔的大地上,每个省市都在原有的基础上加强了公共图书馆和大学图书馆的藏书设施和建设,这当中也创设了一些新图书馆。可以说,在这些图书馆中收藏的古籍图书几乎占了全国数量的90%左右。这些古籍图书是先民们传世的著作,是中华民族的文化遗产,其中存有大量珍贵文献,是各个领域的研究者据以了解历史的昨天所不可或缺的佐证。

在那已逝去的100年里,各种形式的图书馆经过几代人的努力,有的也曾创造出令人艳羡的辉煌,一些书目、索引、图录、解题、工具书、展览,乃至于有关图书馆著述等,也都出自图书馆员之手。然而,重要的图书馆(无论是公家或大学)却鲜有反映自己馆藏的善本书志面世。

先师顾廷龙先生是提倡写作善本书志的,他的日记中即有“刻意编一精彩藏书志,以压众编”的记载。在他主持的合众图书馆,他和潘师景郑先生撰写馆藏善本书志数百篇,后因事没有继续下去。60年代初,先师主持上海图书馆工作,又将写作馆藏善本书志之事提上日程,但仅完成数十篇宋元刻本的书志即告停摆。而1999年,北京图书馆研究馆员冀淑英先生致津的信中,也提起1958年时赵万里先生曾考虑在《中国版刻图录》出版后,将写作北图善本书志事列入计划,可惜的是,没多久,就因各种政治运动不断,无法再进行了。

津孤陋寡闻,只见有1948年岁末出版的《北京大学图书馆善本书录》,那是北大50周年纪念会展览的馆藏精品,包括宋元明清刻本、抄本、稿本、日本及朝鲜刻本计499种,书录约6万字,平均每种120字,极简略。至于一些市级图书馆,却着意将数量有限的馆藏善本逐步写成善本书志,如《苏州市图书馆藏古籍善本提要》(经部,172种,9万字);《武汉市图书馆古籍善本书志》(经部,119种,28万字)。由此可见,小馆也可以做大事,小馆也敢于向大馆叫板、挑战。

非常有意思的是,在中国台湾地区的“国家图书馆”,从1996年至

2000年,出版了《"国家图书馆"善本书志初稿》12册,著录12369部,约400万字。在香港特区,1970年即出版饶宗颐编著的《香港大学冯平山图书馆藏善本书录》,著录229部,约6万字。2003年又重新编著《香港大学冯平山图书馆藏善本书录》,著录704部,约25万字。香港中文大学图书馆也于1999年出版了《香港中文大学图书馆藏中文善本书录》,著录848部,约30万字。

在北美地区,则有王重民著、袁同礼修订《美国国会图书馆中文善本书录》,著录1775部,约10万字。王重民著、屈万里校订《普林斯顿大学葛思德东方图书馆中文善本书志》(台北艺文印书馆,1975年),著录1136部,约8万字。李直方著《华盛顿大学远东图书馆藏明板书录》(该馆印,1975年),著录138部,约1万字。沈津著《美国哈佛大学哈佛燕京图书馆中文古籍善本书志》(上海辞书出版社,1999年),著录1450部,约152万字。柏克莱加州大学东亚图书馆编《柏克莱加州大学东亚图书馆中文古籍善本书志》(上海古籍出版社,2005年),著录768部,计98万字。而欧洲的《法兰西学院汉学研究所藏汉籍善本书目提要》,则由田涛完成,著录136部,计16万字。

《易·大传》云:"天下一致而百虑,同归而殊途。""哈佛燕京"与"郑裕彤馆"一样,都是大学里的东亚图书馆,都藏有一些中文古籍善本,且都认识到馆藏善本应该写成书志,予以详细揭示,广为众晓。虽然两馆的书志模式略有不同,但这种"功德"却是馆藏古籍善本的详细记录,不仅使家底清楚,同时也可提供有关研究者各种资讯,至于每种书志所配书影,也为其他图书馆编目人员核对版本提供依据。如果把"书志"看成是开发古籍文献,实现资源共享的必要手段,也未尝不可。

实际上在对善本书的揭示上,许多国家的学者都是非常重视的,如日本的书志学研究,就促成了《图书寮典籍解题》、《国立国会图书馆所藏贵重书解题》、《庆应义塾图书馆藏和汉书善本解题》等书的出版。津虽草芥小民,人微言轻,但这些年来,却一直鼓吹善本书志的写作。前不久,在山东大学举办的"古籍整理研究与中国古典文献学学科建设国际学术研讨会”上，我提供的论文也是讲善本书志的。我把拙著《美国哈佛大学哈佛燕京图书馆中文古籍善本书志》、《中国珍稀古籍善本书录》(广西师范大学出版社，2006年)看作是提供一种模式，并作为一块小石子，盼望并引出国内的重要图书馆将拥有的傲人资源予以逐步揭示，并供学界利用及研究。

早在上个世纪的30年代，先师顾廷龙先生曾为《美国哈佛大学哈佛燕京图书馆中文分类目录》题写书名，80年代又为美国的普林斯顿大学葛思德东方图书馆、加州洛杉矶大学东亚图书馆题写馆额，90年代再为多伦多大学郑裕彤东亚图书馆题写馆额，这正彰显先生与美加图书馆的缘分。作为先师的学生，我在《加拿大多伦多大学郑裕彤图书馆中文善本书志》即将付梓之际，也接获乔晓勤先生电话，嘱为书序，因此拉杂写上几段文字，一为再续机缘，二则权以塞责。

2009年6月

于美国哈佛大学哈佛燕京图书馆

历史上最盛大的武装巡回宣传
——读《红军长征记》

由美国哈佛大学哈佛燕京图书馆提供底本的《红军长征记》,由广西师范大学出版社出版了。这是一部在中国革命文艺运动史上极为优秀的文学作品集,是一部在当年物质条件极差的环境下,众多军队的作者围绕着一个专题,从不同的角度创作出的100篇作品。因此这本书的意义就在于讴歌中国工农红军在1934年10月开始的举世闻名的长征。这史无前例的长征,其征程之长,处境之险恶,斗争之激烈,是震撼全球的壮举,也是一首被西方学者称之为"激动人心的远征史诗"。

这本《长征记》,实际上是一本长征的回忆录,而回忆录的由来,最早始于1936年的春天,为了将每个长征的参与者不可磨灭的记忆记录下来,有关部门开始考虑编一本关于长征的书。据编者说,当时的计划是预备集中一切文件和一些个人的日记,由几个人负责写。但被指定的人忙得实在抽不出时间,一直延宕到8月,不得不改变原来的计划,而采取集体创作。

是年8月5日,中央军委主席毛泽东和总政治部主任杨尚昆以他们的名义,给各部队和参加长征的将士们发出电报和书信,希望他们用多种形式写出自己的经历以及在长征中的见闻和观感。电报称:“现有极好机会,在全国和外国举行扩大红军的宣传,募捐抗日经费,必须出版关于长征记载。为此,特发起编制一部集体作品,望各首长并动员与组织师团干部,就自己在长征中所经历的战斗、民情风俗、奇闻轶事,写成许多片断,于九月五日以前汇交总政治部。事关重要,切勿忽视。”

《长征记》收到的稿子有200篇以上,经过丁玲等人的修改整理,最后形成初稿,又经过各方面的订正补充,而于1937年2月22日定稿。但由于抗日战争,许多参与者忙于其他工作,编辑的人员离开了延安,所以迟迟未予付印,直至1942年11月才将此珍贵的资料印了出来。由于当年是非公开出版物,属于非卖品的“党内参考资料”,所以可以知道,在当时的战争环境下,这本书印的很少,又由于当年参与的写作者后来多数去了抗日前线,也就不一定拿到了书。再由于多年的转战南北,交通不便,故保存极为不易,所以流传到今天已是稀见其有了。

《长征记》的最大特点,是在于执笔者写作的时间,离长征胜利仅有数月,途经之事,历历如昨。又由于执笔者中多半是“桓桓武夫”,没有什么文化,大多数人是向来不懂所谓的“写文章”,所以那一字一句出自笔杆子,又增添了几多困难。然而也正是这群文化水准甚低的从枪林弹雨以及恶劣的自然环境中冲出来的生还者,却用他们那朴实无华的文字,写出了他们所经历的伟大长征中的点滴,再由这些点滴,汇成了长征中那一幕幕英勇、悲壮、沉重、乐观的史实。所以长征途中之重大事件、历次战斗、行军之艰辛、所经之地之城镇风貌、人情习俗等均有真实的描绘,没有客套,没有加工,而是娓娓写来,原汁原味,致使它的真实性是无可置疑的,它再现了当年那惊心动魄的情景。

长征的壮举,也为中国革命谱写了光辉篇章。这支中国共产党的武装力量经历了世界上罕有的磨难,用坦诚和热忱的笔去谱写那一段难以忘怀的历史。请问世界上又有哪一支军队能在硝烟火光之中、难以想象的恶劣环境中,走过如此艰巨而又光辉的历程。《长征记》中篇篇都可看到红军浴血奋战，斩关夺隘，抢险飞渡，翻越雪山，跋涉草地的英雄气概。它显示了红军没有被强大的敌人所吓倒，又不为常人难以想象的艰难所征服，这是一支不可战胜的力量。

回忆录贵在真实。如今有的回忆录，可能是作者为了追求记述所发生事件的完整或结果的完美，多方引用他人的回忆，甚或敌方的资料，有的则是安排创作员进行人为的文学加工，并非自己当年的实际记录，所以在真实性上有一定的折扣。又因为不少人的回忆录是在进入老年状态下写的，或找捉刀人执笔，时间愈久，记忆愈模糊，许多亲历的事情或许在时间上、具体的印象都不清楚了。正因为如此，这第一本由众多将士参加创作的《长征记》，是记述这一伟大事件中最具真实性的结集，他比10多年后甚或几十年后的所有写长征的回忆录都更有权威性。

当年参加长征的8万6千多人，大约只有4000人在一年后到达陕北，而当年撰写回忆录的英雄们，有些尚未能获知其真名，如斯顿、翰文、莫休、曙霞等。其中有好几位在抗日战争和解放战争中，就为了中国人民革命事业的成功，而流尽了最后一滴血，如1936年病逝的中共陕北省委宣传部部长郭滴人、1941年牺牲的东北野战军第九纵队二十五师政委兼政治部主任艾平(他写得最多，共17篇)、1941年牺牲的山东省战地工作委员会副主任兼秘书长陈明等。弹指一挥间，长征胜利70年后，据我所知，写作者中如今尚健在的仅有童小鹏一人了，那些已逝去的叱咤风云的指战员，他们真正做到了鞠躬尽瘁，死而后已。人们会缅怀他们的功绩，人们仍在阅读他们昔日所写的粗糙质朴的、不可忘怀的长征回忆录。

著名美国记者埃德加·斯诺当年曾说过："总有一天，会有人把这场激动人心的远征的全部史诗写出来。"然而，斯诺在出版了《西行漫记》后，由于种种原因，他没有能实现这个愿望。对于长征，这曲人类求生存的凯歌，它不是一般意义上的行军，是红军将士百折不挠、英勇牺牲的教科书。长征胜利后的70年中，国内共计出版以长征为主题的各种图书约有1200种，但是几乎所有的研究者，都鲜知这本《长征记》的存在，如郭德宏主编、中共中央党史研究室第一研究部编著的《红军长征史》(辽宁人民出版社，1996年，所附参考书目144种）、郑广瑾著《长征事典》（河南人民出版社，1996年，所附参考书目70种）等等，都未提及此书。

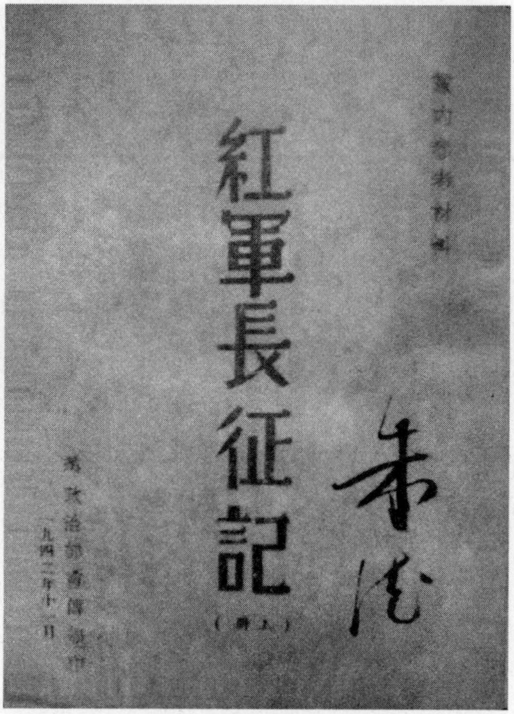

朱德签名本《红军长征记》

这本《长征记》的珍贵，还在于书的封面上有朱德的签名。朱德，这位中国人民的儿子，中国革命武装力量的卓越创始者之一，中国人民解放军的总司令，当年他作为红军总司令，和党内的一些领导人亲率中国工农红军走上了艰苦卓绝的长征路。在长征期间，对红军摆脱“左倾”军事错误，重新确立毛泽东正确领导；对克服张国焘分裂主义，维护党和红军团结统一；对红军在极其恶劣自然环境里求得生存；对长征中军事统战工作，以及对红军三大主力实现在西北大会师，宣告长征胜利等方面作出了巨大的贡献。如今看到书上朱老总的亲笔签名，又使我产生了一种发自内心的亲切感——这是朱总的书。是的，大约是40多年来一直在图书馆工作的关系，而且又是司特藏之职，所以经眼的善本书、珍本书，包括那各种各样的名人签名本实在是很多。但是这本朱总的书，却把老人家那慈祥宽厚的形象映显在我的面前。

15年前，我在美国哈佛大学哈佛燕京图书馆的善本书库里发现了它，我的预感使我感到这是一本难得的书，在读了其中的一些篇章后，我不仅为它感动，而且我也想到我的责任，那就是要写成文章予以披露。后来陕西的《收藏》杂志发表了介绍《长征记》的拙文，继而上海的《文汇读书周报》又在第一版头条予以转载报道。这应该是几十年来，自《长征记》出版后，第一次揭示了《长征记》的存世，而且是朱老总的签名本。

我们应该把《长征记》看成一部研究中国人民解放军军史、长征史的珍贵重要文献。长征不仅仅是一件事、一群人、一条路，也不仅仅是一幅壮烈的画卷，它永远激励着今天的人们不断开拓胜利，勇往直前。长征精神永存。

2006/10/14

为武汉图书馆的《善本书志》喝彩

4月初，每年一度的美国亚洲学会图书馆年会正好在波士顿召开，在年会结束前，我抽暇去看了会场上的数百个出版机构及书商的摊位，我最着意的是十来个中文书的摊位，其中一个是来自北京的，书不多，二三百本社科新书而已。但有一本书像磁石似的吸引了我，那就是对别人并不起眼但对我却很有用的《武汉图书馆馆藏古籍善本书志》。这之前，我竟然不知道有这本书的出版。当晚，我打电话给北京的几位藏书家朋友，他们竟然也毫无所闻。

一个月后，采访部门的同事即通知我，书到了。我略略一翻，觉得写得不错，但事情太多，也没工夫细读，就搁置一旁了。前几天居然又想起了它，就又抽暇翻阅了几篇。《书志》只为第一辑，300页左右，并不厚。主编韩兆海、张颖。执笔陈琦、鄢静慧、张蓉。2004年湖北人民出版社出版。印数1000册。著录经部之书119种，30万字左右。

武图的古籍约21万册，善本藏书并不多，和湖北省图书馆相比，是小巫见大巫，和其他省市一级的大图书馆相较，那更是不能望其项背。然

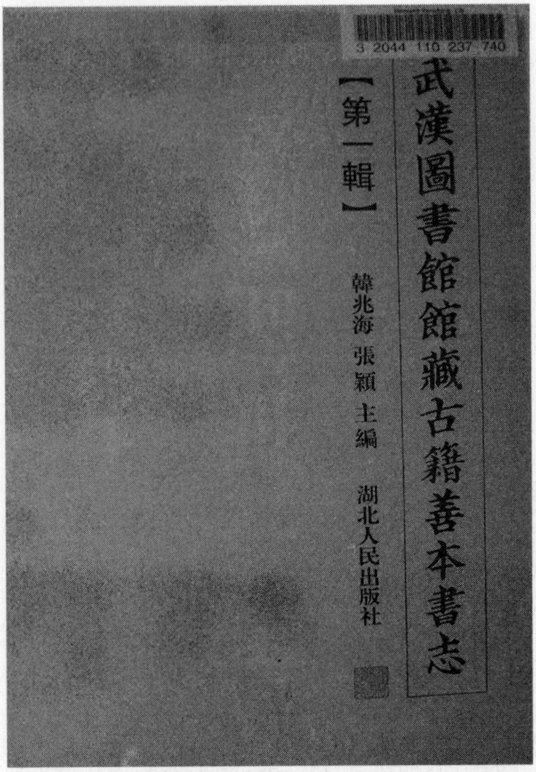

《武汉图书馆馆藏古籍善本书志》

而，小馆也可以做大事，而且可以做大馆一时半会儿所做不到的大事。您不相信吗？武图的负责人却真是做了一件大事，那就是他们有意将数量有限的馆藏善本全部写成善本书志，而且已经出版了经部（第一辑）。有了经部，那史部、子部、集部、丛部就指日可待了，我的老师顾廷龙先生有一句名言，就是“火车只要开，总归要到站的”。

书志，是介绍古籍图书的一种写作形式，包括了一书之书名、卷数、作者、版本、行款、版式，以及著者简历、内容、牌记、序跋、题识、刻工、讳字、流传著录、藏印等。对于图书馆来说，编著善本书志不仅是馆藏古籍善本文献的详细记录，使家底清楚，心中有数，同时可以提供给有关研究者各种资讯，也可为其他图书馆编目人员核对版本提供依据。那不仅仅是扩大影响，而且是开发古籍文献，实在是资源共享的必要手段。从另外一个角度来说，也训练了干部，培养了人才。撰写的过程，也就是不断的实践。故书志的编著也是一些重要的收藏单位在具备了各种条件后，必须做或最终一定要做的工作。

中国内地是收藏中文古籍最多的地方，虽然古籍整理在50年代至

“文革”以前做了不少工作,80 年代以后也出版了一些有关目录学、版本学的专著,但有影响的却不多。近 50 年来,出版专门的书志也少,而国内图书馆撰写馆藏善本书志只有两种,一种是《苏州市图书馆藏古籍善本提要》(经部),另一种即为武图的书志。而大馆如国家图书馆,省市馆如上海、南京、浙江,以及重要的大专院校图书馆如北大、复旦等馆却没有一家有自己的善本书志的。大有大的难处,家大业丰,人丁兴旺,门面大,生意多,应付的场面也大不一样,当然贡献也大。不少馆没有整理编目的古籍还不少,当然搞创收发奖金,还要动脑筋,一时抽不出人手,矛盾也多多,这也怪不得领导们的。

反之,在台湾地区,所谓的“国家图书馆”于 1994 年开始“第二阶段古籍整编计划”,组织了 13 人撰写该馆所藏善本书志,从 1996 年出版《“国家图书馆”善本书志初稿》经部始,到 2000 年出版丛部止,共 12 册,著录 12369 部,约 400 万字。

在香港特区,1970 年即出版饶宗颐编著的《香港大学冯平山图书馆藏善本书录》,著录 229 部,约 6 万字。2003 年又重编著《香港大学冯平山图书馆藏善本书录》,著录 704 部,约 25 万字。香港中文大学图书馆也于 1999 年出版了《香港中文大学图书馆藏中文善本书录》,著录 848 部,约 30 万字。

而在北美地区,则有王重民著、袁同礼修订《美国国会图书馆中文善本书录》,著录 1775 部,约 10 万字。王重民著、屈万里校订《普林斯顿大学葛思德东方图书馆中文善本书志》,著录 1136 部,约 8 万字。沈津著《美国哈佛大学哈佛燕京图书馆中文古籍善本书志》(上海辞书出版社,1999 年),著录 1450 部,约 152 万字。柏克莱加州大学东亚图书馆编《柏克莱加州大学东亚图书馆中文古籍善本书志》(上海古籍出版社,2005 年),著录 768 部,计 98 万字。

这些中国港台、美国的善本书志,有的较简单,如中国香港二馆、美国国会、葛思德馆,很少揭示每书之内涵,所以信息量不大。台北的稍微好些,但也没有什么特色。当然,写书志,必须要有一种模式,模式有几种,不必一律,看您选哪一种。说到底,无非是简单和详细。我总以为今天的善本书志写作,应该在前人的基础上更加详细地去揭示书之内容版本,尽可能使之精审确凿,而不是一张图书馆藏书卡片的放大。前人有云:"若夫辨版刻之时代,订抄校之精粗,改卷数之多寡,别新旧之异同,以及藏书印记、先辈佚闻",那就具有一定的学术价值。我和我的同事目前仍在撰写的《哈佛燕京善本书志》(清代部分)是采用"哈佛模式",诸如原书之卷数、作者之简历、版本之认定依据、全书之内容、撰著之缘由、序跋之摘录、他处之入藏以及其书之特点、收藏之钤记等。如若研究者能透过善本书志,找到对他有用的信息并加以利用,那这样的书志必定受到学术界的欢迎。

武图书志的执笔者是陈琦、鄢静慧、张蓉三位,我孤陋寡闻,井底观天,竟无三人信息。他们的书志,写得很细,写得不错,和"哈佛书志"在写作上虽有些不同,但他们实践了"精审确凿"这一点,有些书的记载还用图表的形式,记录原书的刻工、钤印。哪怕是一种不怎么样的丛书零种,他们不光引用资料而且有自己的见解,你还可以知道他们写作的时候查了什么工具书、参考书。何以见得?举一小例以证之。武图《周易兼义》一书,明嘉靖李元阳福建刻《十三经注疏》本。他们在写作时,看了我在1992年写的《美國哈佛大学哈佛燕京图书馆中文善本书志》。我将燕京藏本《十三经注疏》,定作"明嘉靖李元阳福建刻隆庆二年(1568)重修本",并提及北京大学图书馆也有一部。而提及的话却引得他们细查北大的几种书目都未有著录,所以他们写道:"未知《哈佛书志》所据为何?"也真是误导了他们。因为我在查《中国古籍善本书目》时,错看了收藏单位的代号,将1041(西北大学)看成了0141(北京大学),即隆庆二年重修本藏西北大学馆。所以我的一点讹误却浪费了他们的不少时间,真是对不住。(他们还纠正了我的《书志》中其他错误,如刻工名等)武汉的书志有图有文,可谓图文并茂。更可贵的是有自己的观点,搞目录版本学的学者不妨看看这本书。这是我要为他们击掌欢呼的。

再来做一个比较吧。前些时翻了一套今年出的《日藏汉籍善本书录》,作者是某名校名教授兼博导,再加上新书座谈会,一些文化大佬的捧场,报纸的宣传,真是煞有介事。然而初初一看,内里所谓的书录大约不到 1/5,说是"书录",实类知见录性质(也还是有些用处的)。其余都是图书馆古籍卡片形式的放大,即使是书之行款,也是有的有,有的没有。丛书零种当成单刻本,残本当全帙,批校题跋者不用名而用字号,有些版本著录的基本概念都不熟悉。至于册数,哪怕一册也用"共一册"(一册如何共?共一人、共一瓶、共一张、共一碗、共一座?)。最遗憾的是一些重要图书的叙述,多是不注明出处地转引日本学者的著作,几乎没有作者自己的考证和心得。拿武图的书志和《善本书录》相比(指内容),高下悬殊,天差地远。如将《善本书录》与黄仁生所撰同类书《日本现藏稀见元明文集考证与提要》相较,也是判若云泥。

虽然《书志》中有些书在大馆不属善本,但武图有自己的善本收录范围,所以不能以大馆的收录范围来要求他馆一律。如陈独秀撰《字义类例》10 卷,民国十四年(1925)上海亚东图书馆石印本等等。

我还是抄录一些韩兆海序中的文字吧,"面对几个年轻人用非白话文写的这本《书志》,读着其中几乎无处不在的考证性文字,看他们在提要中发感慨、谈古论今,我想,除了包容之外,我还要致以深深的敬意。在繁琐考证被批判了几十年后的今天,在从来都只是老资格专家、学者才能随心所欲挥洒才情的古籍提要、书志领域,恪守传统而又敢于尽情发挥的年轻人,是应该得到尊重的。" 最后的一句话是:"历史是不能忘却的,前人积攒了这样一份宝贵的财富,我们不能只将它们好好地保存起来,让它们不再受到人为的或自然的损毁。我们更要将它们展示和提供出来,让它们被更多的人认识、利用。传统文化的继承和传播,前辈曾经努力的足迹和敬业的精神,公共图书馆有着责无旁贷进行宣扬和传承的义务,这本书志可以说算是我们践履义务的一份答卷吧。"

我不知道这位韩兆海是何等人物,大约是官拜"馆长"的责任人,官虽不大,但是我却对他充满了敬意,序文没什么豪言壮语,平平淡淡,实事求是,我从话语中看出来的就是"支持"二字,这一点就最为可贵。他和他的同事是做事情的人,而做一件大事,也是要有一点精神的,是需要勇气的。就以武图要写成什么样的书志,要想在传统的"书志学"上作一个什么样的突破,从而走出一条新路来,我相信他们的《书志》,也就是韩大人和三位执笔者共同探讨而实践的结果。我当然也希望韩大人能继续支持三位执笔者的工作,我也热切地盼望武图的《书志》史部、子部、集部、丛部早日杀青。我翘首以待。

好了,不多说了。就写善本书志来说,我的感觉就是:武图敢于向湖北省图书馆叫板,敢于向国内的省市一级的大图书馆挑战。我要为武图喝彩,要为武图叫好。叫板、挑战不是不好,不是骄傲,而是表明自己有自信,有实力,这是一种相互间的促进,是好事。过去不是说"打擂台"吗?"打擂台"不好听,或是说:各位领头大哥,我武小弟先行一步了。说得"谦虚"一点,就是我"小"鸟已先飞了,你们就跟在我后面慢慢看着吧,看我能飞多高。

附带说一句题外的话:《书志》封面设计上印有"武汉图书馆藏"小印,而封里在主编名下又有"武汉图书馆藏书章"一印,不知什么意思,好像显得有些滑稽,也不知道武汉馆的同仁有什么高见,我是不能欣赏的。

(文章写好后,就听说武汉馆的《书志》在经部完成后,继续写作书志的工作即告停顿,三位执笔者仅剩一人,实在可惜!)

2007/12/16

范笑我的《笑我贩书》

真是好运气，星期二下班前，居然收到了两件国内的特快专递，一件是山东寄的山东电视台“天下收藏”数字频道录制的“对话沈津”光碟，另一件则是笑我兄寄来他的大作《笑我贩书》三编。

去年四五月间，我在上海休假，趁闲和家人去杭州待了二日。返沪时，车子进入嘉兴地界，转了几个弯，问了几个人，就找到了嘉兴市图书馆。之所以去嘉兴并在那儿逗留4个小时，目的就是去看看那闻名遐迩的“秀州书局”，会会书局的主持人范笑我。然而，进入“秀州”那不大的堂舍，四壁书架上却是我看不懂和不想翻的书，看店的是一位大妈。我有点失望，也疑窦顿生，这难道真是想象中的众人皆赞的“书局”？不要说美中不足了，连“美”字都沾不上点边。抑或是人去楼空，门庭改换？询之大妈，果然如此。再询之主人范笑我，她说人就在馆里。这真是出乎我的意料，赶忙请她代为联系。这之后，便是我坐在他二楼的办公室里，室内桌上架里堆积的书比我在“哈佛燕京”的小办公室的还乱。笑我送我他的大著二册，即《笑我贩书》以及二编。这两本书让我在从沪去港的火车上、自港飞

《笑我贩书》封面

《笑我贩书》三编封面

美的班机上,度过了寂寞。

古往今来,贩书人不知凡几,叶昌炽《藏书纪事诗》载宋至清末者仅13人:建安余氏、陈起、陈思、陈世隆、尹家书籍铺、平水书籍王文郁、童佩、老韦、陶正祥、陶蕴辉、钱听默、侯驼子、陈驼子。孙殿起《琉璃厂小志》、徐雁的《中国旧书业百年》,虽仅限于一地一时,但也为后人了解贩书人的历史及贡献提供了重要资料。而贩书人将从业中所见图书、书肆趣事、书之价目及流通、藏书家逸事等记录在案并整理成书者不多,我所知的仅有孙殿起《贩书偶记》并续编(雷梦水编)、王文进《文禄堂访书记》(顾师廷龙先生、潘师景郑先生整理)、王子霖《古籍版本学文集》、严宝善《贩书经眼录》等。这几种书不乏学术及资料价值,不仅是我办公室里的插架之物,也是我时常要翻检的书,如《贩书偶记》及续编。我觉得,孙殿起等都是有心人,也正是"有心",才能将自己贩书过程中经眼之书(包括善本书、稀有文献)作了详细记录,如若云烟过眼,时间长了也会茫然一片,说不出个所以然了。

三百六十行,贩书乃其一。笑我是贩书人,是新时期的贩书人,他和旧时的贩书人不同,不同就不同在他贩的不是旧书、善本书,也非碑帖尺牍,而是近年来各出版社出版的新书。国内改革开放以来,贩书者如同雨后春笋,少说也有万人,贩新书能贩出名堂,贩出自己的面目,并在小店的"舞台"上唱出几台"书戏",却是不容易的事。笑我是搞五湖四海的,并没有把自己局促于小小书局"观天",真的是有"立足书局,放眼全国"之概。书局过去出版的非卖品"简讯"、发行的"藏书票",深得文人学者读者顾客喜爱,细想一下,倒真没有人像笑我把小店"生意"做得那么"大"的,这就非一般贩书人所能为。

《笑我贩书》,顾名思义,是笑我贩书的记录。《贩书》,我是当作笔记读的,一则则、一段段,导人入境,有可读性。不似读大块的文章,要花很多时间,有时还无所得。三本《贩书》,实在是贩书日志,以"书"为中心,录下了民间小人物的事,诸如小百姓、下里巴人的买书心态、读书心得,往往一语中的,发人深省。既记录了嘉郡历史遗迹、人物、文献、名人逸事、近现代文人之事,也有文人之间的开仗。哪怕是一块残碑石碣、一件书画、一段故事、一个小品,他都有点滴记载。作者自己不书一字,全让读者自己捉摸评判。我以为,《贩书》贵在真实、实在,没有大话、空话、官话、套话、不实的话、敷衍的话,更没有骗人的话。

我是喜欢《贩书》的,因为读起来并不枯燥,"条头糕"似的一条条,里面有我需要的内容,而且是其他书中所没有的。举例来说吧,现存重要套色本子,较之《十竹斋笺谱》更为难得的《萝轩变古笺谱》,在《贩书》里的两条线索使我了解了它的来源;有关顾师廷龙先生的记载,我就从《贩书》中录得 10 则,此外还包括顾题匾额的照片,那都是我所不知道的事。至于其他嘉兴人吴骞、张廷济,都是我感兴趣的人物。嘉兴毕竟是地大而多材,人文荟萃,群英云集,近现代重要人物,无论政治、经济、文化、艺术,如沈曾植、褚辅成、沈钧儒、朱生豪、章克标、庄一拂、吴藕汀等都有记载,片言只语,或为有心人得一有价值的线索。

上海有郑逸梅,号称补白大王者,著作可谓等身,尤其是他的小品《艺林散叶》及《艺林散叶续编》,颇有可读性。我旧日的同事盛巽昌先生,著作数十种，其中有《学林散叶》一种。郑、盛之书，记录当代文坛艺坛人物逸事、掌故钩沉，茶余饭后，随意翻读，即可增长阅历。当年台北王秋桂教授来函嘱我代购郑著，因他所藏为俞大维先生(台湾“国防部”部长)留存，而日本学者更做成人物索引。而笑我之《贩书》，也同此笔记性质。我相信若干年后，《贩书》必会让研究者去各取所需，成为检索嘉郡地方人和事的不可或缺的重要图书。这是因为，《贩书》之难得，就在于记录了别人一时或尚未注意的事物。而笑我的敏感，也成就了他真实的记录。

人总是要点精神的。笑我是贩书人中的典范，他开了一个好的先例。笑我写日志、编简讯，是早就预谋好的。自 1994 年 4 月 6 日书局开张，直至 2006 年 10 月 24 日歇幕，一年 365 天，12 年如一日。这大约也是在夜深人静之际，笑我铺纸执笔，把一天中所听闻的事细细回顾，选有意思者记录下来，文字长短不拘。天天如此则不易，真是一个“恒”字了得。有道是看人挑担不吃力，如若自己去实践，那必有一番甜酸苦辣。12 年，也就是白驹过隙，然而就是这历史的一瞬间，却载出了那个时期书局从无到有、从惨淡经营到站稳脚跟、再奉命退席的发展过程。笑我的 3 本《贩书》已付梓成书，尚有 60 万字有待杀青，这个成绩是一般人难以达到的，我为笑我的付出而感动，由此而产生敬佩。

对于笑我来说，当年的书局，大约赚钱并不是最重要的事，重要的是他的书局在那个时期起到了为社会而和谐的作用。之所以如此说，盖因人与人之间、贩书人与文化人与顾客之间，都需要有沟通，卖书买书只是一种手段。以《贩书》之前身《简讯》来说就出了 260 期，凡读《简讯》的文化人多有赞语，尤其是老者如顾师廷龙先生等，盖因信息量大，有史料价值，讯息中又多为报纸、电视以及其他传媒所不报道者。《贩书》三编，自费印的，是非卖品，可惜密行细字，插图也较前二编为少，或许为经费所累吧。

2009/7/26

为《收藏》200 期说几句话

前几天，杨才玉先生打来电话，告诉我他创办的《收藏》杂志，近时要出第 200 期了，嘱写几句读《收藏》的感受。这当然是值得庆贺的事，所以乐而为之。

《收藏》200 期封面

《收藏》是 1993 年元月在陕西西安创办的。记得多年前，才玉先生向我叙述在当时的条件下，他从政府公务员的岗位上毅然下海，怀揣 10 万元人民币，冒着自负盈亏的风险，办一份国内尚没有的收藏类杂志，这无疑是要有些魄力的。有道是千里之行，始于足下。《收藏》从无到有，从小到大，而今 16 年倏忽而过，如白驹过隙，弹指一挥间，一棵小苗已生成参天大树了。

雅俗共赏、口碑载道的《收藏》，是一份休闲怡情的刊物，在同类杂志中发行量最大，并在海外有广泛影响力，也有相对稳定的读者群。它的广告词一语道出了自信：《收藏》是“中国藏界的名片、中国历史的底片、中国文化的芯片”。它利用自己创下的品牌，成功地举办了各种讨论会、展览会，促进了社会和谐。它还编纂了多种关于收藏的系列丛书，对于民间收藏爱好者来说，不啻是消闲卧游的读物。

国内公开发行的几种收藏杂志，我每期都看，但最为关注的却是《收藏》，盖因信息量较他刊为大。从重要考古发现到各拍卖公司的资讯，介绍瓷铜玉器、名人书画、古籍善本、图书碑帖、邮票像章、烟标火花、各色票证的文章，五花八门，包罗万象，美不胜收，作者既有道德名望的大学者，也有名微众寡的小人物，那是阳春白雪和下里巴人的融合。

“收藏”者，收聚贮存也。民间收藏品有如青菜萝卜，各有所爱。我最爱读的是老百姓讲他们自己的收藏故事，一件玩物，小小的藏品，或是他得来全不费工夫，甚或是他跋山涉水，千辛万苦的纳入，自有他难忘的经历，所以我很愿意分享他们喜怒哀乐的文字。朋友中有一些是收藏家，如藏古籍善本的韦力，藏谱牒家乘的励双杰、藏名人手札的方继孝、藏各种版刻的姜寻，藏历代碑拓的孟宪均、藏小件文玩的钱培生、还有藏核桃的刘毓龙，有时听他们滔滔不绝地讲述收藏故事，也真令我感动与神往。我在香港时曾搜集了数百件清代至民国的书画，夜晚闲暇之时，端坐一方，凝视前人笔墨，慢慢地仿佛是浓缩了时空的距离，进入了和古人对话的状态，翩然遐想，有于无声处恣意遨游之感，线条中的文化演绎和绘画语言，又似乎是在为浩瀚的历史长河作点滴举证。

《书·旅獒》中的“玩物丧志”，看来并非如此。人还是应该有点嗜好的，鲁迅不就喜欢版画、拓片和信笺吗？这并不影响他成为文学家。民间收藏者以千万计，民间收藏品有若森罗万象、恒河沙数，无奇不有又无所不包，真所谓“藏宝于民”也。对于博物馆、图书馆、纪念馆而外，民间收藏又是一支不可低估的力量，通过收藏，人们可以寻溯远去的文明和前期的历史，而继续办好《收藏》，不仅是嘉惠四方来学，推动民间交流，更是提倡社会和谐的好事。值此凤鸣叶吉、燕喜赓歌之际，拉杂写下几句，谨祝《收藏》宏图焕发，更上层楼，永永不穷。

2009/6/13

书缘·书事·书趣
——沈津先生访谈录①

(沈津讲述　杜泽逊采访　何灿整理)

杜泽逊:各位朋友,各位同学——

我们今天非常荣幸地请到哈佛大学哈佛燕京图书馆善本室主任沈津先生来给我们作演讲。我先简单介绍一下沈先生,沈先生有博客,有的同学看过,有些话可能有重复。沈先生是武汉大学图书馆学系毕业的,那是 1966 年,一个不平凡的年份。后来长期在上海图书馆从事古籍工作,并且长期追随版本目录学泰斗顾廷龙先生学习,可以说是顾廷龙先生的衣钵弟子。在 1986 年到 1987 年沈先生曾到美国纽约州立大学石溪分校做研究工作,1988 年成为研究馆员, 在当时来说是我国比较年轻的图书馆界的正高级职称获得者。曾经担任中国图书馆学会理事、学术委员会委员、古籍版本分委员会副主任,长期担任上海图书馆特藏部主任,上海市第七届政协委员。1990 年任职于香港中文大学中国文化研究所。1992

① 2009 年 3 月 29 日,沈津先生应邀做客山东大学最高级学术讲坛"大家讲坛",接受杜泽逊教授采访。此据录音整理,稍有删节。——整理者注。

作者在演讲现场

年到美国哈佛燕京学社任访问学者，后来就接替了哈佛燕京图书馆善本室主任的重要职位。我的感受是改革开放后的20几年间，从事中国古籍版本目录之学，出版的个人著作，无论是质还是量，大约都没有人可以超过沈先生，这是非常客观的。下面我们就请沈先生根据他的经历给大家讲几个小的专题。沈先生是不是先简单介绍一下顾廷龙先生？

沈津：好，谢谢主持人，也谢谢大家，我们来聊天吧。顾廷龙先生是我的恩师，他过去曾经担任过上海图书馆的馆长。顾先生也是国内公认的文献学家、目录学家、版本学家，当然为图书馆事业作出了重要贡献。我觉得顾先生是一个非常了不起的人，因为他过去在北平燕京大学的时候就是从事图书馆事业，一直到1939年，那是抗日战争的时候，张元济、叶景葵这些人把顾先生从北平的燕京大学图书馆请到上海，筹建了一个合众图书馆。合众图书馆是一个非常小的图书馆，很不显眼的，尤其是在上海这个十里洋场。为什么呢？这个图书馆是没有挂过牌子的，你看任何一个图书馆都有自己的牌子，而合众图书馆从来没有自己的牌子，没挂过。一直到1949年解放以后，到后来才改名为历史文献图书馆，那才有了牌子。后来我知道那块牌子已经写好，就是没挂过。在30年代末和40年代这段时间中，是非常不容易的，那么应该把它建设成一个什么样的图书馆呢？就是为国家为民族保存祖国传统文化、保存许许多多重要文化资源的图书馆，这是非常了不起的。

你想当时那种情况下，一个小图书馆，哪有什么采购经费啊？非常的稀少，难得之极。尤其是在40年代初期，那是物价腾贵的时期，根本就没钱，靠什么来生存呢？当时就是张元济先生、叶景葵先生他们把很多家藏的图书，包括一些善本书，包括一些宋元本、明清刻本，也包括一些重要学者的批校本、抄本，全部拿出来，几乎是一部不留地捐给了合众图书馆。当然也有一些其他的人，包括广东的叶恭绰先生、福建的李拔可先生，这些都是很重要的人物，把他们的家藏一部一部拿出来。我在写顾先生年谱的时候，看了很多材料，像张元济先生，是当时商务印书馆的董事长，对中国的教育，对中国的传统文化等方面贡献很大。张先生收集了许多海盐文献，因为他是浙江海盐人，真的是费尽心机，费了几十年时间，收集了许许多多地方乡贤的著作，他就感觉到这些东西保存在他那里不方便，还是拿出来。所以那种化私为公的品德真的非常高尚。叶景葵先生也是这样，叶先生当时是浙江兴业银行的董事长，有一点钱，但他把这笔钱全部用来买书。他有很多重要的书，如《读史方舆纪要》，是一部稿本，后来把它印出来了。叶先生把所有的书都捐给了“合众”。“合众”就是这样从无到有、从小到大保存了许多的中国传统文献。“合众”到1949年以后改成历史文献图书馆，1958年又合并到上海图书馆，同时也完成了“合众”的使命。所以顾先生那时候是非常了不起，为保存这些文献，跟日本人进行智斗。斗什么呢？就是斗那个馆址。合众图书馆是在上海的长乐路、富民路口，那个地方非常好，当然不是什么风水宝地啊。日本人看中了那个地方，想尽一切办法要把它夺过去。那时候张元济啊、陈陶遗啊很多人，陈陶遗过去当过江苏省长，通过很多关系，最后还是保住了这个地方，那时候确实很不容易。从保存图书来说，确实有很多例子。我想到了一个事情，很多人捐给合众图书馆的那些书，顾先生从来没有打乱过，保持原来的体系，这点非常重要。我想到一点是什么呢？就是“文化大革命”的时候抄家，上海有钱的人多，藏书的人也多，抄了不知多少，我们那时候的估计是抄了500万册，这其中就有黄裳的书。很多人都读过黄裳的著作，当然他收藏的书现在很多都拿出来拍卖了。他的那些书“文化大革命”的时候就被抄了，文汇报抄的。顾先生那时候就在上海市文物图书清理小组工作。这些书运回清理小组之后，有些人说这批书要打散整理，善本书归善本书，普通书归普通书，平装书归平装书。顾先生说不能打乱，这是一个人收藏的，非常不容易。黄裳是40年代开始收集线装书的，40年代后期，一直到50年代初期，以后就不大收了。他的书有一定体系，一打乱以后就再也收不回来了。于是这批藏书就全部移到了上海图书馆。黄裳的书有些真是好，好在什么地方呢？就是那些清初的词集，那都是清初刻本。黄裳当然不知道这些细节，后来在他的一篇文章中说过一些工宣队居然把顾先生请来了之类的刻薄的话，但是他不知道，如果没有顾先生这句话，他的书就完了。这些书保存在上海图书馆，全都编目上架，最后落实政策，又全部退还。所以我觉得，顾先生在保存文化方面尤其是书的传承起了很大作用。顾先生对有恩于他的几位先生也做了很多事。最初的就是章钰四当斋，四当斋的书就是在章老先生故去的时候通过他的关系全部送到了燕京大学，并且编了一部目录——《章氏四当斋藏书目》，这部书目编的非常好，非常有特色。对王同愈先生也是，顾先生在晚年的时候一定要把王同愈的集子编出来，最后交给古籍出版社印。包括叶景葵先生的《卷盦书跋》，张元济先生的《涉园序跋集录》等，顾颉刚先生的《尚书文字合编》等，这些事情几乎都是在80岁以后做的，一直到90岁多一点全都完成并印出来了。所以我觉得顾先生真的很了不起，一直到最后的时候，把过去对他有恩的导师那些人的事情都办完了。我相信这也是他人生道路上完美的一个句号。顾先生的事情当然可以讲很多，今天讲不完，以后再找机会细谈吧。

杜泽逊：谢谢沈先生。下面我们想请沈先生谈一下哈佛燕京图书馆收藏的中國古籍和其他中文图书期刊的收藏情况。

哈佛燕京图书馆外景

沈津：哈佛燕京图书馆是美国哈佛大学图书馆系统中的一个分馆。哈佛大学藏书非常多，大概在1700万册左右，还包括很多的电影胶片、电子档的文件、照片、手稿等。哈佛燕京图书馆是在1928年成立的，哈佛燕京学社一成立就有了这个图书馆，那时馆长是裘开明先生。我认为在美国，裘开明先生是对图书馆事业贡献最大的一位华人。他最早毕业于武汉文华图书馆学专科学校，但他居然能在美国为保存中国的文化作了非常多的贡献。哈佛燕京图书馆最初的藏书只有几千册，到后来逐步地收购，尤其是在20世纪30、40年代从中国、日本、韩国大量的采购。今天的哈佛燕京图书馆的藏书量在150万册左右。但这150万册跟一些省市级公共图书馆不一样，它是没有复本的，其中有将近80万册是中文图书，其他的是日文和韩文的。这些书里中国古籍善本和普通线装书占了一定的数量，普通线装书的数量在18000种左右，中文善本书的数量在4000种左右，包括宋元刻本、明刻本、清刻本和稿本、抄本、校本、活字本、套印本、版画等。这些善本书中有些是非常难得的。我曾经做过一个统计,在1500部明刻本中,有188种是国内800多个图书馆所没有的,或者没有这种名目,或者没有这个版本。所以从数量和质量来讲,哈佛燕京图书馆都可以和美国国会图书馆相抗衡。1986年到1987年我在美国做访问学者的时候,我去过美国国会图书馆,在那里待了1个月,他们把我关在铁笼子里看那些善本书。当然现在国会图书馆已经搬新址了。我说那时是铁笼子一点也不假,是用很粗的铁丝在一层书库里拦出一个区域,存放国会图书馆所收集的中文善本书。我作过数量和质量的比较,哈佛燕京的善本书绝对不亚于美国国会图书馆。因为国会图书馆是美国的国家图书馆,就像北京国家图书馆一样。但是哈佛燕京图书馆作为一个私立大学的东亚图书馆,居然能收集这么多书确实很不容易。其中有一部分明代刻本是在1945年以后收集的。那是在第二次世界大战以后,日本作为战败国经济一塌糊涂,很多有钱人或者家里有些藏书的,就把书拿出来变卖,换粮食或其他东西。在这个时候裘开明先生真的是眼光独到,他从哈佛燕京学社拿到了一部分经费,专门在日本找人收购。我现在觉得在这些书中有很多是大陆所没有的,我也相信这些书是在明末清初或者清代通过福建地区或者其他一些港口的商人携带到日本去的,尽管这些书的封面已经变样,变成日本的装帧了,或者里面有日本人的藏书印,但书还是中国的,中国的纸,中国的字,而正是这些东西是中国大陆所没有的。而且这些书中都保存了那张扉页,有很多人都知道,在版本鉴定过程中非常重要的一个辅助条件就是那张扉页。因为这张扉页上或许有具体刊刻的年代或者出版者的信息。过去我们在编《中国古籍善本书目》的时候,有些图书馆的书就缺那张扉页,所以鉴定版本的时间就很难断定。断定不了,就只能说是明嘉靖刻本、明万历刻本,而如果有那张扉页的话,就可以知道确切的时间,还有是谁出版的,而这张扉页就保存在从日本得来的明刻本中。哈佛燕京图书馆确实有一些非常好的书,比如说《永乐大典》。《永乐大典》当然是非常稀罕的,在中国大陆国家图书馆收藏有200多本,全世界加起来也不过400多册,而全部的是22000多卷,经过打仗或者其他原因损毁,流传下来的非常稀罕。哈佛燕京有两本,一本是在1937年花了300块大洋买来的,一本是1956年从德国一个艺术家手中买来的。在美国收藏《永乐大典》最多的是美国国会图书馆,有41册,康奈尔大学有两册,普林斯顿大学葛思德图书馆也有两册。中华书局影印《永乐大典》,哈佛的这两册没有被收入,将来或许可以影印出来,使它们以另一种形式回归大陆。还有像《武英殿聚珍版丛书》、《古今图书集成》也都是非常重要的。《古今图书集成》作为清代雍正年间的铜活字印本,当年印的就非常少,只有64部,加上样本不过65部。所以流传到今天还剩多少呢?现在流传下来的全帙居然只有12部,而燕京所藏的这一部就是现存的最重要的一部,或者也是当年那64部中最重要的一部。为什么呢?因为这书里有一方很重要的印,那就是“重华宫宝”,当然还有“五福五代堂古稀天子之宝”等三玺。这个重华宫是乾隆还没做皇帝的时候所居住的宫殿,后来是乾隆皇帝宴请大臣的地方。所以这部《古今图书集成》就是放在他当年的居所里,天子所看的书当然应该是最好的。至于《武英殿聚珍版丛书》是乾隆年间的木活字印本,当年也只印了300套。现在还有多少套呢?少极了,日本有几部,北京也不多,哈佛燕京图书馆有一部全的。这套丛书一共收了有138种书,但是几十年间刻一种印一种,把它凑成完整的一部难极了。所以后来民国间的藏书家,像徐乃昌、缪荃孙、叶德辉等人都没办法收全。而哈佛燕京这一部是全的。哈佛燕京有些书是非常难得的,包括一些文集、医书或者经部史部的一些书,因为这些书中国大陆没有,所以我们很想做的一件事情就是把流落在美国的大陆所没有的书印出来,以胶卷的形式或者与大陆的出版社合作影印出来,大家都可以用。这种原则呢实际上也是哈佛燕京所秉承的“学术乃天下之公器”的原则。对哈佛来说,所有的收藏无论多么珍贵,哪怕放在保险箱中的东西,都是可以用的。所以鉴于这样一个原则,我们希望把流落在美国的重要的文献和难得的图书化孤本为不孤、化罕见本为不罕见,大家都可以用。所以2002年的时候我做了一项工作,那就是编了《美国哈佛大学哈佛燕京图书馆藏中文善本汇刊》(广西师范大学出版社,2003年),那里面收了67种书,印成37册,是广西师范大学出版社印的,杜泽逊先生也是编委。这套书后来还获得了好评,得了2003年中国国家图书奖。[①]所以我们在美国很希望做的事情就是,这些书已经在美国了,想把它们拿回来是很困难的事,但是现在如果能够通过复制等形式把这些书印出来,让大家都可以研究利用。至于哈佛燕京还有一些很难得的东西,包括中国人民的朋友斯诺在延安、瑞金、宝安等地区收集到的共产党文献如文件、讲话、传单、口号、布告等等。这些东西真的是太难得了,我开始看到的时候不知道这一包是什么东西,从架上拿下来一看,居然都是中国革命历史博物馆所应该收藏的物品。这些在当时还可以拿到,但是时间过了以后就再也找不到了。我在1986年到1987年的时候去过哈佛4次,第一次是4天,是郑培凯教授陪我去的。第二次、第三次都是两个星期。他们很希望我做的事情就是在普通线装书库里挑选出所谓的善本书,这些我都做了。但是真正地对哈佛燕京的认识,还是在1992年我到哈佛燕京以后才有的。1986、1987年我看到的哈佛燕京已经觉得很了不起,还写了一篇文章,叫《哈佛燕京访书记》,发在香港的《明报月刊》上。在那个时候我就觉得哈佛有些很难得的资料。比如我看到了一批明朝人的信,分成金、木、水、火、土、日、月7大册,放在架子上从来就没有人看过。当时我打开看了之后觉得很难得。很多人都知道,信札这种文献宋元时的非常少,一些省市级的公共图书馆收藏的明代人信札也很少。上海图书馆虽然是收藏信札最多的一个图书馆,但多是清代的,所谓11万通,明代的只有不到500通。哈佛燕京所藏的这一宗完全是安徽歙县方氏亲友的手札,居然有七八百通,涉及那么多人,包括明代嘉靖到万历年间一些很重要的人物。我发现这部书后觉得,要把这部书的内容和价值揭示出来,我不行,但是我相信一定有人能把它做出来。果然过了几年,社科院历史所的陈智超教授来哈佛,住在我家里,他对我说:我在日本的时候发现了郑成功的信,在哈佛燕京你能给我看什么?我

① 《美国哈佛大学哈佛燕京图书馆藏中文善本汇刊》获2004年度中国图书奖。——编者注

说既然提到了信札,那就给你看方氏信札。我给他看了4部书,看完后他说:沈先生你给我看的这4部书,我可以写成4本书。陈先生真是厉害。后来他真的花了一年的时间,就在哈佛燕京我的办公室里,把方氏尺牍全部仔仔细细地看了一遍,做了很多的笔记。最后和哈佛燕京谈好,我想研究这部书。对哈佛燕京来说,只要你能提出来,想使用任何资料我们都是欢迎的。你可以使用、可以研究,我们可以提供给你一套完整的胶卷。最后过了几年这部书由安徽大学出版社出版,把所有的照片全放进去了。陈先生的释文做得好,把所有的文字几乎都辨认出来了,这是非常了不起的。我拿到这部书后觉得,陈智超真是做了一件非常好的事情。如果要做成这样一件事情,没有一点功力,谈都不要谈。下面我再讲一下其他的中文收藏,比如地方志。旧的地方志,1949年以前的我们收藏大概有2800余种,北京国家图书馆有5000多种,上图有4000多种,哈佛的收藏也算非常多了。我想重点说的是新地方志的收藏。新地方志在80年代以后陆续出版,很多地方都有自己的市志、县志、镇志等。哈佛燕京应该是全世界收藏新方志最多的一个地方,有25000种。在中国国家图书馆都没有这么多,最多的是中国社会科学院图书馆,有20000种。因为哈佛燕京认定了一条,就是从这方面去收购,形成自己的特点,不管你有多少、要多少钱,我全部都要。这些地方志包括各种妇女志、民兵志、纺织志、水利志、治安志等等,名目多得有些都没听说过。我们现在不会研究,但是将来很可能会有人研究这些书。哈佛燕京是一个非常好的地方,就是作为一个读者,包括我自己,一定会想要拥抱哈佛燕京图书馆。因为在哈佛燕京图书馆用书实在太方便了。我不知道在山大老师学生到图书馆用书怎么样。在哈佛燕京是这样的,如果你是哈佛的人,或者外面的人,你可以拥有自己的借书证,你的ID。如果你认为对你的研究有用,把架子上全部的书都搬回去也没有人会有异议的,只要你能搬得动。而且你如果借了很多书拿不了,哈佛燕京还会给你提供一个很结实的塑料袋,可以提回去。当然还有一条规定,如果你借的这300本或500本书中,有另外的读者所需要的书,那就请你在一个星期之内还回来。如果不还,误了一天要交一美元。所以借书方便，但并不是可以借了不还。对很多人来说，做研究都想得到第一手材料。而哈佛燕京的所有资料都是公开的，哪怕是善本书。现在你来我们楼上看书，我们欢迎，不需要任何介绍信，甚至不需要看你的证件，在我们的本子上签个名就行了。而且有很重要的一条，那就是很多读者希望可以拍照。我就想你拍吧，拍了之后有利于你的研究。这些书就这样放着没人利用也不行。你研究出来的成果也是回馈于这个社会，也有利于其他人做研究。当然如果这个书破损的很厉害，我会说拍一两张算了。在哈佛燕京拍照是不需要收费的，一分钱都不要。而在国内很多图书馆那是需要钱的，不是在于拍一张多少钱，而是在于资料费太贵，几十块一张，如果是顶级藏品的话要一百块两百块。所以我觉得哈佛燕京完全是从“学术乃天下之公器”出发，虽然它位于美国，但它愿意为天下所有的人服务。

杜泽逊：上面我们了解了沈先生从上海到哈佛的经历。下面想请沈先生谈一下是如何开始研究翁方纲的，为什么 40 年才出版《翁方纲年谱》这样一部著作。

沈津：这个说来话就长了。那是在 1961 年，我跟随顾先生学习。顾先生有一个习惯，就是每个星期天必定到原来的合众图书馆去，那是他过去生活过很久的地方。他每个星期天的上午都会到那个书库的办公室去待半

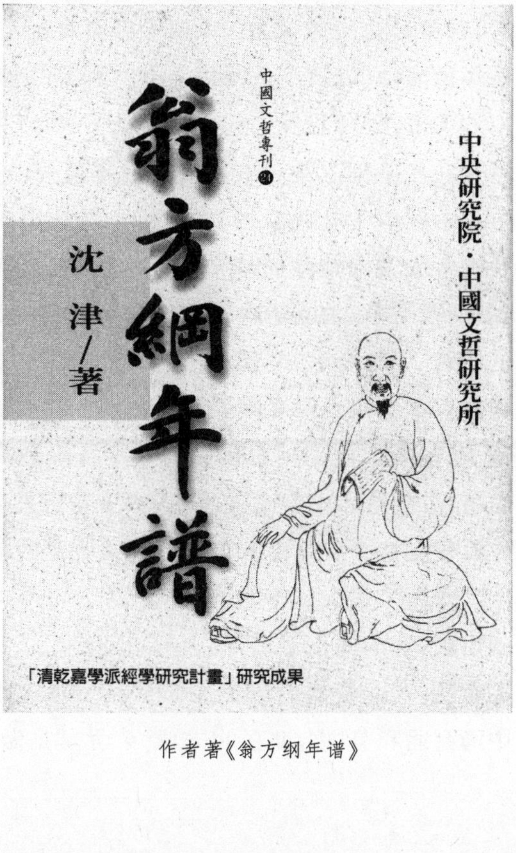

作者著《翁方纲年谱》

天。我就跟顾先生说，顾馆长你去的时候我是不是也可以去？他说好，你来吧。所以从那以后每个星期天上午，我就跟他在一起，他经常跟我讲的就是清末民初藏书家的事情，那些老辈学人跟他打交道的事情、指导他的事情，他再回溯给我听。或者有些书的难得，就会像讲故事一样给你讲。我从顾先生那里确实得到很多。翁方纲的事情是这样的，有一天他跟我说，版本鉴定是一种技术性的工作，当然也涉及各方面的文史知识，你要考虑的是，如果你的基础打好了，不妨做一点学问，做一点研究。那时候我很年轻，就像一个小书童一样，跟着顾先生。顾先生就给我出了一个题目，说有一个人将来你可以研究，现在就可以收集资料，那就是翁方纲。那时我对翁方纲并不是十分了解，只觉得是一个很有学问的人。顾先生就说，翁方纲是一位乾嘉时候的学者，在很多金石碑帖上都有题跋，如果研究这个人，涉及乾嘉时候的很多人，包括他的上下级、亲朋学生等等，对那时的社会、政治、风俗等都会有所了解。那应该怎么做呢？顾先生说你做两件事。第一是搜集翁方纲所有的题跋、手札，你只要看到就把它们抄下来。尽可能将这些东西收齐了，可以把它们整理标点印出来。第二就是在此基础上写一本翁方纲的年谱。我说试试看吧。所以后来看到翁方纲的题跋手札我就抄。翁方纲的题跋很多是在碑帖上的，所以第一步我把上海图书馆藏的碑帖拓本上的翁方纲的题跋全部抄下来，不管和《复初斋文集》中的题跋有什么区别。而且包括宋拓本、石印本、影印本中的题跋。那时候潘景郑先生对我帮助很大，潘先生也是我的老师。潘先生藏有一本书叫《覃溪碎墨》，都是前人收集的翁方纲的零零碎碎的小题跋。这本书容庚先生曾借去并写了一段题跋。潘先生说既然你在做翁方纲研究，那这本书你拿去吧，这本书我后来带到美国去了。老辈对这个工作都很支持，潘先生甚至把他过去收集的翁方纲的资料也都给了我。这个工作做了很久，刚才杜泽逊说做了40年，的确是这样。从1961年开始到出版，这期间是很辛苦，当然中间经历了“文化大革命”，收集资料非常不容易。这些资料的收集无非是在上海、南京、杭州和北京，以后还有在中国台北和美国收集的也非常多。尤其是做年谱，非常不容易。我原来没想到，做年谱那么困难。翁方纲活了85岁，在乾嘉学者中是高寿的，很多人都没有他活得长。他接触那么多人，找材料真的是很困难，尤其是那些尺牍，都是第一手的材料。那时候不像现在有计算机，可以把资料输入进行排比。我那时做真是困难极了。比如乾隆元年，搞到一条材料就写到一张纸上，纸用剪刀剪成一条一条的，再贴起来。这么一本后来印出来有40多万字，是交给台湾“中央研究院”印的。所以我觉得做年谱也好，做其他搜集性的工作也好，都是一种基本的训练。这种训练有好处，只要有一点线索它就可以促使你想办法从各方面去发掘资料。我那时候拼命地去看乾嘉学者的诗文集，就是为了多找到一两条材料，只要能找到我就想尽一切办法。最最困难的是台北“中央图书馆”所收藏的《复初斋集》，那是一套手稿本，后来成为《清代稿本百种汇刊》中的一部，那时我在美国，看到了这一套书，28册，但是仔细一看，里边的文字非常难辨认。这套手稿后来我去台北看了，因为影印之后把它缩小了，所以原来比较大的字变得很小。我回上海的时候一查，上海图书馆有这套书，我就把它全搬到家里去，花了一年半的时间，从头到尾看了一遍，凡是题跋、信札都抄下来，还有年月日信息，因为年谱就靠年月日。所有的材料全部抄出来，辛苦之极。我后来想这么重要的东西在台北为什么没有人做研究呢，原因就在翁氏写的潦草字一些人认不得。当时我有识不了的字就夹个小条，第二天早上必定是7点10分左右到图书馆，7点钟的时候潘景郑先生到馆，那时候潘先生已经70多岁了，8点钟上班之前我来请教他，解决了很多。所以后来能把《翁方纲题跋手札集录》印出来，虽然只有110万字，但是这110万字都是我自己抄出来的，不是像现在影印复印出来的，那时候没办法复印，只有靠手抄，确实是很困难，花了很多力量。所以我觉得研究一个乾嘉学者，对以后的治学等各方面都是有好处的。翁方纲的事情大体就是这样。还有一件事情很有意思。《翁方纲题跋手札集录》和《翁方纲年谱》我分别交给广西师大出版社和台湾“中央研究院”文哲所出版，不同的时间交给他们，中间大概相差半年。至于他们怎么审稿我不知道，后来在不同的时间地点印好了，我居然在同一天的上午和下午先后收到了这两本书，对我来说真的是非常兴奋，那天晚上我都没睡着觉。整整 40 年这两本书终于印出来了，对我来说，是一个激励，另一个方面我觉得也能够告慰顾先生，他当年交给我的作业我终于交出来了。

杜泽逊：我们了解了《翁方纲年谱》经历了这么长的时间，这么多的困难。沈先生后来为您的导师顾廷龙先生写年谱，顾先生比翁方纲活的大得多，顾先生认识的人也非常之多，大约不比翁方纲少。您写的《顾廷龙年谱》篇幅大概 3 倍于《翁方纲年谱》，可是用的时间却不算长，您能给大家解释一下这其中的原因吗？

作者著《顾廷龙年谱》

沈津：杜泽逊在出题目考我。顾先生当然是对我的成长、对我的训练影响很大。我在上海图书馆整整 30 年，那都是打基础的时期，这对于我后来能够跻身哈佛这个殿堂，作用是非常重要的。顾先生去世以后，上海方面就马上打电话告诉我，第二天我就请假，第三天就飞北京参加顾先生的追悼会。参加完我就回来了。当时我就想，顾先生是一个非常了不起的人，我应该做点什么工作来纪念他呢？第一个我写了一篇文章缅怀顾先生。那篇文章写了 4 万多字，给《文献》拿去了，后来还发表在别的地方。促使我要写《顾廷龙年谱》的原因是，算算时间，顾先生的 100 周年就要到了。我就给上海图书馆馆长吴建中写了一封信，跟他说顾先生对上海图书馆贡献确实非常大，可不可以在他 100 年的时候，由上图出面召开一次学术研讨会，来纪念顾先生。同时趁这个机会申请一点经费，把顾先生的一些书印出来。吴建中答应了，说你这个建议很好。我当时在策划做两件事，一个是把《顾廷龙年谱》做出来，第二个是把顾先生用毛笔写的与一些学者的通信选一部分印成一个册子。当然第一件事我觉得我来做比较妥当一点，第二件事交给另外一个同事在做。从另外一个角度来看是这样，我总觉得，在中国从清末有“图书馆”这个名词以来，确实出现了许许多多的图书馆学家，包括像缪荃孙、袁同礼、蒋复璁、李小缘、王重民、赵万里等，都是非常重要的图书馆学界的人物。他们有一些是默默无闻地为他人作嫁衣裳，有些人甚至没有自己的文集，但他们作出的贡献对图书馆事业来说确实是非常之巨大。这些人付出了自己的辛劳，却没有人为他们树碑立传，这个树碑立传我指的并不是一篇文章。我总想能够为顾先生做一本年谱，让世人来看一看，这位图书馆界的工作者在整个文献学、目录学、版本学和整个图书馆事业中起到了一种什么样的作用。我当时想的就是为他树碑立传。我想拿一本书出来，或许将来还有其他人为图书馆学家树碑立传。写顾先生的年谱，整整花了 1 年 4 个月的业余时间。这段时间是这样来做的，早上 6 点钟起来做，不管春夏秋冬，一直到 8 点钟，才去漱洗吃早饭上班；晚上吃完晚饭洗完碗后就是我自己的时间了，我就到楼上自己的房间开始写，把资料往电脑里输进去，到 10 点钟或者 10 点半告一段落。天天如此。星期六星期天那更是我的天地，除了陪我太太到唐人街买菜。如果碰到圣诞节，那对我来说更是盛大的节日，因为加上元旦可以休息 10 天到 11 天，那就天天去做吧。人大概只要有一种信念、有一个目标、有一点精神，那就会一往无前地往前走。顾先生的材料我是从各方面去搞。顾先生过去写给我的信也很多，大概写给我的是最多的，那无非是他在沈阳、北京给我的信，或者我在美国、香港跟他之间的通信，都写得非常之好。当然也有他写给我的同事和其他学者的信。我的同事听说我在做顾廷龙年谱，他们愿意把这些信拿给我。如果是别人做的话，他们不愿意拿出来。我为收集材料，专门从美国飞到北京。顾先生的儿子叫顾诵芬，是两院院士，成绩非常了不起，是设计飞机的。我跟诵芬说好了这件事情我来做,你先把在北苑的所有材料做好准备,我来看。因为我在北京的时间也只能是一天,所以我在北苑看到有用的资料赶快请诵芬复印。顾先生有个特点,他平时在口袋里放一个小本子,往往记录了很多东西。有时候我陪他出差,到天一阁或者别的地方,就看他用那个小本子在记,我也不知道他记的是什么。我就把有用的东西全部印出来带走。还有一次到上海,跟诵芬约好。那次在淮海路顾宅我花了整整3天的时间,把桌子上、柜子里、箱子里等所有的信件、文稿、册子等的全部翻了一遍,有用的内容全部复印。我带到美国的东西就是这么一厚摞,而且不能托运,情愿自己随身携带,因为怕托运的时候会弄丢。所以做顾先生年谱的时候,那些材料堆得像桌子那么高。顾先生和其他人的一些通信,凡是重要的我全部复印下来,把有用的内容按年份输入电脑。因为过去做过《翁方纲年谱》,所以积累了一些做年谱的经验。做顾先生的年谱必须要知道他的老祖宗的情况,如果我在上海,有很多家谱可以查,可是我在美国怎么做呢?正好那年4月的时候,亚洲学会在纽约召开,我就抽了一天专门跑到哥伦比亚大学去,因为哥伦比亚大学收藏的家谱在欧美地区是最多的,有1030多种。我就看到了苏州的顾氏家谱,就赶快看、拍照,所以年谱前面的一大段很多是来自家谱。写顾先生的年谱,在收集资料方面不像写翁方纲那样艰难,要到处找,我就集中在上海、北京和美国。关于哈佛燕京我还有一点要说,它所收藏的东西有很多都是非常有用的。比如当年顾颉刚先生他们在编《禹贡》的时候,顾先生也参与了,当时有些信非常有用。哈佛燕京收藏了很多三四十年代的书籍杂志,就想办法从里面钩稽材料,也很不容易,居然也就做成了。很多人觉得在美国做什么事情都便当,实际上不是这么回事。在美国我是单枪匹马一个人,也没有助手,很多事情都是靠自己去做。一有时间就会思考,想办法去寻找材料。所以到后来编制的索引和人物小传,都是从哈佛燕京的收藏中钩稽出来的。当然为顾先生做事也是我的福分和缘分,因为有些事情都只有一次机会,你能抓住了就会成功。成也萧何,败也萧何,我一直相信这一点。这个书后来交给了上海古籍出版社,这之间也有个过程。上海图书馆下面有个上海科学技术文献出版社,当时他们想出这本书。后来缪其浩馆长来征求我的意见,我说我不愿意。因为他们毕竟不是专业古籍出版社,出的书错字太多。后来我说能不能给上海古籍出版社,他们是专业的。缪馆长说给上海古籍有个问题,就是钱不够。如果交给科技文献出版社印,他们要9万块钱,交给上海古籍吃不准要多少钱。我还提出来我编了另外一本书,就是《顾廷龙书题留影》。顾先生为很多书题过签,而且可能是题签题的最多的人,我就把这些都收集起来编成了《顾廷龙书题留影》。这两本书的钱就更不够了。我说我来谈。我约了顾诵芬一起去找上海古籍的社长王兴康。王兴康又把两位责任编辑找来,算算这两本书要多少钱。结果你说要多少钱?两本书六万块,我一听就高兴了。责任编辑问我稿费怎么算,我想你们这么好那我稿费一分钱不要了,但是每种书要送我50本。我确实觉得为顾先生做事不在钱,是对老师的一份心意。后来这两本书都印的很好,我也很高兴,因为每一种我都拿到了50本。

杜泽逊:真是皆大欢喜。沈先生另一项重要的学术工作是为哈佛燕京所藏的中文古籍善本撰写善本书志,这件事情到最近算是圆满地完成。我们想请沈先生对这项工作做个介绍。

沈津:哈佛燕京图书馆的善本书志的撰写在去年圣诞节前告一段落了。撰写书志确实是一件非常艰辛的事情。正是因为写书志比较困难,所以1949年以后中国国内所有重要的图书馆,包括国家图书馆和各省市级图书馆,都是没有自己的善本书志的。有的仅仅有一个善本目录。通过善本目录你可以知道这个图书馆有什么书,但是要去看这个书的时候,需要介绍信或别的关系。不看到这本书你就不知道它里边讲的是什么,有什么重要的东西需要去研究。在清代的时候,一些重要的藏书家都有自己的善本书志、藏书志、题跋、叙录等,有详有简,就是把自己的收藏品的特点反映出来。对哈佛燕京来说,能收集到将近4000部的中文善本书,确实是很不容易的事。但是收藏在美国,国内许多学者或者其他地区的汉学者,就很难知道哈佛燕京收藏的善本书的具体内容,除非到哈佛燕京去。但是到哈佛燕京是很不容易的,那些访问学者如果能来的话,可以待上几个月或一年，但是有些访问团来待一两个小时就走了，根本就没时间了解那些善本书的内容。哈佛燕京图书馆有3任馆长，这80年中只有3任。第一位就是裘开明，第二位是吴文津，第三任是现任的郑炯文，都是华人。他们都是在国内受到传统文化的教育，然后再到美国接受西方的教育。所以对他们来说，他们认同的还是祖国的传统文化。所以他们就想到一些问题。第一任馆长裘开明，通过各种渠道千方百计收集那些图书。第二任馆长吴文津是在1967年的时候接任，那时要得到中国图书很困难，主要是通过香港地区，他倾向于中国近现代史方面的研究资料的收集。他们很想做的一件事情就是把哈佛燕京的善本书写成善本书志。在这之前，美国国会图书馆和普林斯顿大学葛斯德东方图书馆都有自己的善本书志，那是王重民先生三四十年代在美国所做的。那时候限于条件，写得不很详细，但至少可以让国人知道两个馆藏了些什么东西。虽然那些书是在中国台北或美国出版的，国内很少，但人们可以通过各种途径去找。如果不去揭示，任何人都不知道那些善本书是什么内容。鉴于这种情况，吴文津就希望找人来写善本书志。他是怎么找到我的呢？是这样的，我去过哈佛4次，他对我也有些了解，而且美国的《中报》也刊登过采访我的事情，并且被《参考消息》转载，他就看到了那些材料，对我的印象还不错。我那时在香港中文大学，他到中文大学的时候忽然间看见我，说："沈先生你怎么在这里？"我说我现在已经定居在香港了。他第二句话就说："这样我们请你就容易了。" 他的意思是我在大陆的话不容易请。我就答应了，他想办法去申请经费。钱哪里来呢？哈佛燕京学社资助。当天晚上吃饭的时候他就对我说请我两年，希望两年之内能把哈佛燕京的善本书中明代及其之前的部分写出来。当然我也有条件，我的太太和女儿都要跟我一起去的，我在香港的工具书要全部运到美国去。我在1992年4月28号晚上到达波士顿，5月1号正式开始写善本书志。写善本书志确实是一种苦差事，为什么这么说呢？当时没有电脑，只能写在稿纸上。我当时就是拿一张稿纸，把善本书放在面前，直接开始写，没有草稿。辛苦在什么地方呢？就是每天要写3篇，每天写3000字。我有时候对别人说，每天写3000字，你或许能坚持一个星期，但是我要坚持两年，500多天，我每天走在回家的路上都在想，还有多少篇，明天的要怎么来写。就这么每天3篇、每天3000字，孜孜不倦地做，居然做完了。写完了算算有100多万字，交给出版社印出来实际有152万字。我觉得我做了一件非常有意义的事，就在于我能够把哈佛燕京这样一个汉学重镇所收藏的善本书的具体内容钩稽出来，这里面包括一部善本书的书名、卷数、作者、版本、稽核项，包括有谁的序、谁的跋，有没有凡例，卷一第一页是如何题的，这本书版框的高和宽，各种方面的信息全部都要钩稽出来。至于作者的简历，很多是从地方志中查出来的，那要写明出处。书的内容要很清楚，比如这部书10卷，卷一是什么，卷二是什么。然后要讲这部书为什么要写，作者当时的意图是什么，有没有碰到什么困难，或者这部书刊刻的具体的依据，都可以从序和跋中钩稽出来。这本书有什么特点，在印刷时有没有扉页，扉页是怎么题的，至于现在这部书流传多少，是在美国还是日本，是在日本的内阁文库还是尊经阁文库，要把搜集到的材料尽可能的写进去。最后是收藏印。我总觉得21世纪的信息应该比20世纪更多，这也是为什么现在出了那么多的目录学的著作、版本学的著作或者图录，对于我们今天来说，确实应该比前人做得好一点，因为前人做的时候有些工具书参考书还没有。所以我们自己辛苦一点把书志印出来，大家都可以用，起到的作用是如果你看到哈佛燕京的善本书志，觉得这本书对你的研究非常之有用，一定要想办法得到它，这并不困难，因为上面有我们的登录号。因为哈佛燕京是秉承公器的前提，如果真的是为研究所需要，而不是牟利，在你付出复制费用后，哈佛燕京一定会想办法把胶卷给你的。前一阵杜教授到哈佛燕京做访问，他提到了《尧陵考》，我们馆长说可以拿去的，你再给我们一种胶卷作交换就行了，不需要一分钱。我觉得这项工作的意义在于，第一我们可以提供一种模式，我们称之为“哈佛模式”。因为现在很多图书馆都没有自己的善本书志，真正有的不是那些大馆，倒是那些小馆，那就是苏州市图书馆和武汉市图书馆。小馆不容易，虽然是做小事，但偶然也能做成大事，那就是用微薄的力量，写成馆藏的善本书志。所以小馆也能做大事,敢于向大馆挑战、叫板,这是一种自信,我觉得小馆了不起。没有他们馆长的支持,没有那些小人物的努力,书志是印不出来的。虽然都只出了经部,但后来还会有史部、子部、集部、丛部,都会一部一部写出来。顾廷龙先生有一句很朴素的语言,做一件事情,用什么话来形容呢?那就是“火车只要开,总归是要到站的”。只要持续地去做,不懈的去努力,一定能达到目标。哈佛燕京的善本书志从 1992 年 5 月 1 号开始做,当中停了一段时间,后来又邀请了国内研究文献学的学者严佐之、谷辉之、刘蔷、张丽娟等,请他们协助我的工作,何朝晖博士也帮助做了很多事情。由于大家的努力,现在基本上告一段落了。这本书大约有 450 万字,配上 8000 张图片,印出来大家都可以用,对我们来说,也是一种心情上的解脱,我也可以说我做成了。

杜泽逊:听了以后非常感动。沈先生要做的大事一件一件都做成了,但我们还想知道沈先生今后还有什么大的计划?

沈津:大的计划不敢说,人也老了,也应该下岗了。有一些自己的事情很想了结。前一阵子在一些人的诱惑之下,我居然写起了博客。这也是很奇妙的事情,我从来没有想过这个天地有那么大。我一个同事有一次拉我去看她的博客,说:“沈先生,我帮你也搞一个博客怎么样?”我也是好奇,禁不住诱惑,她居然很快就弄好了。她说博客弄好了,但内容要自己弄,有什么文章可以先发到上面去。我就赶鸭子上架,下不了台了。我第一篇写的是刘蔷,写她在哈佛燕京协助我写善本书志的事情。以后我就把我看书的体会、心得、感想陆续放到博客上去了,没想到还有人看,倒也是对我的鼓励。中山大学图书馆馆长程焕文的博客点击率非常高,我就想怎么会那么高呢?但是后来又想,他是做领导的,有他的号召力,我不能跟他比。我写的是讲书的,我所看到的难得的、奇奇怪怪的、有点意思的书。一个星期写一篇,两三千字不等,也不管好不好,放上去再说。不光有人看,也有人说三道四,但这也是个好事情。我原来想不通,怎么还有人骂我。你要让我服气,说道理出来是可以的。有一个人说的很妙,说我在美国好好过我的生活就是了,跑到国内来说什么。我想我为什么不能说呢?我还是中华人民共和国的公民,我没拿美国护照啊,拿的是香港特区的护照,为什么不能发表我的意见呢?知识分子总要讲一点良心,不能昧着良心说瞎话。至于我以后的计划,很想把一些东西写出来,是因为我想把我所获得的知识回馈于这个社会,回馈于目录版本学界。叶德辉写过一本重要的书,叫《书林清话》,影响了很多人。现代许多学者也写了很多古籍版本方面的书,我想反其道而行之,不那样去写,换个形式,从书来讲版本。不要讲的很枯燥,写的稍微活泼一点。居然有出版社对我的博客感兴趣,我就把博客上的文章一分为二,分别给了北京和广西的两家出版社。有一家说让我再写,他们继续给我出,那我就恭敬不如从命。我给自己拟了一个提纲,有 200 个题目,都是自己认为很有意思的,是别人不写的,而且我得到的是第一手的材料。一步一步来,因为人总是要老的,但只要我还能思考,还能拿得动笔,我就希望能达成自己的目标,试试看吧。

杜泽逊:从沈津先生的介绍,我们可以看出,沈先生是一位非常了不起的真诚纯粹的学者,沈先生的经验很值得我们学习。我们期待着《哈佛燕京图书馆善本书志》全编早日面世。

沈津:谢谢杜教授,谢谢大家。